英雄血

蒋韵

周仓，这不是水，这是那二十多年流不尽的英雄血。

——关羽（昆曲《单刀会》）

河边的宝生

下场那天清早，天还黑着。宝生出门时，姐朝他怀里偷偷塞了一颗烤山药蛋。从热灶洞里扒出来的山药蛋有一股好闻的草木烟火气，烫着他的身子。他把山药蛋掏出来放到灶台上，说：“姐，你这是做甚？我又不是讨吃的……”

姐的眼圈登时红了。

后来在他活着的每一天里，只要想起这句话，他就恨不得嚼碎自己的舌头。

这叫石湾的村庄离那叫“碛”的地方只有七八里路。碛原本是河中心的一块大石头，可这里人说起“碛”，说的是河边的城，城和那块巨石同名同姓，也叫个碛。碛是个大地方，水旱码头。河中

如云的秘事

蒋韵 著

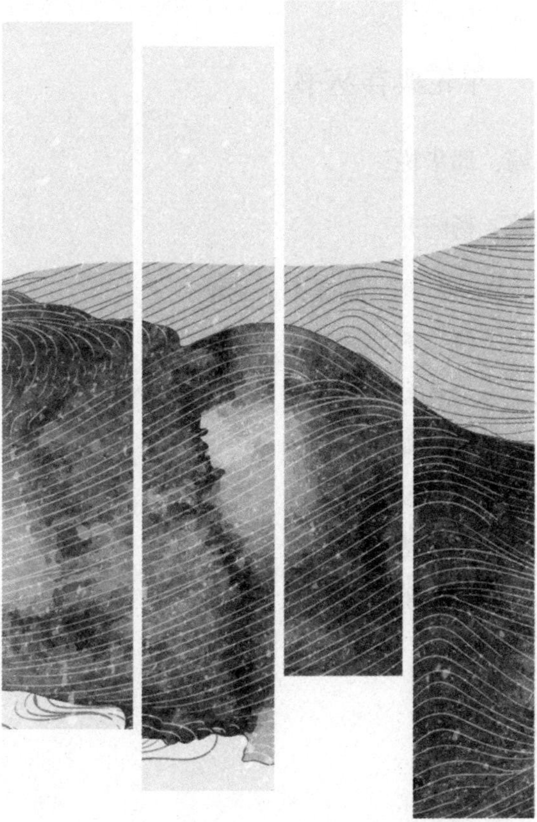

河北出版传媒集团
河北教育出版社

年轮典存丛书

编者荐言

中国当代文学已走过七十多年，每一次文学浪潮的奔腾翻涌，都有彪炳文学史的作家留下优秀作品。

回首20世纪七八十年代，改革开放开启了中国当代文学持续至今的繁盛，由于几百家文学刊物的存在，中短篇小说曾是浩荡文学洪流中的浪尖。然而，以1993年“陕军东征”为分水岭，长篇小说创作成为中国文坛中独立潮头的存在，衡量一个作家的创作成就及一个时期的文学成果，往往要看长篇小说的收获。中短篇小说的创作和读者关注度减弱，似乎文学作品非鸿篇巨制不足以铭记大时代车轮驶过的隆隆巨响。

进入21世纪，特别是党的十八大以来的新时代，我们乘着光纤体验世界的光速变迁，网络文学全面崛起，读图时代、视频时代甚至元宇宙时代的更迭，令人应接不暇，文学创作无论是体裁还是题材都呈现出一种扇面散播效应，中短篇小说创作也再度呈扇面式生长，精彩纷呈。

为此，我们特编辑了这套“年轮典存丛书”，以点带面地梳理生于不同年代的当代优秀作家的中短篇小说精品，呈现不同代际作家年轮般的生长样态。

我们不无感佩地看到，生于1940年前后的文学前辈，青年时已是文坛旗手，在当下依然保持着丰沛的创作力，他们笔耕不辍，使当代文学大树的根扎得更深。

“50后”一代作家已走过一个甲子，笔力越发苍劲。他们不断返回一代人的成长现场，返回村镇故乡、市井街巷；上承“40后”的宏大命运主题，下接烟火漫卷的无边地气；既广受外国文学的影响，又保有中国古典文学的高蹈气质。

在“60后”这一中坚力量的年轮线上，我们能看到在城乡裂变、传统向现代过渡的进程中，一代人的身份确认、自我实现，以及精神成长的喜悦和焦虑。

“70后”作家因人生经验与改革开放四十年紧密相连而被称为“幸运的一代”和“夹缝中壮大的一代”，也是倍受前辈作家的成就影响而焦虑的一代。如今已与前辈并立潮头，表现不俗。

而作为“网生一代”的“80后”和“90后”，他们的写作得到更多赞誉的同时，也承受了更多挑剔和质疑。但经过岁月淘洗，我们欣喜地看到，曾经的文学小将已在文坛扎扎实实立稳脚跟，相继以立身之作进入而立和不惑之年。

六代作家七十年，接力写下人世间。宏阔进程中的21世纪中国当代文学，正在形成新的文学山峰的山脊线。短经典历久弥新，存文脉山高水长。

目　录
CONTENTS

如云的秘事

一　落葵

落葵的母亲死于交通事故。那天，她去菜市场买韭菜，说是要给小酒窝包饺子。这一去，再也没有回来。她为了躲一辆电动自行车，绊倒了，后面一辆小货车没刹住车，拦腰轧了过去。120赶到的时候，人已经不行了。

小酒窝问落葵："姥姥呢？姥姥哪去了？"

落葵回答："去天堂了。"

"她没跟我说再见。"酒窝说，"我要给她打手机。"

落葵说："那儿没信号，打不通。"

"那她还会回来。"三岁的酒窝笃定地说，"她答应过我，她去天堂之前，一定会跟我说再见，不说再见她不会离开！"

落葵轻轻抱住了她的女儿。

"她也没跟我说再见……"落葵一阵心痛，"她真是不像话……”

那是几个月前，落葵母亲给小酒窝读过一个故事，一个童话——《爷爷变成了幽灵》。

小尼古拉的爷爷突发心脏病去世了，可是他没有去天堂。当然，知道这个秘密的只有小尼古拉一个人，只有这个小孩子可以看见变成了幽灵的爷爷。幽灵爷爷说：“我一定是忘记了一件重要的事情，可我想不起来是一件什么事。”正是这件重要的事情使他不能离开这个世界。小尼古拉就和爷爷一起想，是这件事吗，爷爷？不是。是那件事吗？也不是。爷爷很惆怅。

当然，那件重要的事情最终被爷爷自己想起来了。原来，那件事是，他还没来得及和小尼古拉说——再见。

“亲爱的尼古拉，再见了！”爷爷郑重地和尼古拉告别。那是他在这个世界上要做的最后一件事情。

听完这个故事，小酒窝搂住了姥姥的脖子，说：“姥姥，你也要答应我，你去天堂的时候，别忘了跟我说再见。”

姥姥回答说：“行，我一定不会忘记和我的宝贝说再见。”

姥姥又说：“要是我忘了，酒窝要记得提醒我。”

酒窝用时下流行的语言那样回答：“好，就这么愉快地说定了！”

一个大雨的深夜，落葵被雷声惊醒了。她睁开眼睛，看到母亲坐在她的床头，静静地望着她。

“妈？”落葵喊。

“葵，”母亲的声音听上去很远，“答应我一件事，别送我回老家，别让我和他合葬。”

“谁？和谁合葬？”落葵问。

“你父亲。不要让我和他合葬，答应我——”

“我答应。”落葵回答，“妈，你放心，我答应你。”

“葵，你不问为什么？”

“不问，”落葵摇摇头，“不问我也知道。”

母亲伸手，摸了摸落葵的脸。母亲的手冰冷苍白。落葵打了个激灵，醒了。

原来是做梦。

一身的冷汗。

雨声浩大，淹没了天地。落葵在黑暗的雨声中愣怔了许久。突然她跳下床，奔向窗口，掀起窗帘朝外面张望。楼下，小区里几盏惨淡的路灯，在暴烈的雨雾中瑟瑟发抖，根本无力抵抗深渊般的黑夜。落葵什么也看不见，她忽然愤怒了，想，你连伞也没有，为什么偏偏要在大雨夜里跑来啊！

她知道母亲舍不得为自己买把伞。不管在这个世界还是在那个世界。

她不相信那是一个梦。

落葵做梦，往往一醒来，就忘记了大半。而这个梦，如此清晰，每一个字，每一句对话，都像刻印在她记忆里一般。母亲眼睛里那种殷切、抱歉和深深的难言之隐，就像光一样，打穿了三十几年来她们母女之间密不透风的隔膜和积怨。她想起自己对母亲的承诺，想起自己胸有成竹的回答，一片懵懂和迷茫。“葵，你不问为什么？”“不问，不问我也知道。”可是在现实中她不知道，落葵并不知道，一点儿也不知道。她不知道为什么母亲不愿意魂归故里，更不明白自己为何回答得像是洞穿了一切。她只知道，母亲风雨兼程赶来，是为了托付她这件重要的事情。

就像童话里爷爷要和尼古拉郑重地告别。

原本，母亲一生，明白如话，毫无悬念和出奇之处，就像那个简单、安静、毫不浮华的葬礼。主持葬礼的司仪，不到两分钟就宣读完了廖如云女士的生平。为了凑时长，为了不显得太潦草，司仪在后面添加了一段适合赞颂天下所有母亲的套话来凑数，比如舐犊情深啦，寸草春晖啦，等等。而这个雨夜，这个梦，给那个叫廖如云的女人，蒙上了一点点神秘和莫测的云雾。

落葵不记得父亲。

父亲在落葵还没出生的时候，就去世了，死于肝癌。母亲没有再婚，一个人养大了落葵。

父亲去世时，母亲还正是大好的年华，却下岗了。她把落葵托付给了自己北方小城的妈妈，一个人去闯荡南方。南方那时正在大声召唤着怀抱各种梦想的人们，母亲只身汇入了这支壮阔的开拓者或者淘金者的大军。当然，南方最终成就了很多人伟大的梦想，但一定不会是所有人的。几十年来，落葵的母亲廖如云女士，始终只是一个普通的劳动者，一个公立医院日益资深的护士，直到退休，她也没能成为一名主任护师。退休后的她，被一家私立医院聘用了，做了ICU的护士，因为她过硬的技术，虽然她没有高级职称。

落葵问过母亲，说："像你这样的人，为什么要来闯荡南方？它给了你什么？"

母亲回答说："它给了我安定的生活，让我能养大你。"

落葵轻蔑地笑笑。心想，岁月静好啊，那何必要来南方？

是啊，一个没有野心的人，为什么要来南方？

落葵五岁那年，姥姥突发脑溢血去世了。如云回乡料理了母亲的丧事，接走了她的落葵。那时她们娘儿俩住在城乡接合部租来的房屋里。炎夏，小小的房间没有空调，一只电风扇嗡嗡地搅动着混浊的热风。蚊子肆虐，只能睡在更加闷热的蚊帐里。落葵长了痱子，身上、头皮上，密密麻麻一层。痱子一炸，她疼得哭，一边哭一边叫姥姥。从没带过孩子的如云手忙脚乱，把她摁在木盆里洗澡，洗澡水中掺了藿香正气水。许是太心急了，更是被哭声弄得心烦，如云忽然把药水直接倒在掌心，一把涂抹在了落葵后背上。只听落葵

“嗷——”地惨叫一声，张着嘴，半天没有声息：她哭得喘不上来气了。

等她哭出声来后，如云对她说：“长痛不如短痛。”

她跳着脚哭着喊：“我要回家，我要姥姥——”

如云说：“没有用。这就是你的家。你和我的家。没有姥姥了，永远没有姥姥了。”

深夜，落葵突然醒来，黑暗中，看到一个人坐在她旁边，一下一下，用大蒲扇为她扇风。清风徐徐地，拂过她小小的疼痛的身体。她轻轻喊：“姥姥？”没有回答。她闻到了陌生的气息，知道了那不是她思念的亲人。她不再说话，闭上眼，眼泪无声无息地钻出来，打湿了她的脸。清风似乎停顿了片刻，又一下一下，更为轻柔地拂过来。她在清风的抚摩中，哭着睡了。

几年后，她们有了自己的房子。尽管地段远、不够理想、面积不大、没有电梯，可毕竟是南北通透、两室一厅的单元房，厨房、卫生间一应俱全，还有一个小小的可爱的阳台。因为没有电梯，公摊面积不大，所以性价比很高，首付和月供都是如云承受得起的。简单装修之后，她们搬了进去。乔迁那日，落葵抱着姥姥的遗像，母女俩把照片挂在了落葵小房间的墙上。她们并肩在照片前站了一会儿，如云说：“妈，本来，我是想买了房子后，就把你和葵一块儿接来的，你怎么就不肯等等我啊……”

也是在搬进新居的这天，晚餐桌上，如云很郑重地对落葵说："葵，以后月月要还房贷，我们要节约了啊！"

落葵半天没说话。

"没听见吗葵？"如云追问。

"听见了，"落葵回答，"只是我想不出来，我们还要怎么节约？我们浪费过吗？我们还有节约的空间啊？"

"怎么没有？"

"好，我们从此不吃肉，不吃蛋，不喝牛奶，只吃素，再戒掉水果，还有我的零食，你是这个意思不是？"落葵这么说。

"你明知道我不是这个意思，"如云回答，"你正长身体，正在发育，营养必须跟上去，我不是要克扣我们的伙食。"

"那你要克扣什么？"

"我什么都不克扣，"如云一字一板平静地回答，"我要说的是，我们不跟别人攀比。我不会让你吃不饱穿不暖，可我不会给你买名牌、潮牌，不会买所有没用的玩意儿，不会顾及、满足你的虚荣心。我只会买你需要的，而不是你想要的。懂了吗？"

十岁的落葵，永远记住了这番话。这番话何其正确，可是冷酷。一个人想要的，永远比他需要的要多。这是人性的弱点，致命伤，是人类要面对的终极的悲剧。跟一个十岁的孩子讲这个，正能量，却无情。

落葵抬起头，望着母亲，说："你又怎么知道，什么是我需要的，什么是我不需要的？"

"我当然知道，因为我是你妈。"如云回答，她的口气云淡风轻却又不容置疑，"对你健康成长有用的，就是你需要的，那些装饰性的、用来满足你虚荣心的东西，都是你不需要的，它们通通都是毒药。"

落葵觉得寒冷。

她们的新居，如同一个雪洞。触目所及，几乎所有的东西都是白色的：墙壁、家具、床品。家具倒是实木，样式中规中矩，不美，却结实，实用。这个家里，没有一样东西是没用的、装饰性的。墙上没有一幅画儿，桌上没有一件小摆设，阳台上没有一盆花。吃饭的大碗小碗、餐盘，一律白色，无所谓配不配套。落葵不知道这是家还是医院的病房。如云却说："白色会提醒我们干净。"

十三岁，夏天，正值暑假，落葵经历了她的初潮。那是在睡梦中发生的。清晨起床，雪白的床单上一片惨烈的鲜红。落葵吓呆了，跪在那里，嘴里咬着拳头。她并不是无知，她知道那是什么，她知道她成为一个少女了。吓坏她的，是那惨烈的鲜血，它们玷污了母亲需要的洁白。血顺着她的腿往下流，她终于崩溃地哭着发出一声小兽般的狂叫：

“姥姥，救救我——”

那天，如云值夜班，还没回来。等她临近中午到家，一切已经风平浪静。落葵洗了澡，换了内衣，在卫生间找出了母亲平日使用的卫生巾，笨拙却正确地搞定了它。床单换了干净的，被玷污的那一条已经在洗衣机里轰鸣着旋转。如云说：“洗衣服啊？”

落葵回答：“床单弄脏了，”她云淡风轻地说：“我来大姨妈了。”

那天晚餐时，如云煮了糯糯的莲子桂花红豆沙。她盛了一碗端到落葵面前，说：“在日本，女孩子经历初潮，要吃红豆饭。”

落葵抬起头，意外地望着母亲。

“这是一个仪式。”如云温存地说，“祝贺一个女孩子成为少女。”

落葵眼睛湿了。“仪式”这样的字眼，从母亲嘴里说出来，就像太阳从西边出来。

如云望着女儿笑了笑，说：“葵，长大了。”

梦幻般美好的氛围一直持续到晚上。如云从阳台上收回晒干的衣物，一件一件叠整齐。她指着床单上隐约可辨的那一片痕迹，忽然说：“看见了吧，一旦弄脏，就是永远的污痕，再也洗不干净了。”她抬头望着落葵：“你不再是一个小孩儿了。你要懂得保护、珍惜自己的纯洁。这是一个危险的、到处是诱惑的世界，要让自己身心干净，洁白如玉，不是一件容易的事。懂吗？”

落葵轻轻叹口气。她想，你就不能等明天早晨再说这番该死的话吗？你就不能让我有一晚上的幻觉吗？她对着母亲的脸笑笑，说：“遗憾啊，你生我生晚了。你应该在 18 世纪的时候生我，然后把我送到修道院。哦，那是外国，中国没有修道院，那你只能把我关到深闺绣楼上，足不出户，天天念女儿经，夜夜思春。”

“你——”如云气结，说不出话来。

落葵不合群，是个孤僻的郁郁寡欢的孩子。

她没有快乐。

人群中，一眼望去，她特立独行。孤标傲世的一张脸，掩盖的是深深的自卑。

她庆幸人们发明了“校服”这样一件功德无量的事物，使她能够把自己的卑微、寒酸、屈辱尽可能藏在那件抹杀一切区别的校服里。就连寒暑假，只要出门，她也只穿校服。除了校服，她自己的衣服单调得可怜，区区几件 T 恤，都是白色，小圆领。裤子是运动裤，鞋也是运动鞋，当然不是潮牌，是那种最便宜的货色，小摊上、超市打折买来的，毫无版型可言。几件裙子倒是纯棉的，可样式古老、肥大，穿上身就像“二战”时期的苏联老大妈。落葵碰都不想碰这些衣服，她不知道母亲为什么要如此变态地封杀她青春的全部欢愉。

她无法合群。

她无法融入喧腾的青春激流之中。

她没有电脑，没有游戏机，没有MP3，没有日本漫画，没有吃麦当劳和肯德基的零花钱，不喝可乐、雪碧、气泡水，她夏天的饮品就是蔡明小品里的“冰水”——凉白开，当然还有绿豆茶。可是，在那样一个花样年纪，谁会只喜欢绿豆茶呢?

初三那年，班里转来一个从别的城市来“借读”的新同学，是个桀骜不驯的女生。不到半天的时间，校园里就有了关于她的种种流言。说她是个富二代，女魔头，劣迹昭彰，在原来的学校里人人避之不及。她逃课，组乐队，泡酒吧网吧迪厅，等等，总之是个“混社会”的江湖中人。最骇人听闻的一条，传说她曾自己给自己服药打胎。因为在原来的学校实在待不下去了，只好找了关系花钱来这个陌生的城市“借读”。这个新同学，大概早已习惯了被看作“异类”，所以毫不在乎身后的这些窃窃私语。她在班级里冷眼扫了几扫，心里就有了数。

到下午下课后，她径直走到了落葵面前，有些蛮横地说：“哎，同学！带我去下医务室。我划破手了。”

她手一伸，果然，掌心上有道小伤口。

落葵回答：“好，我带你去。”

一切，极其自然。落葵没有流露半点大惊小怪和害怕躲避的神情。似乎，她们是一对老熟人似的。或者说，她似乎正在期待着发生点什么。

从医务室出来，走到楼梯拐角，新同学一抬头，说："靠，到处都是摄像头，一点儿干坏事的空间都不留，真不人道。"

"你想干点儿什么坏事？"落葵认真地问。

她们走上了楼梯，离开了摄像头的区域。新同学笑了："其实也不想干什么，逗他们玩玩。"她说："闲着也是闲着。"

落葵微笑了。

新同学说："我叫于艳艳，你叫什么？"

"落葵，陈落葵。"落葵回答，"很拗口。"

"是挺吓人的，好有文化。"于艳艳说，"不过还挺好听。落葵是什么意思？"

"就是一种植物，草本植物，可入药，可做菜。你想知道它另外的叫法吗？"

"是什么？"

"豆腐菜。"落葵回答得一本正经。

"啊？陈豆腐。"于艳艳脱口就是一句。

"哈哈哈——"她们同时爆出一阵大笑。五岁之后，落葵还从来没有这样放肆地、解气地大笑过。她甚至笑出了眼泪。

爆笑过后，于艳艳望着她，说："你不问我，刚才，为什么要来找你吗？”

落葵摇摇头：“不问。”

“为啥不问？”这下轮到于艳艳好奇。

“因为不问我也知道，”落葵回答，“我特别。”

“她们都太幼稚了。一群幼稚的傻×。”于艳艳这么说，“你不一样。陈落葵，你有一个老灵魂。”

听到这句话，落葵忽然别过头，用一只手捂住了脸。渐渐地，泪水从指缝间悄无声息地钻出来。世界变得宁静，所有的声音都远去了。夕阳在缓缓沉落，这辉煌的南方城市迎来了一个温情而慈悲的黄昏。鸽哨悠扬地从天空划过，如同佛塔上的风铃。落葵想，上天啊，感谢你，我有了一个朋友了。

她就在这一刻爱上了这个叫于艳艳的“问题少女”。

于艳艳叫她“豆腐”，落葵也给她起一外号——“鱼头”。她俩合一起，就是一道美味——鱼头豆腐。

落葵想，命中注定，我们生来就该在一起。

落葵问于艳艳：“知道高山流水的故事吗？”

于艳艳说：“知道是知道，可我还想听你讲一遍。”

落葵就真的讲了，俞伯牙摔琴谢知音。一五一十，娓娓道来。原来她竟是很会讲故事的，只是，这世界上，从来没有过一个属于她的听众。而此刻，坐她对面的那个女孩儿，眼睛晶亮，一脸的沉浸和感动。她想，多么美好！

许久，于艳艳说："我也会弹琴，不是古琴啊，是吉他，我有一把很贵的吉他，只是我弹得太 low（低级）。"

第二天，于艳艳公然把吉他大摇大摆地背到了学校。午休时，她们悄悄爬上了学校主楼"逸夫堂"的楼顶。阳光已是秋日的阳光，天空有一种辽阔无边的凄清和哀伤。于艳艳两手一撑，极其敏捷地坐到了八层楼顶围墙上，身后一无遮拦，背景是蓝天白云。落葵吓得不敢出声，捂住了嘴，心怦怦狂跳。于艳艳妩媚地一笑，右手在琴弦上潇洒地一拨，说：

"豆腐，我很久没摸琴了。昨天晚上，我想了几句话，自己瞎谱了曲，弹给你听听？"

落葵点点头。

于艳艳调弦，沉吟，凝神低头，正要开始弹奏，落葵打断了她。

"等等！"她喊。

落葵学着于艳艳的样子，来到围墙边，双手一撑，没上去，又一撑，终于上去了。她侧身坐下，定定神，一仰下巴，说："好，你弹吧。"

于艳艳笑了。

"小心摔下去啊！"她说，"这样太不安全。"

"你呢？你这样安全？"

"我习惯了，常常这样胡闹，其实心里有谱。"于艳艳回答。

“我没谱，”落葵笑笑，“可我其实一直都想干没谱的事。比方说，你真的不小心摔下去了，我一定会跟着跳下去的。你信不？”

“我信。”于艳艳点点头。

“好，”落葵把两条腿抬起踩在了围墙上，曲起来，并拢，用两只手臂圈住它们，让自己坐得舒服，“你弹吧。”

她竟有一种跃跃欲试的悲壮感，想，假如真的这么跳下去，也不错啊，一生中，总算有了一次自由飞翔。

于艳艳拨动了琴弦。

我们是忧愁的孩子，姐姐——

她突然这样开了口，声音异常清澈、忧伤。

可我们不知道为什么忧愁，
天空澄澈，阳光如此娇媚，
可我们的心，总是被泪水浸没。

世界总是质问，姐姐
什么时候亏欠过你们？
至于我们的疼痛，永远不值一提，

它们有个名字，叫少年不识愁滋味。

我们的脸很年轻，姐姐
却有一个黑如暗夜的老灵魂，
没人为这样的事伤心，没人伤心，
那是光明世界的盲点——

她唱得很轻，声音如同云絮般干净洁白，徐徐地，飘向头顶辽阔无边的蓝天。极其简单的旋律，没有高深的技巧，可是异常动听。怀抱吉他弹唱时的于艳艳，和平时判若两人，不再是那个霸气、蛮横、浑身是刺，连摄像头也想挑衅、满嘴国骂的痞子女孩儿，她安静、严肃，就像在聆听某种遥远的神秘的声音，巨大的、无奈而深邃的忧伤笼罩了她，她原来竟然是这么美丽的一个少女。

她抬起头，笑笑，说："好听吗？"

落葵眼睛里含着泪水。

"你把我唱哭了。"她说。

"这是写给你的，豆腐。"她望着落葵迷离的泪眼说。

"我知道，"落葵点点头，"谢谢你，鱼头。"

落葵又说："我会一辈子珍藏。"

她们相互凝望。阳光真好，她们金光灿灿地坐在围墙之上。空气很香，是桂花的香味。世界只剩下了美好的东西：

音乐、爱、满城的桂花树，和豆蔻年华。她们笑了。于艳艳就像看透了落葵的内心似的，说："豆腐，答应我，你要好好活着，要是你死了，我就得像俞伯牙一样把我的吉他摔了。我可真舍不得。"

仅仅一个学期之后，于艳艳就又转走了。

先是班主任李老师出马，和落葵谈话："陈落葵！你不要受于艳艳的影响，"班主任十分严肃："她一个借读生，混日子的，不要被她带坏。你是个单纯老实的孩子，学习也好，你看班里，谁理她？大家都在为中考拼命，这么关键的时候，你倒好，天天和她混在一起，如胶似漆，还有闲工夫听她弹吉他唱歌？你还要不要上重点高中了？你能跟她比吗？她考好考砸，横竖有钱，大不了出国去念书，你呢？你有混的资本吗？"

她垂头不语。

班主任叹了口气，她其实是真心惋惜这孩子的："别的同学也就罢了，你不一样。你家教一向很好，你母亲对你无论哪方面期望都那么高，她一个人带大你，含辛茹苦的，多不容易！她要是知道你和这种有劣迹的孩子混到了一起，还不得气死？你要是考不上好高中，怎么对得起你妈妈？"

要是不提母亲，落葵也就忍了。班主任用母亲来镇压她，让落葵刹那间愤怒了。

“收一个有劣迹的学生来借读的，不是我。”落葵一字一句清晰而安静地回答，“我只知道，于艳艳是和我一样穿同样校服的同学，别的我一概不知道。我没看出她有哪点儿不好，我倒觉得她光明磊落。同学之间要团结友爱，老师您不是一向这样教育我们的吗？”

落葵就这样无可挽回地把事情搞砸了。

结果自然是，如云知道了于艳艳的存在。

如云不是生气，不是愤怒。她恐惧。她恐惧她所有的努力将付诸东流。她的孩子，她的女儿，将被罪恶的欲望，将被贪婪、虚荣，将被永不餍足的深渊所吞没。仿佛，这个叫于艳艳的孩子，就是这一切的先兆。这天晚上，于艳艳下了晚自习回家的时候，在自家楼门口，被一个女人迎头堵住了。

“你是于艳艳吧？”女人问，声音安静、轻柔。

“你是谁？”于艳艳反问。

“我是陈落葵的妈妈。”如云回答。

“哦，阿姨——”于艳艳有点儿慌乱，“您，您找我有事？”

话一出口，于艳艳就知道自己问了一个愚蠢的问题。她静默了。

如云借着路灯打量着这个孩子。和这学校的所有学生一样，她素颜，穿校服，留本色短发。但她的短发暗藏机锋，一看就出自美发店名师之手。这样的美发师，托尼或者杰瑞，他们使用的剪刀，都不同凡响，出身名门，动辄几万元。劳这剪刀的大驾剪一次头发，价格恐怕是如云和落葵一个月的生活费。

“于艳艳，我想拜托你件事，”如云这么说，“可我很难开口。”

于艳艳笑笑，说：“您是想说，让我离你家落葵远点儿，对吧？”

“对，”如云回答，“你们老师找过我了。抱歉，于艳艳。”

“您真客气，阿姨。”于艳艳又微微一笑，“您，了解我吗？”

“不了解，”如云摇摇头，“可我知道一点，你和落葵，和我们，不是一个世界里的人。不说别的，就说你的头发，你剪一次头发的费用，大概是我们一个月的伙食费。你那个世界太昂贵，我只想让落葵活在我们自己朴素的世界里。我不想让她对生活有不切实际的妄念。”如云安静、从容、真诚地说，“那会让她很痛苦，甚至一辈子都过不安宁。于艳艳，你们还小，不懂这个，我是过来人。”

如云的坦诚，让于艳艳意外。沉默一会儿，她说：“阿姨，我想让您知道，我干过很多过分的事，可我不是坏人。”

如云回答：“孩子，我没说你坏。”

这一句“孩子”，让于艳艳鼻子一酸。

“我没说你坏，我也不是偏听偏信你们老师的话和那些流言。我只是以一个母亲的身份，在恳求你的帮助。”如云说。

“您认定我一定会给落葵带来痛苦？您怎么那么肯定？”

“不是你，是你生活的那个世界。那个世界会让她困扰、心乱、浮华，”如云这么回答，“那个世界会让她不幸。”

“这些话，您跟落葵说过吗？”

“没有。我想先和你谈谈。”如云坦诚地摇摇头，“你也知道吧？落葵是个死心眼。”

于艳艳懂了。

“好吧，阿姨，”于艳艳伤心地笑笑，“我答应你，我会离开落葵。不过不是您说的那个理由。”她深深地望着如云的眼睛，说，“我和您的女儿，我们一直有个自己的世界，那个世界的美好，您不懂，也进不去……可是我不能让落葵为难，从今天起，她夹在您和我之间，她一定会非常非常为难……我会离开她，我说到做到，再见！”她果决地朝楼门口走去，不回头，拖着长长的孤独的影子。

按密码的时候，她的手微微抖动，熟悉的号码，竟按错了。她站在紧闭的楼门口，一时竟不知道自己身在何处。

风吹过。风中竟然还有晚桂的香气。十二月的风，应该是冬天的风了。可这个比南方更南的城市没有冬天。

有人忽然搂住了她。

是如云。

如云不忍地走上来，轻轻地，搂住了于艳艳。她搂着这个被她伤害的孩子，满心的歉意。“对不起。”她轻轻说，“孩子，对不起。”

她知道这很残忍。

于艳艳的泪水夺眶而出。

第二天，于艳艳就从班里消失了。

一天，两天，四天，五天……一直到放寒假，她都没有出现。

后来，就传来了消息，她去新加坡上学了。

于艳艳家，本就不在这个城市。她从外省家乡到这个城市“借读”，父亲为她在学校旁边租了套公寓，只有一个带大她的阿姨陪同她住在这个城市里。但现在，公寓人去屋空。

她又一次逃离，越逃越远。

逃离故乡，逃离故国。

她没有向落葵告别，她没有一个字留给她的朋友。她消失得如此彻底，就像一缕烟，风一吹，无影无踪。落葵无数次独自偷偷走上“逸夫堂”的楼顶，坐在高高的围墙上，望着天空，望着远处的世界，心想，真的有过一个“鱼头”吗？“鱼头和豆腐”，那真像一个梦，那是一段多么快乐的时光。她一生中最快乐的日子，金子般的时光啊，可是被毁掉了。她知道毁掉它的是谁。老师，她不恨。可她恨廖如云。

廖如云毁掉了落葵对这世界的爱。

鱼头，于艳艳，是十五岁的孩子爱这世界的唯一理由。这个孤独、孤僻、阴郁的孩子，爱于艳艳，就像她对世界的初恋。那是她的晴空、她的阳光、她鲜花盛开的原野、她的江河湖海、她的自由、她的信念与信仰。这一切，都被那个叫作“母亲”的人毁灭了。

如云从没有和落葵说起过“于艳艳”这三个字。没有说过曾发生过什么，她缄默不语。正因为如此，落葵才确切无疑地相信，能够使于艳艳彻底消失的人，非她莫属。她太了解这个可怕的女人，只是她不太清楚这个女人用了什么手段和计谋。那一定是残忍和冷酷的。她不敢设想那是什么，不敢设想朋友经历了怎样的残忍和伤害。那比死还可怕。

死很容易。

坐在高高的围墙上，无遮无拦，闭上眼，伸展双臂，纵身一跃，管他飞往天空还是坠向大地。无数次，落葵这样幸福地想象，想象这样飞翔着消失。好，你让鱼头消失，那就让豆腐也消失吧。妈妈，你以为，只有别人家的孩子会消失吗?

可每每当她闭上眼睛，伸展双臂的时候，一个声音，远远地，会从空中传来，从万里无云的碧空之中，穿过千山万水地传来。声音说：“豆腐，答应我，你要好好活着。要是你死了，我就得像俞伯牙一样把吉他摔了，我可真舍不得……”

眼泪流下来，汹涌澎湃，就像身体里流着一条大江大河。落葵对着天空说道：“鱼头，你也要好好活着……”

从此，落葵的学习就像开了挂。她用功到自虐的程度。深更半夜，有时鼻血会一滴滴地滴到作业本上。那种刺目的猩红，让落葵有种畅快感。她告诉自己，一定要考上好高中，考上好大学——远方的、遥远的大学，离开这里，离开那个叫作“母亲”的女人。

然后，跋山涉水，去找她的鱼头。

二 如 云

母亲去世大约三个月之后，有一天，一个陌生的男人敲开了落葵家的房门。

来人三十多岁，戴眼镜，文质彬彬，说北方口音的普通话。

“请问，这里是廖如云的家吗？”

“是。”落葵疑惑地点点头。除了母亲几个多年的老同事，几乎没有任何人来找过母亲。母亲一生鲜少交际。退休后，就更加不爱结识不相干的人。

“可我母亲，现在不住这里了。”落葵对陌生人这样说。

“我知道，”来人回答，“姑姑不在了。我想来祭拜祭拜……”

“姑姑？”落葵目瞪口呆，半晌，才说，“姑姑是谁啊？谁是你姑姑？”

落葵听母亲说过，他们北方的亲戚，一个都不在了，没有了。母亲本就是独生女，姥爷英年早逝，留下姥姥一个人，所以当年母亲留下自己也是为了给姥姥做伴。姥姥去世后，母亲就没有了娘家。而父亲这边，更是干净利落，因为父亲是在福利院长大的孤儿。

落葵觉得遇到了骗子。

她沉下脸：“不好意思，先生，你找错人家了。我母亲从来也没有过侄子。我家没亲戚。”

“哦——对不起！”来人推推眼镜，“是我没说清楚，姑姑不是我亲姑姑，是她让我这么叫她。我叫周明德，是她一直资助的贫困生。”他边说边从上衣口袋里掏出身份证，“你看，这是我的身份证。”

“落葵啊，酒窝妈妈，”家政阿姨大概是听出了蹊跷，这时忍不住在身后叫了一声，“请客人进来说话吧。”

落葵闪身，让这个“扔炸弹”的人进来。他真的是扔了一颗炸弹，把落葵炸得晕头转向。

“你是说，我母亲一直在资助你？”落葵等那个周明德一落座就迫不及待地问，“我母亲，廖如云？您真的没搞错？廖承志的廖，如果的如，云朵的云？”

“落葵，”周明德惶恐地笑笑，“你是落葵妹妹吧？姑姑说，你只比我小十个月。”

落葵惊得半天合不上嘴。

看来是真的了，她想。可是怎么可能，吝啬得一瓶可乐都不舍得买给幼年落葵喝的母亲，居然是个爱心人士，热心资助贫困青年。真是活久见！莫非是人老了，又做了外婆，变柔软了，想给小酒窝积福吗？

阿姨端来了一杯茶，放到客人面前，对失魂落魄的落葵说：“酒窝妈妈，你也坐下，慢慢说。”

落葵坐下了。

“周先生，”她叫了一声，“我妈是从什么时候开始资助你的？”

周明德说：“从我一岁那年开始，一直到我研究生毕业。”

“多大？”落葵以为听错了。

“一岁。”周明德说，“我一岁那年，我父母双双出了车祸，去世了。我是爷爷奶奶带大的，我爷爷是个残疾人，双目失明，家里很困难。从那时起，姑姑就开始资助我们家了。”

落葵转过脸，问家政阿姨：“赵姐，你听清了吗？是我耳朵有问题？他说的是几岁？”

“一岁，”赵姐回答，“酒窝妈妈，你没听错。”

周明德低头，从随身携带的包里，掏出一个本子——一个古老的小学生的作业本，印刷粗糙，纸张早已发黄。周明德小心翼翼地把这个本子放到了茶几上，说：“落葵妹妹，这里面，记录了姑姑给我们的所有的钱，以前，是我奶奶一笔一笔地记，后来，我上学后，就是我记。我奶奶说，一分一毛也要记清楚，记的不是钱，是姑姑的恩义。”周明德顿了一顿，把一只手搁在本子上，神情变得庄重，“总共是368600元。”

“多少？”

“368600元。”周明德回答。

落葵蒙了。耳朵嗡嗡响。一个声音像蜜蜂一样在她耳洞里呼扇着翅膀，“这不可能，不可能，不可能……”落葵从粗糙的、发黄的旧抄本上抬起眼睛，望着周明德，望着这个从天而降的炸弹，眼神呆滞，说不出话。

“我研究生毕业后，进了一家国企大公司，我对姑姑说，等我有能力了，我会把姑姑资助我、资助我们家的钱还给姑姑。可我说了这句话，姑姑就不再联系我了。”周明德望着落葵，神情失落，“以前，和姑姑联系，写信，都是寄到姑姑的单位。姑姑没给过我家里的地址，没给过我电话和手机号码。我给她写信，她不再回复。很快我被派驻到了南美——洪都拉斯，那里有我们公司的一个大项目。我年轻，爷爷奶奶业已去世，没有家庭负担，在那边，一待就是五年。”

落葵渐渐听见了周明德的话。

“这五年，一点儿也没有姑姑的消息，她就像从人间蒸发了。”周明德继续说，“我不甘心。上个月我才回到国内，安顿下来后，就申请了带薪休假，来到了这里，从小，我把这里叫作‘姑姑的城市’。我就不说我是怎么才好不容易找到家里地址的了，可我还是来晚了……”周明德眼睛突然红了，“落葵，莫非，姑姑是在躲我，才走得这么急吗？”

他说不下去了。

那天，落葵留这个哥哥吃了午饭，然后，开车带他去了母亲安息的地方——“永安公墓”。

周明德买了鲜花和水果。一路沉默不语。

看到母亲黑色的、朴素的大理石墓碑，看到上面刻着的字迹：慈母廖如云之墓，周明德泪如雨下，扑通一声，跪下了。

“姑姑，我来了——我们见面了！”

他匍匐在地上，哭得撕心裂肺。

原来，这世上，有一个人，会为了这个叫廖如云的人的离去，如此的伤心欲绝，落葵这样想。妈，有人竟为你这样的伤心……在母亲那个简单冷寂的葬礼上，落葵没有像别人家的孝子那样号啕，从国外匆匆赶来奔丧的丈夫——酒窝的爸爸，自然更没有。酒窝缺席了，因为落葵没有能力给她解释“死”是怎样一件事情。现在，此刻，母亲等来了一场伤心欲绝的痛哭，千里万里跋山涉水追寻来的、大江大河般的痛哭。落葵眼睛湿了。

“姑姑，姑姑，你为什么要躲我啊——”周明德用拳头咚咚咚地捶着地面，“你为什么要躲我？”他喊。

那就像一个天问。

当天晚上，落葵把自己关在房里，翻开了周明德留下的抄本，翻开了一段岁月。

最早的记录，是1988年。11月。500元。

1988年，落葵刚刚出生。如云刚刚南下吧？落葵不记得母亲南下的具体时间。但她听姥姥说过，母亲原先在省城一家大厂矿的医院上班，工厂倒闭，医院裁员，母亲下了岗。那时父亲病故了，母亲就把落葵送回了小城姥姥那里，自己去了南方。

可是，在那样一种境况下，丈夫病逝，自己下岗，孩子嗷嗷待哺，怎么会有余钱来做善事，普济众生？

也常听说，早先，一个大学毕业生的工资是56元人民币。就算是1988年有所增长，就算到了南方，工资高于北方，可是，500元也绝不是一个小数目啊。

这个小小的账本，开篇就是疑问，就是一个不解之谜。

500元一年，这样一个标准，持续到了1994年。从这一年开始，每年一次性地寄往周明德家的钱，变成了1200元。也就是说，每月补贴100元。这一年，应该是周明德上小学的时间。

六年后，2000 年，从这个新世纪开始，每年寄往那里的钱，变成了 12000 元。平均每月 1000 元，大幅度增长。想来，是周明德升入了中学。也因为母亲的收入在增长，还因为通货膨胀。这之前，她们按揭买下了小小一套新房，母亲郑重地对落葵说：“葵，以后月月要还房贷，我们要节约了啊。”

2003 年之后，这个数字演变成每月 2000 元，一年就是 24000 元。这一项后面，周明德自己在本子上做了备注：考上了省重点——县一中。寄宿。

2006 年，这一年开始，每一年的记录显示，寄给周明德的钱是 30000 元。他在那一年，考取了北京航空航天大学。这个数字，维持了七年。四年本科，三年研究生。

除此而外，还有一些特别的记录，某一年，收到 7000 元，用来支付爷爷的住院费；某一年，收到 5000 元，因为窑洞倒塌，用来重碹砖窑，等等。

一笔一笔，一年一年，清清楚楚，共计 368600 元。

巨大的糊涂。巨大的疑窦。

落葵终于相信，母亲有一个秘密。母亲身怀着一个巨大的秘密，她把它带进了坟墓。

她想起那个葬礼之前的雨夜，母亲风雨兼程而来，只为了嘱托她一句话：“葵，别把我送回老家，别让我和他合葬。”就是因为这句话，落葵才决定买下那块墓地，让母亲永远地留在了异乡。

她拒绝落叶归根。

她也很少提父亲。小时候，每当落葵问起父亲，她的回答总是非常简单，说爸爸在落葵出生前就去世了。落葵是遗腹子。

“爸爸怎么去世的？”

“生病。”

“什么病？”

“癌，肝癌。”

只有一次，大约是在落葵七八岁的时候，因为填写一个什么表格，落葵忽然问母亲：“爸爸长什么样？”

“很帅，很英俊。”

“给我看看他的照片。”

“没了，”母亲回答，“搬家时，丢了一个重要的箱子，照片都在里面。”

“那你会忘记他长什么样的吧？”

“不会，他在我心里。”

“你还会结婚吗？”落葵有点儿担心。

“不会了。”母亲说，“他在我心里，谁都进不来了。”

大一些，稍稍懂事后，落葵就不再问这些问题了。她也不再提父亲，她早已习惯了没有父亲的世界。而母亲，也真的没有再婚。当然，随着年龄的增长，她也并不完全相信母亲的守寡是因为对父亲的怀念，而是觉得，母亲那样一个冷淡、寡情、古板、吝啬、无趣，永远站在道德高地的女人，谁会愿意和这样的女人共度一生？

但现在，此刻，落葵知道，她并不了解这个叫廖如云的人，这个生养了她的女人。她隐入了黑色的大雾之中，越隐越深。落葵不再看得清她的脸、她的五官、她的肉身，更看不清她的心和灵魂。

她是谁？

落葵开始了她的寻找——寻找证据。

寻找那个隐身的廖如云。

高考那年，报志愿，落葵以恩断义绝的、自杀式的悲壮选择了她的去向，每一个志愿都指向远方：北京、天津、大连……当她一笔一画写出这些遥远的地名时，心里涌起一种报复的快感。可是——命运似乎永远有个“可是”等在那里，就在高考第一天，一股巨大的、难以承受的压力和紧张感使她突发了神经性腹泻。在考场上，腹部突然剧痛如绞，要拉肚子，考卷只做了一半就被迫交卷。幸亏之前在老师的要求下，她极不情愿地填写了“服从调配”，最终，被本城的一所大学录取。

她没有选择复读。

她没有勇气再经历一次噩梦。

她拼命读书，寄希望于考研、读博。考出去，目标明确无疑。“生活在别处。”她对自己说，陈落葵，你的生活在别处。这不是一句形容，是生死攸关的现实。四年，1460天，她倒计时，过一天，在日历上划掉一天。可是，又是“可是”——大四那年，母亲在一天深夜突发心梗。幸亏母亲自己是护士，而发病那天，恰好又是她在医院值夜班，抢救得很及时，做了心脏搭桥手术。母亲从ICU出来后，落葵就改报了本校的研究生了。

她没有选择。

她不能把有心脏疾患的母亲独自留在这座孤城。

母亲就是她的沼泽地，无论她怎样挣扎，也没有办法从她那里拔出深陷的双脚。

她木然。

研究生录取通知到达那天，半夜里，落葵起夜，发现母亲盘腿坐在客厅沙发里，在抽一支香烟。她惊愕不已。她从不知道母亲竟然会抽烟。看见她，母亲怔了一怔，默默掐灭了烟头。她们无言对视了一会儿，母亲忽然说：“葵，我拖累你了。”

落葵心软了。她想，母亲老了。

她忽然觉得自己没有了敌人。一场如此漫长的战争，却没有胜负。敌人不等她去战胜，自己倒下了。没有了敌人，她不知道生活还有什么意义。

她觉得很荒诞。

她累了，筋疲力尽。她不再需要拼命，不再需要像打仗一样地学习。她很茫然、懒散，一切都让她厌倦和木然。一度，她甚至想放弃研究生的学业，直到她碰到了何凉，那个后来成为她丈夫的男人。

那是在学校餐厅里，有一天，她正独自坐在角落里吃饭，一个人端着餐盘走过来，站在她面前，说："你是陈落葵吧？"

她惊愕地抬起头，看见了一个陌生的、高大帅气的男生，干净、明亮，有高耸的鼻梁和深棕色的眼睛，居高临下，俯瞰着她。

她点点头，说："是。"

他笑了，说："你不认识我了？我是何凉，咱们是初中同学。"

初中，多么遥远的记忆啊。她想，初中的同学，她和他们从来没有瓜葛和联系，也从不牵挂和想念。除了一个人，唯一的一个。

何凉不等邀请，就坐在了她对面。她敷衍地和他聊了几句。知道他大学是在外地上的，考研才又考回了这个城市。他们不是一个专业。

"陈落葵，你还记得于艳艳吗？"何凉突如其来地问了这么一句，"你和她还有联系吗？"

这个名字，这个镂刻在落葵生命中的名字，让她猝不及防。岁月扑面而来，像大风一样堵住了她的嘴。

“你不记得于艳艳了？”何凉很惊异。

“记得。”落葵点点头，说，“我怎么会不记得？”她疲倦地笑笑，“可我不知道她在哪里，我们没有联系。”

“哦。”何凉有些失望地望着落葵，“我还以为你有她的消息呢，那时候你们俩那么好，形影不离。”他笑笑，“你知道吗，陈落葵，当年我好羡慕你，觉得你好勇敢，敢公然和于艳艳做朋友，特立独行。”

这话，让落葵深感意外。她从没想到有人会羡慕那个丑小鸭似的自己，而且是这样一个理由。

“你可能不知道，”何凉笑着，他洁白的牙齿晃了一下落葵的眼睛，“于艳艳，她是我此生第一个梦中情人——暗恋的对象。好笑吧？”

“不，”落葵摇摇头，“我还以为，她只对我一个人有意义，原来不是，”她望着那个耀眼的男生，说，“何凉，原来我们是情敌。于艳艳，她是我对这个世界的初恋。”

他们就这样，重新认识、相遇，渐渐走到了一起。当他们终于成为恋人时，落葵望着天空，在心里说：“鱼头，谢谢你，谢谢你给了我一个何凉。”

那一刻，天空绚烂，晚霞似锦。

她第一次看到了这座南方城市的美，被这美感动。

她试着和母亲和解，试着像一个普通的女儿那样，和母亲相处，尽管她心里和母亲不亲。

是在有了小酒窝以后，落葵才惊愕地看到了母亲的巨变。那个坚硬的女人神奇地柔软下来，蜕变成了一个真正的姥姥。她像天下所有的姥姥一样，在酒窝的生命里，只负责一件事：爱与慈祥。

可这显然并不是母亲的全部。

落葵结婚时，搬出旧屋，曾留母亲一个人独居。后来，有了酒窝，而何凉又被公司派驻到了国外，于是，母亲就搬来和她们同住，帮落葵带酒窝，不辞劳苦，从早忙到晚，乐此不疲。她们的旧屋，母亲早已租了出去。所以，母亲不会把重要的东西存放在旧屋里。

那就只能带在身边了。

落葵走进母亲的房间。翻箱倒柜。

没什么可翻的。寥寥的衣物，挂不满衣柜。随身常用的布质手袋，里层拉链里装着她的老年证——可以免费乘坐公交车。一只从老屋带出来的旧皮箱，里面收纳了她所有重要的东西：户口簿、旧屋房产证、身份证、退休证、社保卡和几张银行定期存单，数目都不大，还有两张银行卡，也都是普通的储蓄卡。一本薄薄的相册，里面保存的全部都是落葵来到这座南方之城后的照片：她的小学、中学毕业的集体照，大学毕业戴学士帽的单人照，还有几张她们母女的合影——

在海边、公园……这是她们母女仅有的几次出游。照片上的落葵，无论在群体中还是独自一人，从来不笑，眼神严肃、忧郁。而母亲也是不笑的，面对镜头有一种莫名的紧张感。

没有从前。没有北方。没有过往。北方的一切，一丝一缕，都不存在，毁尸灭迹。似乎，母亲在这里，在南方，开天辟地重生了一次。

皮箱里，装着她全部的南方——朴素、清简到极致的南方。

没有一条金银项链，没有戒指，没有人人都有的各种手镯、手链，贵的没有，便宜的也没有。母亲的生活里，没有一样多余的东西，没有丝毫的装饰。在南方滔天的欲望之海里，母亲消灭了自己的欲望。

落葵骇异又悲伤。

她不甘心，突然发现皮箱一侧有个隐秘的小兜。她伸手进去，摸出一个小小的锦袋，通常装首饰的那种小锦袋。她拉开拉链一掏，掏出一个绵纸包的小包，打开是一缕头发，柔软的一小缕，用红丝线整齐地缠绕着。纸包里面有几个字迹，写着：小落葵的胎毛。

落葵捂住了嘴。

原来，母亲还是携带了一样东西，从她要毁灭的历史中，携带出了唯一一样东西。

落葵眼睛湿了。

深夜，落葵睡不着，一点一点回想。

突然想到了手机。

母亲出事时，走得匆忙，只拿了一只手机出门去菜市场。她倒下时，手机奇迹般地没有损坏，被母亲紧紧攥在了手里。救护车赶到后，医生就是用母亲自己的手机拨通了落葵的电话。

后来，是交警把手机还给了落葵。

落葵跳下床，跑到梳妆台前，在自己的首饰盒里拿出了母亲的手机。按照习俗，葬礼之后，殡仪馆有一个仪式，要把逝者随身的东西、日用的物品烧掉。落葵虽不解其意，但还是入乡随俗，烧掉了母亲出事那天的衣服、她正在看的一本书，还有她的老花镜。手机是葬礼之后还给她的。所以，幸存了下来。

三个月没开机，早已经耗尽了电量。落葵用自己的华为充电器为它快速充电。十几分钟后，落葵迫不及待地试着开机。

打开了。屏幕上出现了酒窝灿烂的笑脸。

母亲没有为手机设置密码。

手机通讯录一共没有几个人。除了家人，其余的落葵也全都知道他们的出处——都是母亲的同事和几个老姐妹，还有就是必要的生活号码，比如小区物业、酒窝幼儿园，比如豆腐张、鸡蛋刘、修理赵师傅等。豆腐张、鸡蛋刘，想来是母亲常买人家的豆腐和鸡蛋。来历清楚明白。微信朋友圈，也只有这些人组成。

落葵又去查来电显示。

有三个未接来电。时间显示，正是母亲出事当天。一个，是落葵打给母亲的，她奇怪母亲买一把韭菜怎么走这么久；还有两个，是同一个号码，一个在傍晚，另一个在深夜。

号码下面显示的区域，是北方槐城。

落葵心跳了几跳。

她看看时间，已经是凌晨一点。这个时间，给一个陌生人打电话太不合适了。可要让她等六七个小时，等到天亮，无疑是一种煎熬。她想，对方给母亲打电话，不也是在午夜时分吗？不管了，世界上，有比礼貌更重要的事。

她定定心，把电话拨了回去。

响铃了。彩铃声是一首戏歌——《梨花颂》。

梨花开，春待雨，
梨花落，春入泥——

只唱了这两句，就听见那边一个急切的人声接起了电话：“喂，如云？”

一个女声。听上去不年轻了。“如云，怎么回事？你怎么不接我电话？”

“我不是如云。”落葵努力让自己的声音平静，“我是如云的女儿。”

对方静默了。落葵觉得自己能听到那边心跳的声音。

“你是落葵，对吧？”那边的人说话了，“落葵，如云怎么了？她出什么事了吗？”

“她不在了。”落葵说。

“不在了？”对方诧异至极，“去哪儿了？”但忽然之间猛醒过来，“你是说，如云没了？”

“对，没了。”落葵回答。

“怎么没的？”

“车祸。”

“车祸？”那边脱口叫出来，“又是车祸？”

又是车祸？落葵想，为什么说又是车祸？落葵听到那边压抑不住的抽泣。她等着她平静下来。窗外，隐约听见夜航的飞机从城市的上空飞过。落葵一直觉得，夜航的飞机永远给人一种孤独的漂泊感，就像未知的、无助的命运。

“我其实有预感”，过了一会儿，对方开了口，一听就知道是哭过了，“是六月的事吧？那几天，我心慌，所以才给她打电话。”

“对不起，”落葵这样回答，“我能知道您是谁吗？我应该称呼您什么？”

“你叫我姨就行，叫我巧明姨吧。”

“巧明姨，”落葵这样叫了一声，忽然涌上来巨大的悲痛，“我从来不知道您的存在。”她说，“您知道我，我对您一无所知。”

“可你还是找到我了，孩子。”巧明姨说，“是你妈，是你妈让你找到我了。从前在榆城，我和你妈亲如姐妹，她知道你一定有事要来问我……”这个叫巧明的女人哽咽了。

“我能去找您吗？”落葵问，“我想见您。”

九月，是北方槐城最美好的季节。天空碧蓝如洗，阳光澄澈，有浩大而宁静的秋意。白杨树、银杏树的叶子开始变黄，大地丰收，万物都有一种缠绵和惜别之情。一条河穿城而过，波光粼粼，那是流向黄河的支流。对这个据说是母亲出生的城市，落葵毫无记忆，她也几乎从没听母亲提起过它。她不知道，秋天的槐城，如此端庄、从容，有清寂的明媚，那是她生活的南方所没有的美。

她知道自己是北方的植物，被移栽到南方，经历了长期的水土不服。现在，她来了。

乍一看，巧明姨比母亲年轻十岁不止，不像是一代人。巧明姨豪爽、热情、鲜艳，风姿绰约，一望而知，年轻时一定是个俊朗的北方美人。

她双手握住了落葵的手，凝视着她的脸："是如云的孩子，像她，"巧明说，"不过还是没有你妈年轻时好看。"

"我妈？好看？"落葵觉得不可思议。她们说的，是同一个人吗？

巧明深深叹了口气："可怜的如云啊，"她眼圈一红："我不知道她后来变成了什么样，你的母亲廖如云，曾经，是榆城之花。"

落葵惊住了。

三　榆城之花——巧明讲的故事

我和如云，都是榆城人。

榆城是座小城，也是座古城。我们两家都住在古城一条小街里，青石板铺路，两边有店铺。小街中间有古老的市楼，也叫旗亭。穿过市楼，走到尽头，一拐就是旧时的城隍庙。只不过，等到我们记事时，城隍庙里早已不再供城隍神，变成了小学校。

我和如云，都是城隍庙小学校的学生。

我家兄弟姊妹五人，孩子多。我老三，夹在中间，姥姥不疼舅舅不爱。如云是独生女，她前面曾经有过两个哥哥，都在一岁左右时夭折，就她命大，活了下来。你姥爷姥姥看她，如珠如宝。你姥姥姥爷那时都有工作，你姥爷是供销公司的会计，你姥姥是售货员——在一家布店里卖布。双职工家庭，家境不错，如云自然就被他们养娇了。

那年月，细粮、肉、蛋、油、白糖、布匹，甚至肥皂和火柴，样样都要凭票证供应。细粮稀缺，在榆城，通常人家常常只做两样饭。家里的顶梁柱、上班挣钱的父亲吃细粮，其余的成员吃杂粮多一些。如云家里，也做两样饭，不过吃细粮的是如云，而父母则吃杂粮。榆城人爱吃面食，如云的碗里，永远是白面的削面、拉面、剔尖、手擀面，而你姥姥姥爷，则是吃掺了榆皮面的玉茭面、高粱面抿尖、擦尖、包皮面之类。如云的嘴，被养得很挑剔，不吃肥肉，不吃葱，不吃白萝卜，不吃切得粗的面条，她说傻不楞登的大粗面条，她咽不下去。

你姥姥有双巧手，家里有缝纫机，她年年都会给如云做新衣服穿。她在布店上班，近水楼台，有好看的布料总能先买到。她手里还有一本上海出的缝纫图书，可照着样子裁剪。所以如云的衣服，和榆城其他孩子的比起来，要洋气许多。

她被娇养着，长成一朵花。走在榆城的老街上，鹤立鸡群。

她习惯了这样被人瞩目。

我和她，从小形影不离，同出同入。我常年穿姐姐的旧衣服，衣服上总少不了补丁。可我不在意。一来，我没心眼儿，不懂得妒忌；二来，谁没有穿过打补丁的衣服呢？物质匮乏，人人都穷。还有就是，艰苦朴素，是我们那个时代的风尚。

但是如云在意。

如云不止一次问我：“巧明，你总穿你姐的旧衣服，不委屈呀？”

“委屈啥？”我回答，“谁让我是老三啊，我妈说，新老大，旧老二，缝缝补补是老三，我赶上了呀。”我跟她开玩笑，说，“我穿补丁衣服，你觉得丢人是不是？那我以后不和你走一块儿不就行了？”

“你敢！”如云朝我瞪眼。

那一年，学校歌咏比赛，要求穿白衬衫蓝裤子。我朗诵，如云领唱，我俩都站前排。我的蓝裤子前前后后都有补丁不说，还吊着脚，短了一大截，很不像样儿，老师说：“巧明，你上台那天借一条裤子吧。”

那天我第一次介意了。十几岁的女孩儿，张口问人借裤子，毕竟难为情，也非常为难。我到哪里去借裤子呢？歌咏比赛，同学们人人都要穿蓝裤子，谁有多余的裤子借给我？只有如云，可她比我瘦小，她的裤子我借了也没法穿。

我很发愁。

如云劝我：“车到山前必有路，包我身上。”

两天后，如云拉我到她家里。炕上有一条簇新的学生蓝布裤，叠得平平整整，满屋飘散着新布特有的那种气味。

“穿上试试。”如云说。

我穿上身，哎呀，正合适，长短肥瘦，都刚刚好。如云叫起来，说：“妈，你真厉害，你的眼睛真就是一把尺子！”

你姥姥说：“衣不加寸，可还要长个子呢。我在里边都留了余地，等瘦了短了，我都能给放出来，能多穿两年。”

我晕了。

“姨，这是……给我做的？”

“傻孩子，不是给你是给谁？如云回来对我说，她今年不要新衣服了，要把布票省出来给你做裤子。”你姥姥这么说。

我扭头看如云，她朝我笑笑，说：“姐，我不想让你借别人的裤子上台。”

我眼睛湿了。“姨，”我叫了一声，“长这么大，我还没穿过新裤子呢……”

那个年月啊，一条裤子抵千金万金。不是钱，是人心。我和你妈，这么多年，风风雨雨，不管她干过什么过分的事，我都恨不起她来。在我心里，她总是那个对我说“姐，我不想让你借别人的裤子上台”的那个女孩儿，那个妹妹。

其实，有好多事情，小时候，还是能看出端倪的。

初中，我俩还是同学。那时候不考试，就近分配入学，我俩自然被分配到了同一个中学——榆城一中。幸运的是还分在了同一个班。我们班上有一个女生，北京人，是跟着下放的父母来到了榆城。她的气质、气息，穿着打扮，一看就和我们这些小城姑娘迥然不同。那年，不知为什么夏天出奇的长，九月，这个北京姑娘穿一件白衬衫，军绿的裤子，在人群中亭亭玉立，像一棵玉兰树。那白衬衫的面料，叫的确良，是我们榆城买不到的。

一件的确良衬衫，分开了她和我们。就像巴尔扎克小说里描写的，分出了巴黎和外省。

如云不去上学了。她请了病假。

我知道她没病，可她就是不去上学。

姨来找我了，就是你姥姥。姨对我说："巧明，咋办？如云说了，没有的确良衬衫，她永辈子不去上学。"

我说："那能托人去槐城买一件吗？"

槐城，就是省城，一个大地方，离我们榆城60多公里。去槐城办事的人，还好找一些。

"不行呀，"姨发愁地蹙起眉头，"如云说了，一定要去上海买才行，别的地方买来她也不穿。这个死妮子，真是要人命！你知道谁认识跑上海的列车员？或者，有没有人去上海出差？"

我明白了。如云要借上海来压北京。上海，在那时候国人的心目中，是洋气、高端、时髦、时尚的代名词。

十几天后，的确良衬衫总算买到了。姨四处托人，绕了七七四十九个弯儿，找到了一个跑上海的列车员，给如云捎回一件衬衫：素净的天青色，微微掐腰儿，小尖领，白色有机玻璃扣。第二天,如云的病就好了,穿着她的新衣去了学校,神清气爽,眉目如画,清新如雨后的天空。

她必须是被瞩目的那一个。她习惯了这个。

她虚荣。

那时候我就知道了这一点。

不久,我和如云都进了学校的宣传队。那时候,一个好的宣传队,堪比一个小文工团。榆城一中的宣传队就是这样,有阵容强大的乐队、歌队和舞队等。我们排了舞剧《红色娘子军》中的一场——《长青指路》,演吴清华的,自然非如云莫属。我属于歌队,唱歌。我唱独唱,唱《沁园春·雪》,也唱京剧选段——《红灯记》里李奶奶的唱段,《沙家浜》里沙奶奶的唱段,这些都是老旦的唱腔。

学校为如云搞来了一双红色的芭蕾舞鞋,不久,如云就能穿上这双鞋,在关键时刻做几个踮脚尖的动作。她很痴迷。脚尖磨破了结痂,痂破了结,结了破,可她乐此不疲。她踮起脚尖,迎风展翅,如同一只仙鹤,很美。她对我说:"巧明,踮起脚尖,你会觉得,你和大地的关系变得很不一样。"

我觉不出来。因为我脚踩在地上。

我们的宣传队,四处演出,远近闻名,名声竟传到了省城槐城。有一天,槐城一家大工厂的人来到了我们学校,这家大工厂声名赫赫,他们的宣传队更是闻名遐迩,多年来,基本脱产,几乎属于专业性质。他们来,是来招人。

“听说你们有一个‘吴清华’，挺不错的，我们想见见她。”

榆城那时和全国一样，学生高中毕业后，一律要上山下乡。只有那些有特殊专长的人——体育或者文艺特长，才有可能被部队、专业团体或者大工矿企业招走。那时我们刚升入高一，离毕业还有几年，但是，这样一个机会无异于天上掉馅儿饼啊。榆城毕竟是小地方，不像省城，机会没有那么多。来人看了我们一场演出后，对如云十分满意。如云当然也向往着一个更大的人生舞台。还有什么可犹豫的？唯一的遗憾，是拿不到高中毕业证了。可在当时读书有什么用处？一张高中毕业证书，几乎没有一毛钱的作用。就这样，如云决定去省城了。

榆城轰动了。大家都知道一个小女孩儿因为跳舞去了槐城的大厂矿。真是个幸运的孩子啊！不说别人，我妈就羡慕不已，我妈说：“看看人家如云，看看你，都一样在一个台上唱唱跳跳，人家咋就能跳出个铁饭碗来？你就只能等着去修理地球？人家的爹妈上辈子积了啥大德，这辈子摊上这么个好闺女？”

我说：“这话得问你们，别来问我。”

那是一个命运的时刻。

如云很兴奋。

她对我说：“我知道，我不属于榆城。”

我也知道。

“我也不属于槐城。”她又说。

“那你属于哪儿？”我问。

“谁知道呢？我也不知道啊！”她笑了，“我属于一个遍地都是蜜糖和鲜花的地方，那是哪儿？”

“梦里。”我说。

“那我就活在梦里好了。”她自信地笑着回答。

那是个傍晚。我俩在学校操场上席地而坐。放学后的操场空空荡荡，彩霞满天，操场寂静而辉煌。如云的眼睛如梦似幻，里面装满了金灿灿的憧憬。我忽然很伤感。我不知道我伤感什么。也许，是因为那一刻太美。

如云来到槐城，如鱼得水。她还是“吴清华”，穿着她的红鞋红衫裤，在黑暗的椰林里，悲愤地倒踢紫金冠，如同一簇火红的火焰，等着和指路人洪常青相遇。

这小小“吴清华”，也同样引起了槐城的一片赞叹。

她邀请我去槐城看演出。那是一个大会演，地点在槐城最好的大剧场。舞台、灯光、布景，都远非小小榆城可比。我坐台下，她在台上，追光打在她身上，就像神光。她是那么光明，掌声雷动，千人瞩目。如云就这样走到了她人生的巅峰。

那时，我升入了高二。就在这一年，历史迎来了一个大转折。

第二年，1977年，中断了十年的高考恢复了。

我在这一年九月升入了高三。宣传队停止了活动，学习步入正轨。我们将在1978年的夏天参加高考。我的命运转折时刻就这样到了。

我喜欢上学。

我的学习一向不错，也很爱读书。我家穷，没有书，可我从小就喜欢借别人的书看，杂七杂八，居然读了不少中外名著。那时，我两个姐姐都还在农村插队，我爸是个非常明智的人，他对我说："巧明，不管家里多困难，只要你能考上大学，爸砸锅卖铁都供你。知识改变命运。"

这之前，上大学这件事，我做梦都不敢想。因为那时候上大学靠推荐，家庭出身首先要过硬。我家出身不算好，我爷爷在旧时代是小业主，所以我爸一辈子都谨小慎微。那时候我最羡慕的事，不是听说谁被招工，而是谁被推荐上大学，去一个我永远也进不去的世界。如今，机会突然来了，对我来说，就像奇迹。

我还算争气，那一年，我没有在凌晨两点之前睡过觉。我很努力，也是我运气好，考上了槐城大学中文系。

录取通知书寄到那天，我爸放了鞭炮。我妈包了饺子，给我爸打了白酒。我爸喝醉了，红着眼睛说："我们老郑家也出'文曲星'了。"

不管是不是“文曲星”，我来到了槐城。现在，我和如云，又同在一个城市了。

开学不久，一个星期天，我坐公交车去河西看如云。

一条河，把槐城分成了东西两部分，市区在河东，河西是城郊。那些大的工厂大多分布在河西一带。如云的厂也在河西，离市区很远。那一带，有一股好泉水，是槐城少见的出稻米的地方。一路上，稻田、荷塘、垂柳，景色怡人。我特别快乐，因为马上就能见到如云了。

谁知竟扑了个空。

同宿舍的人对我说，如云去了市区的医院。

我吓一跳：“她病了？”

“不是不是。”同屋急忙摆手，“她去进修了。”

原来，脱产的宣传队不存在了。成员们都各自回到了生产的岗位。当初，如云被招工进厂时，编制是落在了厂里的职工医院，占了一名护士的名额。现在，她真的去职工医院当了护士。可她这个护士，什么都不会。医院就把她送到市里某医院的附属护校去学习了。

那是厂里对她的特殊照顾。

没想到如云也做了学生。

我没有贸然去找她。我不知道，如云对这种变化是否适应。就我本心来说，我觉得这是一个不错的改变。许多专业的舞蹈演员，到了一定的年龄，不是也要转行吗？如云只不过是提前了几年，何况，她本就是一个业余跳舞的，既然是业余，那就应该有“主业”才对呀。

那时候联系，哪有现在这么方便？只能写信。我给她往那个护校写过几封信，约她见面，她一直没有回复。我不清楚是她没收到信还是不想见我。后来，我给她往学校传达室打电话，她过来接了，不等我开腔，就说：“你就这么着急想向我炫耀啊？”

说完就挂了。

我很难过。

我难过，不是委屈，不是因为她曲解我。我知道她绝不会以为我是在向她炫耀。她这么说，是发泄，是拿我撒气。因为她不快乐。

几周后，一个星期天，我在宿舍里看书，有人叫我，说楼下有人找。我出去了，是她，如云。那已是深秋的季节，天空碧蓝，金黄的杨树叶落了一地。她穿了一件红色的外套，踩着落叶，站在那里。

我还没开口，她就说：“想你了。”

我走上去，抱住了她。

许久，我们松开。她说：“我带了一个人来。”然后扭头喊“陈怀安”！

我急忙转头。一个瘦高的男人，穿一件卡其色风衣，咔嚓咔嚓踩着落叶，风度翩翩，朝我们走来。

我认出了他，他就是舞台上的那个“洪常青”。

落葵，这就是你爸爸。

四　陈怀安

陈怀安比如云大七岁，是个孤儿，在社会福利院长大。从小性格内向、阴郁，不爱说话。

小学快毕业时，有一次，省艺校的人来他们学校挑人，挨着班级转，挑来挑去，看中了他。

“会跳舞吗？”人家问他。

他摇头。

“喜欢跳舞吗？”

他还是摇头。

他们一边摸他的骨骼、他的膝盖，量他的身高比例，一边问他：“你爸爸妈妈胖不胖啊？”

他不再摇头，也不点头。旁边的老师急忙和来人咬耳朵。“哦——”来人恍然大悟。

于是他们找到了他的监护人——福利院，说明来意。福利院岂有不愿意的？一个孤儿，有了一技之长，这不是大好前程吗？于是，十三岁的陈怀安就这样进了省艺校，学了舞蹈。

那是1965年。

仅仅一年之后，艺校就停课了。

时代轰轰烈烈，没有人能活在时代之外。陈怀安不是一个激情、热情的人，他骨子里是个逍遥派，可是也参加了社会上某一个学生组织的大型宣传队。不为别的，人家是为了革命，他则是为了生存。学校乱了套，他没有地方领取助学金了，福利院又回不去，但是他得吃饭。

等到社会上轰轰烈烈地动员学生们上山下乡的时候，陈怀安则因为舞蹈特长，被那个大厂矿的宣传队招收了进去。虽然，艺校的专业学习仅仅一年时间，可总是打下了底子，和业余的毕竟不同。多少同龄人在这一年，在以后的很多年，去往乡村，去往雁北、陕北、东北、云南或者内蒙古大草原，而他，则因为一点儿薄技，拥有了一只铁饭碗。

跳舞，并非他所爱，也不是他自己的选择。但他还是感谢它。

那一年，他还不满十八岁。

六年之后，他遇到了那个叫如云的女孩儿。

起初，他们只是一对普通的搭档。那时，他正在恋爱，他的女朋友是个北京知青，一年多前从插队的谷县被招工上来，在乐队拉小提琴。这个女知青，对陈怀安一见钟情，是个“颜值控”，又是个极开放的人。他们认识没几天，她就对陈怀安说：“喂，做我的男朋友吧。”

陈怀安以为她是在开玩笑，就说：“好啊，小提琴。”

“看来你没当真，”“小提琴”摇摇头，“我是在追求你呢。”

陈怀安惊得说不出话。

“小提琴”长得不算特别好看，但一看就是大家闺秀。还有来自大地方的那种自信。她飘逸、洒脱、爽朗，和他见过的所有女孩儿都不相同。她对陈怀安说：“美少年，我追定你了。”

陈怀安试图拒绝她：“我配不上你。”

“哪里配不上？”

“我是孤儿。”

“真好，我最不喜欢和婆婆还有七大姑八大姨相处，省事儿。”

“我小地方人，没见过世面。”

“我见过。我讲给你听。”

“我没文化，我们不会有共同语言。”

“谁需要共同语言？我要美，这是浩荡的天恩。”

她理直气壮，慷慨陈词，一意孤行，毫不气馁。陈怀安哪里是她的对手？不用说，陈怀安最终被惶恐地感动了。从此他有了个恋人、姐姐、小母亲和君主。这个孤儿，从来没有体验过被爱的感觉，他沉入一个巨大的温柔之海中，幸福得几乎窒息。他想，幸福原来也是让人恐惧的呀。

如云到来时，他正沉浸在这样的幸福里。他的眼睛，看不到别的女性。这世界上的女人，开天辟地，只有一个。如云这样的小女孩儿注定在他的世界之外。

但是，“小提琴”对他的迷恋，来得快，去得也快。一年后，她突然决定报名参加高考，还请了事假，要回北京去复习功课。临走，她说：“怀安，分手吧。”他沉默不语。

“我们不合适。”她说。

“我们没有共同语言。”她说。

“我知道我说过很多昏话，那时候我在发高烧。生活终究会治好我们每一个人的热病。”她说。

她说。她说。她说。

而他，一言不发。

她说完她想说的，走了。

许久，他才感到痛。痛彻心扉。疼痛让他醒来。原来他一直在做梦。他一个最不爱做梦的人，居然，在一个荒诞不经的梦里沉溺了这么久。他觉得羞耻，羞耻得想死。可他还是忍不住想她，想得五脏六腑在身体里抽搐着揪成一团。他无法解脱，只能伤害自己。他用小刀划他的手臂，让血流出来，热的血，还有心里的毒，流出来的那一刹那，身体慢慢地软下来。痉挛消失了。

他的眼泪奔涌而出。

原来，他会哭。他不知道自己会哭。从他记事起，他就没有哭过。无论多么难受，多么疼，都没有流过泪。他以为自己是一个不会哭的人，没有泪腺。

白天，他很平静。没人看得出他的内心。失恋在他身上波澜不兴。人人都知道他的故事，背后说什么的都有。同情的骂“小提琴”不是东西，嘲讽的说他是癞蛤蟆想吃天鹅肉，嫉妒的说早知道会有这一天。那一段时间，宣传队恰好排了新的舞蹈《十里长街送总理》，作为领舞，他有一大段悲愤欲绝的独舞。他跳得十分投入，步步泣血。他第一次和舞蹈合体。此前，他跳的都是动作和技巧。生命的剧痛让他突然悟出了舞蹈的意义，他抵达了他舞蹈的巅峰。

但是，没有多久，宣传队就解散了。

在他真正爱上了舞蹈的时候，他失去了舞台。

这个数万人的大厂，有份厂刊，他被分配到了厂刊工作，学习版面设计。起初，他觉得匪夷所思，自己作为一个小学毕业，只念过一年艺校的人，怎么能胜任这么有文化的工作？幸运的是，带他的老师，是个很善良很负责的前辈，经历过坎坷、百废待兴的时代，刚刚复出不久，特别有心劲儿，不怕麻烦，手把手教这个菜鸟拍照、设计、排版。他是聪明的，有悟性，跟着老师，一点儿一点儿学，工作渐渐上手。杂志社有个中型面包车，经常要跑印刷厂，他常跟着司机师傅去拉刊物，坐在副驾，慢慢地，对开车也有了兴趣。他对师傅说："师傅，我能跟你学开车吗？"

师傅说："行啊，给我买两条好烟，我教你。"

他开玩笑问，师傅开玩笑答。一问一答后，竟成了真。一来二去，他真跟着师傅学会了开车，居然，还考下了 A 本的执照。现在，他觉得自己是个有用的人了。摄影、排版，这些事情，在他看来，云山雾罩，而开车，则是脚踏实地过硬的技艺，让人安心。

如云再遇见陈怀安的时候，他胸前挂着照相机，跟着他的老师，来厂医院采访。老师跟受访者面对面谈话时，他从各个角度拍照。左一张，右一张，神情专注严肃。他好看的侧影，让一群女护士看得痴迷。

人群中，他看见了如云。

他向她走来，说："如云，你穿着护士白衣，我都认不出你来了。"

如云说："我也认不出你来了，大记者。"

"你也嘲笑我啊？"陈怀安淡然地说，"我还不知道自己是谁？"

"我说真的，"如云回答，"你看不见你自己，你拿照相机的样子，分明就是个记者。"

他微微笑了一笑，说："你我都是舞台上的人，演啥像啥吧。”他打量了她一下：“你也真像个护士。”

这话，让她静默。片刻，她笑笑，说：“你敢找我这个护士输液打针吗？”

“不敢。”他回答。

两人都笑了。

“过得好吗如云？”他问。

“我要去上学了。”如云答非所问。

“去哪里？”

她说了那护校的名字。

“好事啊，”他说，“等你回来，就是个真护士了。多好啊！”

如云长大了。陈怀安第一次发现了这个。他还发现了她原来是个非常好看的姑娘。鹅蛋脸，皮肤晶莹如玉，一双清水眼，睫毛茂密如水草。她的好看，古典，安静，是夜空里的好看，丝毫没有咄咄逼人的霸道和明艳。

“陈怀安，你真这么觉得？”如云问。

“当然是真的，”他很认真，“别说我们，就说那些专业跳舞的，年纪大了，不都得改行？干什么的没有？售货员、流水线工人，有几个人能有运气当护士？”

这话，不止一人和如云说过，如云自己也不是不知道。可从陈怀安嘴里说出来，如云就觉得有一种深深的安慰和知己感。玉树临风似的一个知己啊。

“好。我学成归来，第一个就给你打针。”如云慷慨地说。

“哪有这么许愿的？”陈怀安回答。

如云笑了。

“你会去看我不？陈怀安？”

“请我吃饭，我就去。”他笑着回答。

回去的路上，陈怀安忽然意识到，他今天笑了。而且不止一次。他已经忘了自己多久没有笑过了。他以为自己这辈子都不会再笑了。

几年后，他们没有悬念地结婚了。

三年护校，陈怀安等着如云。

护校一毕业，廖家就出了大事，如云的父亲突发脑溢血去世。如云守孝，陈怀安又多等了一年。

厂里分给他们一间平房，带一个小的厨房。门前，还有小小一块地，圈起来，就是自家的园子。左邻右舍都在园子里种菜、种葵花。唯独如云，种了一园子的玫瑰和月季。

陈怀安说：“这有什么用？种菜多好。”

如云说：“这地上长的东西，哪一样没有用？没用，老天爷为什么生它？”

陈怀安一想，还真是有些道理。

平房是红砖墙，瓦顶，门窗由公家统一漆成绿色。屋内，四白落地。如云用橘色的布料做了窗帘、床单和枕套。一张双人床、一只大衣橱和一张折叠圆桌，还有四把藤椅，这些就是他们新房里的全部家具。家家必备的那种简易沙发和茶几，如云家没有。可她有别人没有的东西，比如，一块漂亮的、出口转内销的草编地毯。这地毯醒目地铺在房间中央水泥地上，折叠圆桌就置放在上面，桌上铺一块白色针织镂空蕾丝桌布，四把藤椅围拢着桌子，就是房间的中心。灯低低地垂下来，是暖光的灯泡而不是那种白炽灯管，照着桌上的黑陶罐。月季开花的季节，陶罐里养着鲜切的月季。玫瑰开花，罐子里就是鲜切的玫瑰。他们俩，在花香中，围桌而坐，吃饭，聊天，招待朋友。

不管是谁，走进这个原本简陋的家来，都要惊呼一声：

“好漂亮啊！”

“好别致啊！”

“好温馨啊！”

如云但笑不语。这就是她想要的。她对生活的爱意、情意和向往，她点点滴滴的努力和自尊，都在这一声声的惊呼里，得到了体现和回报。她觉得幸福。

当然，最让她感到幸福的，是身边的这个人。

此时，陈怀安已经是一个完全可以独当一面的“陈记者”了。他背着如云叫不出名目的各种相机，身穿一件有许多口袋的马甲，出现在厂区的各个地方和各种场合。他三十出头，身材一点儿没走样，而脸部则越发的有棱角，眼睛日益深沉。

他真是美。这让如云骄傲。她喜欢他被瞩目，她尤其喜欢和他并肩走在一起，知道在别人眼里，他们是多么美好的一对璧人。

那几年，真是岁月静好。

五　烟火夫妻

“后来呢？”落葵问。

“后来，”巧明姨说，“我真不想说‘后来’啊。”

“可我就是来听‘后来’的。”落葵说，“巧明姨，我不怕。”

“其实你也听出端倪了吧？”巧明姨说，“他们俩，其实并不是一路人。”

“是。”落葵想。他们不是一路人。

你父亲骨子里不是一个想入非非的人，对生活没有那么大的期望。他喜欢过安静的日子，有安全感的日子。用今天的话说，他是个“佛系”的人，遇事不争不抢。可职场是战场。渐渐地，比他入职晚的后辈，做了他的上级。说实话，他也确实争不过人家。那是一个看文凭的时代，你父亲充其量只有一张初中毕业的文凭。厂里分职工宿舍，一项一项打分，你爸妈俩人的分值都不高。分房总轮不上他们。他们平房小院的邻居们，许多人都乔迁新居，如云那个曾经温馨的小窝，现在，再也没有人羡慕。

如云一天比一天不快乐。

他们俩，结婚好几年都没有孩子，如云不要。起初，因为年轻，想保持两年好身材。陈怀安宠她，自然答应。可后来，年纪大了，陈怀安开始想要孩子，但如云不同意。如云说：

“你就让我们的孩子生在这么一间破平房里呀？”

陈怀安说：“你的意思，分不上房子，你就永远不要孩子？”

“是。”如云回答得斩钉截铁。

陈怀安也越来越沉郁。

那些年，我大学毕业，去北京读了硕士，槐城一所师范学院聘用了我。我和我的学兄结了婚，在槐城终于有了自己的家。我的学校对我不薄，我算是他们引进的人才，分我们一套两室一厅的单元房。我不敢请如云来家里玩儿，我深知如云的心病。

可如云还是来了。

她说：“你不请我来暖房啊？”

她带来了两件礼物，一件是她小园里的玫瑰花，鲜艳欲滴的一束；还有一件，是你父亲陈怀安拍摄的一张照片，放大后镶嵌在一只镜框里，拍的是槐城夜色——河上的月亮。我不懂摄影，可这张照片我很喜欢。

“花好月圆。”如云说。

我很感动。

如云参观了我的新居，说：“巧明，你很骄傲吧？”

我摇摇头。

“那时候，我要是不来槐城，不进厂，也许现在，我也能和你一样。”

第一次，我们谈起那个命运的时刻。可那时，我们谁也不知道，我们是站在一个什么样的路口，一个什么样的历史关头。我们怎么会知道啊？

我不知道该说什么。

“没事，”如云笑笑，“面包会有的，牛奶会有的。”

那是《列宁在一九一八》里的一段名言，属于我们那几代人的共同记忆。

“对，一切都会有的。”我也笑着说。可不知为什么心里很难过。

工厂改革，精简机构，厂刊被停掉了。陈怀安不再是一个记者和编辑，也不再以工代干。厂刊全班人马，只有少数几人被分到了厂办和宣传部门，其余的人，都被分到了“三产”。不愿去“三产”的人，可办理停薪留职，自谋出路。

陈怀安想去“三产”。

如云说：“你到了‘三产’，还怎么见人？”

陈怀安说：“‘三产’怎么就不能见人了？”

“我没脸见人！”如云说，“‘三产三产’，名词时尚，不就是劳动服务公司？听说咱厂要开发的三产，一是去挖鱼塘养鱼，二是开饭店。你是去养鱼还是去饭店跑堂？”

陈怀安回答：“我去当司机。我有驾照。”

“汽车队有多少人也进‘三产’了？开车能轮上你？”

陈怀安不作声了。

昔日的同事，大多都办了停薪留职，自谋出路。刹那间，风流云散。陈怀安觉得伤怀。

如云逼陈怀安办了停薪留职。

如云还想让陈怀安干和摄影有关的事，想让他去哪个报社或者是杂志社应聘。她甚至还来拜托了我。可是，你父亲没有学历，没有专业资质，至于他的摄影水平，我拿了几张他的作品让行家看，人家说，平庸。能拍出这种照片的人，如过江之鲫。

我特别后悔的一件事，就是那天我请行家帮我们掌眼的时候，如云在身边跟着。她清清楚楚，一字一句地听到了这些无情的话，这些残忍的结论。出门，我根本不敢看她的脸，觉得那么对不起她。这世上，我最不想伤害的一个人，却让我伤得这么深。

“好了，巧明，”她对我笑笑，“我不再做梦了。我输了。”

说完，她就走了。

那是黄昏，太阳刚刚落山。天空辉煌而寂静。长长的小街，行人稀少，两边灰色的老建筑有种凋敝的肃穆。如云的背影，又伶仃又骄傲。我望着她渐行渐远，忽然觉得心酸。

她不再联系我。我也不敢联系她。

后来，我还是知道了，陈怀安居然承包了一辆载客中巴，跑长途。他的A本驾照此刻派上了用场。他从槐城火车站站前广场出发，载客去往一个叫交县的地方。那里是山区，路是盘山公路，全程100多公里。

和他搭档的是一个年轻小伙子，叫王子，很快乐，是从前教他开车的那个师傅的儿子。王子坐在副驾上，喜欢说，这是我的白马。可他干的是售票、检票、洗车、整理卫生这样的杂事。

我不知道是喜是忧。

我不知道如云能不能接受这种改变。

几次，我想去看她，犹豫再三，还是放弃了。

那年中秋，我最小的弟弟结婚，我回到榆城参加我弟弟的婚礼。要是从前，我会在第一时间把结婚请柬送到如云手里，可那次我决定不告诉她。没有想到，她竟然来了，是姨通知了她。姨说，这么大的事情，如云怎么能不来？

记得那天，她穿了一件墨绿色的旗袍裙装，如同一棵修竹亭亭玉立。烫过的头发在脑后绾了一个发髻，露出光洁如玉的前额和俏丽的美人尖。小小的珍珠耳环，雨滴一样，悬垂在她耳朵上，说不出的妩媚迷人和性感，完全盖过了新娘子的风头。她比以往任何时候都更精心地修饰了自己，在故乡，在父老乡亲面前，她用精致的妆容，掩藏了她深深的失意。

我懂。

我拉她坐我身旁。她冲我微笑。她对每一个人笑。来宾中，不乏我们从前的同学，她和他们大声寒暄、聊天，热情又随和，热情得甚至有些过头。和同龄人比起来，岁月在她身上，好像雁过无痕。大家都过来向她敬酒，说："借花献佛，敬你。"女人们问她讨要保持身材的秘方，男生们则举着酒杯说："廖如云，今年十九明年十八啊！"还有人起哄，要和她喝"交杯酒"。一切似乎都没有变，时间倒流了，她还是那个被众人艳羡的"榆城之花"。

酒宴将尽，陈怀安来了。

他开着他风尘仆仆的中巴，在交县放下乘客，空跑几十公里，绕道来接如云回槐城。

他和他的车一样，风尘满面，穿着皱巴巴的一身衣衫，闯进婚宴大厅，站在芬芳的、娇媚的妻子面前，突然变得手足无措。

笑容凝固在如云的脸上。

我忙站起来，拉过一张椅子，邀他入席。他连连摆手，说："不了不了，巧明，我们这就走。如云今天还要值夜班。"

“哎这谁呀？”女同学中有人叫起来，“巧明给我们介绍介绍啊！”

我不知道该不该说。

“这是我丈夫，”如云开口了，“他来接我，他怕我和人私奔。”

她笑着说，我不知道她是不是在开玩笑。但人们都笑了。有知道内情的人叫起来，说：“哎呀，原来是大记者啊！”于是引来一片大呼小叫，大记者大记者的。人们都喝高了，很亢奋，就听有人喊：“大记者啊，你小子好福气啊，把我们‘榆城之花’给摘跑了！”

陈怀安惴惴不安地站在那里，忽然打断了大家，说道：“我不是大记者，连小记者也不是，我现在就是个司机，开中巴。”

他说完，人们愣了一愣，静下来，望着他。有人“扑哧”笑了，说：“大记者好幽默啊！”

“他不幽默，”如云缓缓地开了口，“他就是个开中巴的，你们见过这么好看的中巴司机吗？没有吧？”她笑笑，说，“走吧，师傅。”

她挽住了陈怀安的手，镇定、优雅地朝大厅门口走去。她知道背后是一片眼睛的箭阵，她一具肉身活活成了人家的靶子。榆城目睹了她的难堪，目睹了她本来想对故乡隐藏的失意和不得志。她走得越优雅越从容，我就越害怕。我追上去，送他们出门。刚来到院子里，如云就愤怒地把自己的手狠狠地抽了出来，一个人，跌跌撞撞地朝外面跑去。

“如云——”我叫她。

她没有理我。或许，她根本就没有听见。

“对不起巧明，我不该来，她生我气了，”陈怀安抱歉地对我说，“她今天要上夜班，我是不想让她挤长途车……”他这样解释。

“别说了我知道，”我打断了他，“你快开车去追她！”

他开着他倒霉的中巴走了。

后来发生了什么，我不知道。我很不安。可我不敢跟她联系。我一直在等她，等她在需要的时候来找我。我知道她一定有需要我的时候，就像我需要她一样。

可她迟迟没有出现。

没想到的是，陈怀安忽然来了。

那是《新闻联播》刚刚结束，播天气预报的时候，我刚吃过晚饭，门铃响了。我开门看见门外的他，头皮顿时一麻，吓一跳。

“如云怎么了？出什么事了吗？”我脱口就是一句。

“哦，不是不是，如云没事，”他急忙摆手回答，“打扰了巧明，是我想来找你，我有话想和你说……”

我长出一口气，急忙请他进来。我丈夫刚好出差不在家，我妈从榆城过来看我。因为那时我已经怀孕五个月了。

我妈认识陈怀安，知道他是如云的丈夫，忙招呼他坐下，沏茶倒水一通张罗，还紧着打问他吃晚饭没有。我忙给我妈使了个眼色，还好，老太太是明白人，寒暄两句后，就回卧室去了，还顺手带上了房门。

客厅里只剩下了我们两人。

“巧明，如云怀孕了。”陈怀安忽然开口这么说。

“呀，那是好事啊！”

“可是她不想要。她要做掉。”陈怀安说。

我懂了。是避孕失败，不小心怀上的。

“可是我想要啊。我特别想要一个孩子。我是孤儿，没爸没妈，我特别想给人当一回爸爸。”陈怀安说，“这辈子，我自己没命叫过谁爸爸，就想听人叫我一声爸，这不算过分吧？”他乞怜般地望着我。

我小心翼翼地问道：“如云为什么不要？”

“她说孩子来得不是时候，”陈怀安回答，“你还不知道吧？如云要去南方了，正在办手续。”

我大吃一惊。这么大的事，如云都不肯告诉我吗？她真的要不辞而别？从此相忘于江湖？我突然觉得伤心。

“那你呢？你也去南方？”半晌，我问。

“我不知道，”他说，“如云要我走，我心里很乱。我其实不想去。我现在开中巴，挺好的。我喜欢开车，喜欢这份工作。辛苦是真辛苦、真累，可我踏实。开车走在山里，心很静。以前我当记者、当编辑，总觉得是在演，演得很累，还不成功……”他惨然一笑，“可是，如云就是不接受现在这个我。那天在榆城，你也看到了，现在这个我让她觉得那么丢人。她喜欢那个台上的我、演的我，很光鲜、很夺目。她希望我永远演下去，永远不卸装不下台。可我下台了，卸装了，我卸了装的这副样子，让她那么失望、伤心，觉得我一点儿也没出息，胸无大志，平庸，窝囊……她还想让我再扮上，再演。她逼我，说，我要是不跟她去南方，不跟她走，那我们俩就完了。她不是在吓唬我，巧明，她说的是真心话，她真的会跟我分手……”他垂下了头，两手插起来握紧抵在了额头上，“可我不想分手，我不能离开她。我以前有过一次分手，太痛了，太疼了，就像凌迟一样，生不如死……”他抬起头望着我，说，“巧明，我只能来求你，我无人可求，你能不能去劝劝如云？劝她晚走几个月，就几个月，把孩子生下来，生下这个孩子再走？孩子不用她管，生下来交给我，她走，我来带，等她在那边安顿下来，有了立足之地，我马上带着孩子去找她。到了那边，我一切都听她的，我可以努力再扮上、再演！这世上，我没有别的亲人，除了她，还有她肚子里的这团血肉，哪个我也舍弃不了，哪个我也不能不要！巧明，求你了！”

他不是在求我，他是在求冥冥中主宰一切的命运，那个巨大的未知。他眼睛里蒙上了泪光，那么深那么美的一双美目，世间的珍宝啊！我在心里说，上苍，你怎么忍心拒绝这样的祈求？

我答应了他。

“可是，如云要是不听我的呢？”我轻轻地、担忧地问。

“那就没办法了，”他摇摇头，“没有了这个孩子，我们也完了。”

说完这句话，他的脸，凝固成石像一般。

冰冷。绝望。

我去河西找如云。

还是那间平房小屋。还是那个小园。只是，园子荒芜了。冬天的缘故吧？凋零的月季和玫瑰间摇曳着枯草。天气阴沉，预报说会有小雪。

如云开门。

“你怎么突然来了？”她很意外。

我进门，脱下外衣。她一眼就看见了我已经隆起的肚子。

“几个月了？”她问。

“五个月了，”我回答，“你呢？”

“我什么？”

“你多少天了？”

“什么多少天？”

“孩子呀。”我说，“还能是什么？”

她凌厉地望着我：“你怎么知道？陈怀安去找你了？”

“对。”我点点头。

她冷冷一笑：“我说呢，你怎么突然来了。原来是来当蒋干。”

“如云，”我叫她，“能听我说几句吗？”

“不能。”她回答，“趁早别说。说了也没用。谁也拦不住我！我要走，立时三刻！孩子我不要！脑子进水了？现在是生孩子的时候吗？”

“那你说，多会儿是时候？你三十了，陈怀安奔四十去了。你说多会儿是时候？”

“站着说话不腰疼啊，巧明，”如云突然伤心地看着我，“我要是你，我一定不会这么说话。我会对她说，就是世界上所有人都阻拦你，我不会。我懂你。我知道你不是去给自己奔前程，你是想给未来的孩子创造美好的生活。在没准备好之前，你不能把一个生命随心所欲地带进这个世界——我会这么告诉她，巧明！”

“什么才叫准备好了？有可能你永远都不会认为自己准备好了。《渔夫和金鱼的故事》里那个老太婆，她会觉得自己满足了吗？”我说。

“你的意思，我就是那个贪心的贪婪的老太婆？永不餍足？我没有那么贪心，姐姐！我只要有一套你那样的房子，不用出门去上臭气熏天的公厕，不用在早晨端着尿盆去倒尿，还一路跟人打招呼：吃了吗？冬天有暖气，不用在家里生煤炉，乌烟瘴气，还担心煤气中毒。我要我的孩子可以不羞愧地向朋友展示他的家，不自卑地跟人谈起自己的父母，可以响亮地说出父亲的职业、母亲的职业，不过就是这些而已，有点儿体面地生存！这么多年我就要这个，我要得多吗？我要的这些，你不是都有吗？你不是都能给你的孩子吗？在这之前，你不也一样没生孩子吗？”如云激愤又伤心地这么说。

我无语。

我不能说服她。我不能说，她的一意孤行没有一点儿合理。最让我不能抵抗的，是她的伤心。她的伤心让我心疼。

“可是，陈怀安怎么办啊？”我说，“他那么想当爸爸，想要这个孩子，你不管不顾做掉，这样伤他，你想过后果没有？”

“当爸爸是个特别了不起的事吗？猫也能当爸爸，狗也能当爸爸，可我们是人。我们能做一点儿猫狗不能做的事，高级一点儿的事。理解这一点很困难吗？晚几年当爸爸就怎么了？会死吗？”如云愤愤地说。

会死吗？

下雪了。这是那年冬天的第一场雪。

我们都不再说话。忽然有点儿惊心动魄。

屋里烧着一只取暖的铁炉，炉子上，坐着一把铜壶，水噗噗地开了，冒着白汽。那是一把老式的铜壶，我认识，是榆城如云家里的老物件。姨——就是你姥姥，总是把它擦得如镜子一般光亮。我盯着铜壶，看了许久。眼睛都看酸了。

“如云，”我轻声说，“要是时光能倒流，能回到那一年，我一定抓住你的手，死也不放开，不让你来槐城。”

说完，我起身，走出了房门。

我仰起脸，雪花星星点点地落在我脸上。融化了，就像泪水。

榆城的岁月，我们走不回去了。

大约一周之后，我在看槐城地方台新闻的时候，看到了那一则消息。一辆中巴客车，在从古县返回槐城途中，由于雪天路滑，坠落山崖。

那是条弯道，据现场勘查的交警分析，中巴客车在出事时没有刹车的痕迹。

幸运的是，车上没有乘客，是辆空车，只有司机一人坠亡。但不幸的是，中巴冲下山崖时，对面车道上驰来的一辆农用小四轮没有刹住车，撞了上去，坠落在了半崖间。小四轮上一对夫妻，双双遇难，但母亲怀中抱了一个婴儿，则奇迹般地无恙。

司机叫陈怀安。你的父亲。

我冲出家门，就往如云家跑。

那时候不像现在，出租车十分稀少，坐出租车是件很奢侈的事。可那天我坐了出租车，是我丈夫给我叫的。他一路陪着我，搂着我。我不停地发抖，像打摆子。

如云在家。家里挤了一屋子的人，灯火通明。

如云看见我，迎上来。她炽热的眼睛里没有一滴泪，那炽热就像被大火刚刚烧过的荒原。她说："我都认不出他来了。巧明，血肉模糊，他不让我认出他来。"

我抱住了她。她把滚烫的脸埋在了我肩头。

我和她，我和你妈妈，都清清楚楚知道，那不是意外。落葵，那不是意外。

我不用如云告诉我这个。我不想知道细节。

可后来我还是知道了。如云说："你必须知道。"

她说："你要记住我造的孽。"

最后那个早晨，如云叫住了就要出门的陈怀安，对他说道："手术时间定下来了，我今天就去医院。"

陈怀安愣了一愣，说："如云，你不后悔？"

"后悔什么？"

他笑了笑，说："好，我知道了。"神情平静。出门时，他回头，说了一句："再见，如云。"

下雪，乘客不多。陈怀安对那个叫王子的搭档说："人不多，你就别跟车了。我今天在古县有点儿事，可能会住一晚，不回来了。”

车到古县，陈怀安放下乘客，对等车去槐城的人说：“下雪，不安全，今天不跑了。对不起大家了。”

他说，对不起大家了。

就这样，他开着一辆空荡荡的巴士，大雪中，独自去往一条死亡之路。只是，他没有想到，还是殃及了无辜。那辆农用小四轮，是他没有预计到的意外。

小四轮才是真正的意外。

中巴不是。

六 落葵

“我呢？”落葵问巧明，“我不是被做掉了吗？”

巧明摇摇头。“没有，”她说，“那天，如云去了医院，和她预约好的手术医生临时有事，改在了第二天。”巧明深深看了落葵一眼，“当然没有第二天了，第二天如云改变了主意，她要生下这个孩子。落葵，你来了。”

落葵想：我是父亲的孩子，父亲的死换来了我的生。

她把这话说了出来：“巧明姨，我原来是有父亲的孩子。”突然无限心酸。

如云辞职，回到榆城，生下了女儿。那时巧明的儿子已经四个月了。她回榆城探望这对母女。如云清瘦、苍白、平静。孩子还没满月，红润健康，有一头茂密的黑发。

“头发真像陈怀安。”如云说，“浓密。”

这是出事后，她第一次提起这个名字。

“叫什么？”巧明岔开了话题，“起名字了吗？”

“起了，”如云回答，“叫落葵。”

“好文艺啊！”巧明说。

“最后文艺一次，”如云回答，“我原先不知道落葵，是有一年我种花的时候，不知道怎么，地里长出一棵绿苗，长茎，心形的小叶片，长得还很快。我还以为是野草，要拔掉。陈怀安说：‘别拔，这叫木耳菜，也叫豆腐菜，可以吃。我们孤儿院里种过这种菜，它的学名叫落葵。’”如云一边说，一边低头温存地抚弄着孩子的头发，“我觉得这名字挺好听，就留下它了。可它繁殖得太快，我不喜欢它夹杂在我的月季玫瑰园里，还是给它拔掉了。”如云笑笑，“所以我给她起名叫落葵。我每叫她一声，就会想起陈怀安，想起我做的那一切……”

巧明不能说话，她怕自己一说话就会崩溃。她没想到如云对自己的惩罚是如此的残酷和极端。她用她身体里掉下来的那块血肉，用至亲的生命，用一生中的每分每秒，来铭记她对一个人的愧疚。巧明不知道是心疼她还是害怕她。如云把包裹在小襁褓中的婴儿，递了过来，说："来，抱抱她吧。这是落葵。"

巧明接过婴儿，抱在怀里。孩子沉沉睡着，长长的睫毛如同花蕊。软软的小身体，奶香四溢："真好看，像你。"巧明怜惜地赞叹。

"我不会让她像我，"如云断然回答，"我但愿她永远不要知道自己好看。姐，"她郑重地叫了巧明一声，"我要拜托你一件事，你今天抱了落葵，这是最后一次。是认识也是告别。我去南方，会把她暂时留在榆城，你不能来看她，不能和她的生活发生任何联系。这个孩子，她不能和过去，和那件事，"她喘了一大口气，像是缺氧，"有一点点纠扯。她生下来的那一天，我也重生了一次。过去种种，那是我的上一辈子了，我埋掉了它。我这辈子，是和我女儿同一天开始的……你能懂吧，姐？"

巧明点点头。

"此生，我也不会再见你，不会再回到这里。可我还要厚着脸皮再拜托你一件事，我把陈怀安托付给你……清明节，还有，他的忌日，请你替我去给他坟上祭扫祭扫，别让他一个孤魂野鬼，没人惦记。姐，如云拜托你了！"说完，她一掀被子，跳下床，跪倒在巧明面前，俯下身，恭恭敬敬地给巧明磕了一个头。她说："大恩不言谢，受我一个头——"

说完，她就那样匍匐在地上，长号一声，放声痛哭。出事以来，一直埋藏、积蓄在她身体里的泪水，终于决堤，一泻千里地，冲毁了她的伪装。她哭着叫出了那个令她椎心泣血的名字："陈怀安，来世，我做你的母亲，做你的亲娘，我不会让你再当孤儿——"

巧明也哭了。她不知道有没有来世。

她们果真是再也没有见面。偶尔会通个电话，但从不写信。白纸黑字，总会有痕迹。

离开槐城时，她变卖了她所有值钱的东西。金项链、金戒指、金耳环，甚至是母亲在她结婚时送她的传家宝——一对成色极佳的翡翠玉镯，还有彩电、冰箱，以及好一点儿的衣物，等等，能变卖的通通卖掉，然后，给那个车祸殃及的小孤儿周明德，汇去了第一笔钱：500 元。

然后，她启程南下。

槐城，是如云的前世。

南方，则是她的今生。

今生，她严肃、古板、克制，毫无风情和趣味，视欲望为敌。以一己之力，抵抗着整个人类的虚荣，如同一个修道院苦修的修女。

唯一和槐城有牵扯的，就是周明德。她年年汇钱给他，就像今生还着前世的债。

在槐城的最后一天，巧明领着落葵来看陈怀安。

他的墓地，在槐城与古县之间的一座山上。那是一个寂静的老公墓。群山起伏跌宕，四周都是松林。山风浩荡，送来林涛和阵阵松针的清香。

陈怀安的墓碑，是一块黑色的石头，上面刻着：

先夫陈怀安之墓

妻如云携儿泣立

当年下葬时，落葵还没有出世，也不知道是男是女，但是母亲在碑上刻字为凭，是要告诉丈夫，他成了一个父亲。

那是一个孤儿的心愿。

落葵哭了。

她说："爸爸，认识一下吧，我是你的女儿，落葵。"

行走的年代

情不知所起，一往而深，生者可以死，死可以生。

——汤显祖

第一章　行走的年代

一　陈香和诗人

有一天，一个叫莽河的诗人游历到了某个内陆小城，他认识了一个叫陈香的姑娘，陈香是一个文艺青年，在小城的大学里读书，读的是中文系，崇拜一切和文学有关的事物。莽河不是声名震天的名家，不是北岛、江河，也不是后来的海子、西川，只能算是小有诗名，不过这就够了，在那样一个浪漫的年代，一个小有名气的诗人的到来，就是小城的大事了。

20 世纪 80 年代，是一个游历的年代，诗人们的足迹遍布大江南北、长城内外。在某个黄尘滚滚的乡村土路上，在某个破烂拥挤、污浊不堪的长途客车上，在一列逢站必停的最慢的慢车车厢里，都有可能出现一个年轻的、充满激情的诗人。他们风尘仆仆，眼睛如孩子般明亮。那些遥远纯净的边地，人迹罕至的角落，像诺日朗，像德令哈，像哈尔盖，随着他们的足迹和诗，一个一个地走进了喧嚷的尘世和人间。

陈香读大四，面临着即将到来的毕业考试和分配，可她还是参加了文学社的活动。那天，他们在汾河边聚会，和诗人座谈。诗人一下子就把陈香震住了。诗人说，我生在黄土高原，我要让黄土高原发出自己的声音。那时，陈香没有看过《索菲的抉择》，不知道那是一种改头换面的模仿。

然后，他热血沸腾地为他们朗诵了他最新发表的长诗——《高原》中的一节：

也许，我是天地的弃儿
也许，黄河是我的父亲
也许，我母亲分娩时流出的血是黄的
它们流淌至今，这就是高原上所有河流的起源……

太像一个诗人了。年轻的陈香激动地想。他披着长长的、黝黑的头发，脸色苍白，有一种晦暗的、神经质的美，眉头总是悲天悯人地紧锁着。他们有了一夜情，就在他借住的朋友的小屋里。一群人，喝了太多的酒，酒使诗人情不自已。那是陈香的第一次。她怀了献身的热忱，抖得像发疟疾。他很温柔。他温柔地、怜悯地把这洁白无瑕的羔羊紧紧抱在自己怀里，说道："我的温暖，我的灵感啊……"

陈香落泪了。

两天后他离开了这城市，从此杳无踪迹。他汲取了这城市的精华：爱、温暖、永逝不返的少女的圣洁和一颗心。他带着这新鲜的一切重新上路，再没有回头。这城市是他生命长旅中的一个驿站，他在这驿站中留下了一个故事，他却永远不会知道。

陈香在他离开后的那些日子里，常常一个人去看河。她就是从那时起爱上了河流。她站在坝堰上，眺望汾河，河水只有浑黄的一条，但河床是宽阔的。防风林带在她视线可及的远处，绿得又端庄又单调。蓝天、白云、黄水，偶尔飞过的水鸟，她小小的秘密，就藏匿在这地久天长的、永不会开口的天水之间，眼泪会忽然涌上她的眼睛，又疼又甜蜜。她以为这一切将是天长地久的，那时，她不知道，有一天，这永恒的河边景色会成为最幻灭、最伤痛的青春记忆。

两个多月后，陈香毕业留校了，她以闪电的速度结婚，嫁给了一个和她一起毕业留校的学长。学长比她大八岁，有过婚史，几年前离异。七个月后，儿子出生了。陈香的儿子，健康、结实、漂亮，哭声又响亮又理直气壮，一点儿没有“早产儿”的孱弱：没人会相信这是一个严重不足月的婴儿。陈香把他抱在怀中，来探望的人们尽管心存疑惑，嘴里却说：“哎哟，小家伙好命大，真壮实！”

要不就打圆场：“老话说得好，七活八不活嘛！”

陈香骄傲地、坦然地笑着，亲着儿子的小脸、小鼻子、小眼，亲着他娇嫩的、小得不可思议的十根小手指头，多奇妙啊，她感动地想，现在，你再也不能和我分开了，你就是人在天涯，也不能和我分离。她柔情似水的亲吻大概使儿子感到了不耐烦，他突然一蹙眉头，晃着小脑袋，那神情，几乎就是某一瞬间的重现！她呆了一呆，忽然仰脸哈哈大笑，笑着，却泪如雨下。

丈夫走过来，抱住了她。丈夫说道：“可怜的陈香……”

二 雕花拱窗

起初，人人都羡慕莽河的好运气，能够分配到那样一个堂皇的学术机关中去。莽河自己也是高兴的。

堂皇的学术机关，却设在一个陈旧的小楼里。那陈旧的程度令人惊诧。没人说得清它是一个什么样的建筑，灰砖，光秃秃、粗鄙、丑陋的三层小楼，却又有着镶嵌了雕花石刻、拱形的、细长而精致的窗户，这使它的来历顿时变得可疑，就像一个身份复杂的女人。走廊幽暗、狭长，永远弥漫着厕所的臭味儿。终年走在这样的走廊里，感到生活就像一块湿答答的旧抹布，暧昧、不洁。

有雕花的拱形窗户，细长到不合比例，严重影响了室内的采光。冬天，一到下午四点钟就需要开灯照明。但这仍然是整座建筑中唯一让莽河喜欢的东西。他常常爱怜地、温柔地望着它，心里想，是什么缘故让它沦落到这里来的呢？这垃圾山中的百合？比想象中枯燥百倍的、日复一日没有尽头的办公室生涯，因为这样的追问和联想，变得似乎可以忍受。

并没有发生什么特别的、惊天动地的大事，他经历的，是那个年代所有那些刚刚走出校门步入“社会”的年轻人都要经历的东西——学习融入。上班第一天，他来得很早，坐在拥挤的角落里他的办公桌前，却不知道应该拎着暖水瓶去锅炉房打回开水。那天，去打开水的人居然是多年来没有染指过办公室杂事的科长，科长拎着饱满的暖瓶走到他桌前，问他：“喝水吗？”他居然一边把茶杯递上去一边心无城府地回答说：“谢谢。”那一刻，一办公室的人都饶有兴味地旁观起这猫对老鼠的戏弄。

就这样，他在第一时间向大家展示了他的第一个缺点：没有眼力见儿，还有，傲慢。

漫长的八小时办公时间，一屋子人，看报纸、喝茶、聊天，或是借机溜出去到附近的菜市场拎一网兜子蔬菜回来。办公室生涯就像沿着轨迹运行的列车一样周而复始，那一种平凡的单调是他不能忍受的。他常常一个人躲进资料室里看书，写一些诗行。那是一间设在地下室里的暗无天日的大房间，书架壁立，灯光昏暗，散发着故纸堆发霉的气味。那一段时间，他觉得自己写在纸上的每一个字都有一种可疑的苍白——贫血，像一种他不喜欢的孱弱的菌类。这让他心情晦暗，沮丧万分。就在这时主任找他谈话了，主任语重心长地说："年轻人，我们这里不是作协，要记住，写诗，不是我们的正业。"

主任是一个令人尊敬的学者，学者视荣誉如同生命，他的话，有着不容置疑的正确性。后来，在许多的场合，这个学者都给别人讲过那个著名的故事——抗战时期，那个刘什么教授，庄子专家，在日寇飞机横空肆虐的时刻，质问跑向防空洞躲轰炸的沈从文："你跑那么快干什么？我为庄子跑，你为谁跑？"此刻，主任苦口婆心地想把这个文艺青年拉回正途。他从主任办公室走出来，回到自己的办公桌前，抬眼望着细长的、优雅的拱窗，忽然一个声音在他心里响起来，是一个神秘的祈祷般的声音，一下一下，撞击着他，他整个身体像钟一样发出嗡嗡的震颤与共鸣，那声音说："走吧，走吧，走吧……"顿时，他眼睛潮湿了，他觉得是命运在和他说话。

那是一个节日的前夕，楼下院子里，在分葡萄和带鱼，热闹，喧哗，喜气洋洋。人人拎着带鱼和葡萄回到办公室，一边议论着各自手中带鱼的宽窄、葡萄的大小。忽然有人在下面吵起来："凭啥给我这么一堆破烂儿？这是叫人吃还是叫猫吃？"是一个变了腔调的尖厉的女声。恐惧就是在这时一下子攫住了他，他想，我不要这样的日子和人生。

然而，"不要"，不是一件容易的事。它折磨着他。他不能跟任何人吐露自己"不要"的决心，尤其是亲人们。只要他略漏一下口风，他们就骂他发疯和作孽。"不要"这么好的前程，他要什么呢？他一天一天拖延着，犹豫着，挣扎着，就像被拷问的哈姆雷特。日子飞逝而过，一晃竟是数年。直到有一天，他去上班，听人说，他们的旧楼房要重新装修了，拱窗要被砸掉，扩宽，换上那种新式的塑钢窗。他一愣，然后，笑了。

当天，他做出了一个地动山摇的举动：递上了一份辞职申请。

在一个安静的晚上，他一个人来办公室收拾自己的东西。日光灯管嗡嗡地轻响着，是静的声音，不知为何让他想起正午时分阳光照耀下空无一人的公路。他默默打量着这间拥挤、杂乱、横七竖八挤了四张办公桌的斗室，心里柔软下来。一瞬间，他想，也许，不是没有和解的可能，和凡俗的生活、琐碎的日子和解，也许，这里有一些秘密是他不知道的，卑微却依然珍贵的秘密……他用手抚摩就要消失的拱窗，最后的拱窗，月亮悬挂在窗外，是一轮雾蒙蒙风尘中的圆月。“再见了，朋友！”他轻轻说，是对拱窗，或者，也是对这里的一切。

走吧，走吧。到天国去吧。

地上，一定有一处教堂，在唱着这样的颂歌。

三　陕北，你这大胆的女子

现在，陕北该出场了。这是莽河的故事开始的地方。

其实，陕北并不是他的目的地，他甚至说不清为什么第一站要到这个叫“米脂”的地方，他本来是要到更远的地方去的，比如草原，比如天山，但结果是，太阳快要落山时，他一个人站在了陕北米脂的街头。米脂很安静，很空旷，黄昏的忧伤和小城的寂寥一下子就穿透了他的身体。

他想起了那句人人都知道的民谚——“米脂的婆姨绥德的汉”。他还想起了一句不那么为人知的诗，是黄河对岸一个叫吕新的人写的：

陕北，你这大胆的女子，

还没有结婚，就生下了米脂……

他微笑了，他想，多情的地方啊。

他沿着空旷的大路走，看着太阳在前面一点儿一点儿坠入旱塬。太阳沉没的那一瞬间，他找到了一家小客栈，是那种窑洞式的屋子，青砖盖脸，深而长，却没有炕，里面前前后后支了四张铺板，房钱很便宜，被褥也干爽。他选了最角落里的一张，放下了背包。老板笑着对他说道："对着哩，在家靠娘，出门靠墙。"又说道："没别人，想咋睡都行。"

他也笑了，说："行，我前半宿睡这张，后半宿睡那张，换着睡。"

"就你一人睡？"老板笑着问，"不恓惶？"

他怔了一怔，听懂了那弦外之音："那可不，出门时我媳妇交代了，路边的野花你不要采。"

那不是他媳妇，那是邓丽君。他想。

旅馆不卖饭，他洗了把脸就出去寻找吃晚饭的地方。太阳落山了，街上几乎没有行人，但是空气中弥漫着饭香，这使寂寥的小城有了人间的气息。他走进了临街的一家小饭铺，里面支着三四张木桌，扑面一股奇异的酒香，有客人在喝酒。他听人说过，米脂这地方，出好米酒。

他在临窗的桌前坐下。米酒的浓香和这昏暗的小店不知为何让他想起《水浒传》里好汉饮酒的那些酒家。他几乎想高声大喊"筛酒来——"显然，这是家私营小店，他刚落座，老板娘就笑吟吟麻利地站在了他面前，问道："客人吃啥？"

是一个矮矮胖胖的女人，很壮实，没有出众的姿色，但眉眼干净，皮肤白皙，有着家常的温暖和好看，米脂的婆姨。他笑了，说道："你有啥？"

她指了指身后的墙。

墙上，挂着一块小黑板，菜谱就一五一十写在黑板上。

"我这里的驴板肠，米脂人都说好，"她补充了一句，"老汤卤煮，祖传秘方。"

驴板肠是米脂的名小吃，似乎也听人说起过。还听人说过这样的话："天上龙肉，地下驴肉。"在北方，很多人喜欢吃这一口。既然米脂人都说好，看来是来对了地方。他望着老板娘温暖干净的脸，愿意相信她的话是真的。

"好，切盘驴板肠，筛半斤米酒。"

酒菜上来了。酒果然是本地自酿的米酒，醇香清冽，盛在一只粗陶大碗中。他端起碗来就是一大口，呛得他咳嗽。驴板肠也是香脆的，卤出了绵长的滋味。他想，不错，这是一个美好的夜晚。他大口大口喝酒吃肉，一个声音忽然在耳边响起来："外乡人，这米酒可是有后劲儿的。"

他一抬眼，桌前立着一个人，女人，一个姑娘。牛仔夹克，马尾辫，鲜艳的嘴唇，在昏暗的灯光下有如暗夜中幽香浮动的花朵。他望着她笑了。原来，他在这样的一个黄昏走进这样的一家小店，不是没有缘故的。

“你也是外乡人吧？刚才你是不是一个人坐在角落里？我邀请你共进晚餐，可以吗？”他借着酒劲儿盖脸，这样说。

她刚要开口说话，他打断了她，“别说你已经吃过了——吃过了，就坐下来，一块儿喝两盅米酒，这总行吧？看在我们都是外乡人的分儿上。”

她笑了，是那种非常安静的笑容，知识女性身上很难看到的那种天然的、宿命的安静。她坐下了，说道：“好吧，不过，我没酒量——老板娘，给取个酒盅。”

酒盅取来了，斟满了，她端起来，对他说道：“纠正你一下，我不是外乡人，米脂是我老家。”

他上上下下打量了她一番，点点头：“明白了，你是来寻根的。”

她又安静地一笑：“算是吧。”

“中文系大学生？”

“不，社会学系的，”她回答，“黄河对岸，南边师大的，听过你讲座，莽河老师。”

“你？认识我？”他差点儿被一口酒呛住，惊讶地瞪大了眼睛。

她没有马上回答，湿润而狡黠地笑着，忽然开口念道：

也许，我是天地的弃儿

也许，黄河是我的父亲
也许，我母亲分娩时流出的血是黄的
它们流淌至今，这就是高原上所有河流的起源……

“这是你的名片，莽河老师。”

“哦——”莽河太得意了，“你可别对我说，‘天下无人不识君’！”

“那是李白，不是您。”她笑着回答。

他突然哈哈大笑。是啊是啊，那是一千多年前的李白，不是他。不过已经够了，一个跨过黄河来寻根的米脂姑娘，在这地老天荒的小城，在黄土高原浑厚的腹地，认出了一个漫游的落拓诗人，他的诗是他们相互辨认的暗语。这样的奇遇，只能发生在那个浪漫的年代，天真的年代。

他收敛了笑容，郑重地起身，朝她伸出了右手，“请允许我介绍我自己：莽河，写诗的无业游民，这是我最新的身份——”

她握住了他的手，说道：“叶柔。”

世界忽然沉入博大无边的宁静之中。

叶柔住在县招待所。

叶柔不是一个大学生，她是一个研究生，为了自己的论文在做一项田野调查，那是一个有关迁徙的题目——历史上的走西口。出发前，她特意绕道陕北回到了自己从未回过的老家，不用说，这个“文艺青年”是受了方兴未艾的“寻根文学”的诱惑：米脂，历史上的银州，这从未谋面的家乡，突然之间向她呈现出了审美上的意义。

他送叶柔回住地。米脂城睡了，昏黄的几盏路灯穿不透整座小城和千山万壑间的漆黑。月亮是一牙细细的眉月，而星星则亮得像是要从天上滴落下来，几乎能听到那滴落的声音似的。路很短，不足200米，叶柔说：“谢谢你送我，还有你的酒。”他说：“不用谢——”他看着她的身影被漆黑的院子吞没，心里一阵惆怅。

那一夜，他失眠了。

他想，原来，神差鬼使莫名其妙让他来到陕北，是为了让他遇到一个好姑娘。

第二天一早，叶柔就跑来邀他去县招待所吃早饭。她为他买好了饭票。叶柔站在小客栈的院子里，清新得像一株带着露水的仙草。叶柔说：“请你喝小米粥。米脂的小米可是闻名天下的。”莽河笑了，说：“好。”

那一顿早饭，是莽河此生吃过的最难忘的美味。小米糕、小米粥、简朴地点了一点儿香油的咸菜，粮食珍贵朴素的香味，是被土地孕育滋养出的醇厚和芬芳，还有，太阳的暖香，使他在吞咽时第一次像个耕作者一样感受到了大地的仁慈。粥面上，凝结着一层厚厚的油脂，据说那就是“米脂”的由来。

多好，他想，这名字里有恩情。

饭后，叶柔说：“你愿不愿意和我去个地方？”

他太愿意了，眉开眼笑，不过嘴里却这样说：“我就知道这世界上没有白吃的午餐。”

出银州镇，沿无定河向南，在银州镇和十里铺之间，有个叫“叶家圪崂”的村庄。那是个只有几十户人家的小山村，家家都住窑洞，村外是层层梯田。春耕的时节，阳光灿烂，村庄显得格外安静。

从前，村西头，土崖下，有户小小的庄户院。三眼一炷香土窑，一明两暗，那就是叶柔父亲出生的老窑。父亲十几岁离家，参加了八路军，十多年后进城，回来接走了叶柔的奶奶，从此再也没有返乡。起初，那窑洞还有个孤寡的亲戚住着，照看着，后来那亲戚过世了，庄户院就一天一天荒芜下来，长满没膝深的杂草，成了蛇鼠的天堂。但是土窑还在，没了门和窗，裂着大缝，缝里摇曳着去年的枯草，但是仍旧坚持地站在那里。窑顶崖头上，一棵枣树，在阳历四月的春风中刚刚苏醒，爆出米粒大的小芽。当这两个“寻根”的年轻人步行八里路赶到叶家圪崂时，看到的就是这样一幅情景。

太阳真好。

陕北的天空，瓦蓝瓦蓝，那是他们从没见过的纯粹而高远的蓝天，辽阔无边的善良、静谧、安详、尊严，这样的天空是对最卑微、最艰辛的生存的一种补偿吧？莽河望着蓝天下摇摇欲坠的土窑这样想。

叶柔久久默不作声。

她抬起了脸，眼睛里有泪光，她仰脸向着万里无云的天空突然叫了一声："奶——我回到你说的老家了……"

哗啦啦啦啦，从塬上吹过一阵风，满院的荒草一阵乱响。

陪他们来的是一门远亲，出了五服的一个哥哥，成锁哥。说是哥，年纪却比叶柔大许多，是五十几岁的人了，还记得叶柔的奶奶，叫她"六奶"。

"六奶埋在啥地方？"成锁哥问叶柔。

叶柔摇摇头。奶奶的骨灰，至今存放在殡仪馆骨灰堂里，存放在她最终也没有视为家乡的那所客居之城，还没有入土。

"入土为安哪。"成锁哥说。

他们在成锁哥的带领下离开了荒窑，朝村里走去。刚刚走出十几米远，只听身后"轰隆"一声巨响，他们吃惊地猛回头，只见鸟雀狂飞，烟尘冲天而起，荒窑坍塌了。叶柔惊讶地望着轰然倒塌的祖居——原来这么多年它一直支撑着、坚挺着、等待着，坚挺着等着她的到来，等着和一个亲人，一个血亲最后告别。

她泪流满面，朝着坍塌的荒窑，打断骨头连着筋的老家，扑通一声跪倒在地。

四 窑洞之夜

那天他们就留在了叶家圪崂。

太阳落山前，他和她就一直坐在一面土崖上，俯瞰着她的村庄。鲜黄的塬，鲜黄的土崖，瓦蓝的天，世界纯净到就只有这两种颜色，世界之初的颜色。他们安静地坐着，听那些自然的声音，风声、虫声、鸟鸣、草叶的细语、牛哞和远近的狗吠，他觉得心很静。

叶柔的声音也是静的："你老家在哪儿？莽河老师？"

"叫我名字，"他回答，"我不习惯人家叫我老师。"

"你老家在哪儿？莽河？"

"我出生的城市就是我的老家，"他回答，"我父亲、爷爷，三代人都出生在那儿。我老爷爷、爷爷都是商人，到了我父亲，公私合营了，他就成了商业局下属公司的一名职工，"他笑起来，"有时候，我想，我怎么可能成为一个诗人呢？我从头到脚流的都是商人的血。"

"你已经是诗人了。"叶柔说。

"可我怀疑自己，我是不是真有一个诗人的灵魂？会写几行诗未必就是一个真诗人，"他凝望着鲜黄的塬、安静的小村落，缓缓说道，"也许就是因为我怀疑，所以，我才要迫不及待地去证明什么，我才要逃跑，从平庸的日常生活中出逃，那是因为我害怕真相——是不是这样？"

“从平庸的日常生活中出逃，那是诗人的本质。”叶柔这样回答。

“你给了我一个好理由，”他笑了，“你是个善良的好女孩儿，可是你知道吗，叶柔，这代价也太大了，我把我爸都气病了，高血压，住了医院……我爸说，我要是不回去上班，他就和我断绝父子关系，不认我这个儿子了。”

“真的？”

“他出院那天，我给他磕了一个头，就这么走了……其实我心里挺不是滋味的。”

叶柔不知道该怎样安慰他，她为他难过。

“你，后悔吗？”她犹豫地问他。

“至少现在，此刻，我不后悔。”他叹息似的望着远山近郭，“它们多美！”他由衷地、真心地说。

太阳就要落山了，此刻，天空出现了晚霞，晚霞把鲜黄的土崖涂染成血红。壮阔无边的寂静，瑰丽的寂静，笼罩了小山村，笼罩了千沟万壑。一缕缕炊烟，像灵魂一样袅袅升腾：这一刻，莽河觉得自己看见了神。

成锁哥打发孩子来喊他们去吃晚饭了。

成锁家有五孔窑，最西边那一孔，平时不住人，堆些农具、杂物，做仓房，今夜主人临时收拾了出来，拢起火炕驱赶潮气，做了莽河的客房。叶柔则住在了成锁家女子们的窑里。

晚饭，成锁嫂熬了一大锅“钱钱饭”，炸了黄米糕，杀了鸡，摊了鸡蛋，去供销社打来了米酒。他们左一盅，右一盅，边喝边听成锁哥给他们讲些家族里的陈年旧事。

成锁哥喝高了，用筷子指着莽河对叶柔说道：“柔啊，你这个对象人不赖，喝酒一点儿不偷奸耍滑。”

叶柔脸红了，说道：“哥，你喝醉了，人家不是我对象。”

成锁嘿嘿笑出了声：“你就日哄我吧，不是你对象，和你跑到咱这山沟里做啥？”

叶柔急了，说：“哥，你别瞎说，人家是我老师——”

莽河举起酒盅打断了她的话，莽河说：“成锁哥，你这妹子眼太高，人家看不上我。”

成锁哥左看看，右看看，打着酒嗝，用筷头点着叶柔的脑门说道：“柔啊，我看你是挑花眼了，听哥一句劝，人无千日好，花无百日红，不敢自己耽误自己……”

话音未落，窑顶吊着的十五瓦烛光灯泡，忽地灭了。黑暗一下子灌进了窑洞，就像在为成锁哥的话做着注脚。停电了，叶柔想。停电了，莽河也这样想。却原来不是，只听成锁哥笃定地说：“九点了。”原来一到九点，这里的电厂就拉电闸。隔间灶洞里的火光，忽然变得前所未有的珍贵，像点亮人类文明的那一堆火。成锁嫂去点灯了，他们就在伸手不见五指的黑暗中坐着。叶柔的手忽然被一只手悄悄握住了，那手很大，却很柔软，是一只孤独渴望的手。叶柔的手没有挣扎，叶柔的手宽容地、温柔地、像传说中的解语花一样默默说道：“你这个迷途的小弟弟……”

煤油灯点亮了。莽河依依不舍地放开了叶柔的手。他探身执壶，给自己和成锁哥都重新斟满了，说道：“哥，喝酒，这米酒可真香啊！”

酒阑人散时，叶家圪崂早已是漆黑一片。村庄睡沉了，片刻工夫，待客的主人也睡了，熄了灯。莽河静静地躺在炕上，朦胧的月光把糊在窗棂上的麻纸映得很亮。他了无睡意，米酒、一天的奔劳都不能使他入睡。大概是这世界太静太纯粹了，而他是个有“杂念”的人。他披衣下炕，开门，走出了窑外。

月光淡淡地涂染了窑院。不是十五、十六的大月亮，没有那种如水的坦白和清澈，却更柔和，更具善意和禁忌。山风一吹，他有些头晕，酒劲儿上来了，他靠着磨盘坐下，背风点燃一支香烟。红红一点烟头，像萤火虫一样，在千山万壑的内心，在黑夜的内心，一闪一闪飞动。一支烟没有抽完，“吱呀”一声，东边的一扇窑门，轻轻开了，一个人影无声地走出来，掩上门，走下台阶，站住了。

他扔掉烟头，起身，朝她走去，朝那朵鲜花走去。他们面对面站在了一起，他抓住了她的手，冰凉的手，他牵着她走回他的窑，别人家的窑。她发着抖，他一把把她搂在怀中，她的脸紧贴着他的心口，她的脸烫得像一块燃烧的火炭，灼着他的肉。他不住口地叫着她的名字："叶柔，叶柔，叶柔，宝……"她眼泪夺眶而出，那眼泪也是滚烫的，吱吱冒着热气，像熔化的铁水。她耳语一般地、宿命地说："我疯了，我疯了……"

窑外，狗不明缘由地突然吠了起来。

阳光灿烂的早晨。

他醒了，来到窑外。"喳喳喳"一片鸟鸣。他洗脸、漱口，成锁嫂喊他去吃早饭。成锁哥一早下地去了，娃们去上学，饭桌上，除了他没有别人，他奇怪地问成锁嫂："叶柔呢？还没起来呀？"成锁嫂回答说："哦，她叫我说给你，她一早起来，先回城去了，说是有啥事情，是公家的事。她叫我说给你，她在县城等你。"

他蒙了，忽然有了不好的预感。他放下了筷子，对成锁嫂说："嫂子，我不吃了，我得回城去。"

他几乎是一路跑着赶往县城，赶出一身又一身热汗，中途搭了一截拉砖的小四轮农用车，弄得灰眉土脸。他灰眉土脸跑进她住的县招待所，服务员说，客人已经退房了。

他不相信自己的耳朵，"啥？"他问。

"退房了，一早就退了。"

他耳朵里嗡嗡嗡响着，像钻进了一窝蜜蜂。

"你，你弄错了吧？怎么可能？你知不知道她去了哪里？”他结结巴巴地问。

“看见她搭顺车走了。河对岸山西家的车，走了一阵子了。”服务员认真地、同情地回答。那是一个团团脸和气的姑娘，唇红齿白，两只小酒窝若隐若现。

热汗变成了冷汗，冰冷地贴着他的后背前心，他一阵恐惧。这样好的太阳，这样好的早晨，一觉醒来，他把叶柔弄丢了。她就像草叶上一滴露水，在太阳下蒸发了。

来无踪去无影，就像一个聊斋故事。

第二章 父与子

一 陈香和老周

老周是陈香的丈夫，也是她同班的师兄，叫周敬言。只不过，周敬言这名字，平日里很少有人叫，大家都叫他“老周”。还在做学生的时候，他就是“老周”了，全班男女，无论大小，大家都“老周、老周”地叫，听起来朗朗上口，老少咸宜，好像他生来就该是个老周似的。

说来，一个班里比他大的，也不是没有。像贾爱斌，比他大一岁，却很少有人叫他“老贾”。和他同岁的，有好几个，也不是随时随地都被人以“老什么”冠名，唯独老周，是毫无歧义的。你站在他面前，面对着他的脸，不叫他“老周”还能叫什么呢？在某种意义上,那是一个尊称——“七七·一”全班的老大哥。

老周是个善良的人，有一颗金子般的心。

老周结过婚，有过一个孩子，一个漂亮的小男孩儿，孩子不满周岁时，因为一场中毒性痢疾死了。这件惨痛的事最终导致了他们夫妻的离异。老周的前妻，是一个“北插”，孩子的去世使她椎心泣血地痛恨这个客居之地，她对老周说，我就是回北京要饭也不在这鬼地方待了。于是，她抛下老周走了，当然她没有回去要饭，家里给她托门子找了一个不错的接收单位。但是北京不接收老周，北京有什么理由接收一个毫无名堂的外乡人呢？北京最终使他们劳燕分飞。

可是你在老周身上，几乎看不到这些伤痛的痕迹，他一点儿也不愤世嫉俗，对世界抱着几近天真的善意。他生来是个天真的人，这使他的笑容纯净而温暖。他像孩子一样欢笑，像哲人一样思考，只不过，年轻的陈香不知道这一切有多么珍贵。

老周不算英俊，远远不算，他有一张扁圆的大脸，中等个头，偏胖，还有一点儿微微的驼背，总之，他只能是一个兄长似的“老周”而绝非陈香心里的白马王子。陈香甚至都不知道他其实一直在喜欢着自己，四年的时间，朝夕相处，陈香过得轰轰烈烈又浑浑噩噩，直到她遇上了那个大麻烦。

她几乎没有什么妊娠反应，她唯一的反应就是变得格外贪吃。她的饭量几乎是以几何倍数增长着。一顿饭，她可以吃下四个馒头、三碗小米粥、两碗大烩菜。他们出去打牙祭，吃灌汤小笼包，她一个人足足吃下去八屉！吃得所有人目瞪口呆。她的好朋友明翠看出了事情的古怪和蹊跷，当天下午，把她约到了河边，对她说道："陈香，出什么事了？"

陈香微笑，眯起眼睛看河，不说话。明翠清晰地看到了她鼻翼两侧的蝴蝶斑。陈香的脸，从来是洁净无瑕的，像玉一样纤尘不染，但现在它看上去像张画稿一样纷乱。明翠觉得自己的心揪成了一团。

"几个月了？"她只好摊牌。

"嗯，怎么算呢？我想想，"陈香回答，"两个月零十三天。"

"谢天谢地！还来得及，"明翠长出一口气，"陈香，今天太晚了，明天早晨，我陪你去医院。"

陈香不笑了，她转过脸来，犀利地、凌厉地逼视着明翠，说道："明翠，我知道你是什么意思，你要我放弃这个孩子，杀死这个孩子，对不对？这话，我只说一遍，我要把他生下来。不管谁说什么，千难万难，我也要把他生下来！我想好了，大不了我不留校，大不了没有任何单位接收一个单亲妈妈，那我就去海子边摆地摊卖大碗茶，卖糖葫芦，卖烤红薯，要不就开家小饭铺卖油条、丸子汤，总行吧？所以，那些残忍的话你最好让它烂到你的肚子里，不要让我的孩子听见！你是我最好的朋友，明翠，我不希望我们从此成为仇人……”

她是认真的、壮烈的，那壮烈的神情吓住了明翠，那是一个崭新的、她不认识的陈香。明翠想，完了，这没心没肺的傻孩子鬼迷心窍了。当晚她找到了老周，老周是他们的班长，他们班，老周、明翠、陈香是留校的候选人，老周还是他们那个文学小社团的负责人。明翠说：“老周，陈香闯祸了，你不能见死不救。”

明翠的意思，是让老周去做陈香的工作，打掉那个孩子。她觉得老周说话要比她有分量，其实也是病急乱投医而已。老周听完明翠的话，沉吟许久，说道：“晚了，明翠，说什么都没用了。”

“你还没说，怎么知道就没用？”

老周望着明翠，有句话却没有说出口。老周想说的是，明翠，陈香和你不一样，陈香和大多数人都不一样。陈香身上，有一种圣徒的品质，她生来是要牺牲的。老周把这句悲壮的话咽了下去，说道：“行，我试试吧。”

20 世纪 80 年代初，这个内陆城市，还没有任何一家茶楼和咖啡馆，像样的饭店也屈指可数，像雨后春笋般破土而出的那些“上岛咖啡”“第二客厅”之类的场所，还要再等十多年后才会应运而生。老周只能把陈香约到他们共同的河边。他们并排坐在坝堰上，看着脚下无声流淌的河水。水鸟嘎嘎地叫着，老周忽然开口说道：“陈香，咱们结婚吧！”

陈香吓一大跳：“你说什么？”

“我说，咱们结婚吧！”老周搓着肥厚的、像婴儿一样红润的手掌回答。

“为什么？”陈香知道老周是明翠搬来的说客、救兵，却怎么也没有想到他会石破天惊地向她求婚。

“不为什么，”老周说，“就是不想让你去海子边摆地摊卖冰糖葫芦，就你这脑子，还做生意？会赔光的。”

“这不算结婚的理由，还有呢？”

“还有，还有就是，你这个傻子，你没有看出来吗？我……我喜欢你。”

“可是，可是——”陈香结结巴巴不知该怎么说才好，“可是，我……”

“可是你并不喜欢我，这我知道，”老周断然打断了她，“就算我乘人之危吧！陈香，我们来给这孩子一个家，你做妈妈，我做爸爸，你看怎么样？我不要你现在回答我，你回去好好想想，想想这是不是一个比较好的提议。”

眼泪慢慢涌上了陈香的眼睛。“你做妈妈，我做爸爸”，这句如同儿戏的话，不知为什么比所有的承诺、所有的誓言都让她感动和心酸。她低头揪下了身边一根狗尾巴草，把它绕成了小小的一个环状，她把它托在掌心伸到了老周面前，

“周敬言，你这样求婚，是不是太简单了？总要有一枚戒指吧？”

老周用粗大的手指，拈起那枚小小的草环，把它小心翼翼地、珍惜地套在了陈香手指上。然后，他轻轻地、温存地搂住了那个怀有大秘密的小身体，他搂着她，嘴里不停地叫着她的名字：“陈香啊，陈香啊……”陈香泪流满面地回答说：“周敬言，你这个傻子啊！”

二 奇迹

她给肚子里的孩子起名叫小船，周小船。

她问老周：“这名字好吗？”

他说：“好。”

其实不好，他想。船是属于河的，而他（她）的父亲，是河。

老周不知道，原本，她想起一个更夸张的名字：不悔。

起初，他们的家就安在学校集体宿舍的筒子楼里。十六平方米的一间屋子，安了一张大床，一张小床。小床是松木

原色的，四周有精致的栏杆，上面吊了蚊帐。这松木小床是老周亲手做的，从前插队的时候，老周干过木匠。

大腹便便的陈香，坐在阳光灿烂的南窗下，看着老周用砂纸细致入微、不厌其烦地打磨着那一个个漂亮的小栏杆，松香的气味儿在阳光里像魂灵一样飘散。那是他们俩跑遍了这个物质匮乏的北方城市，怎么也找不到一张合适的婴儿床之后，老周说：“算了，自己动手，丰衣足食。”他模仿着瓦西里的语气安慰陈香说：“面包会有的，牛奶会有的。”果然，两天后，一堆木板堆在了他们窗下，然后，他锯、刨、凿，洁白的刨花飞舞着，于是，陈香目睹了一张婴儿小床在亲人的手下横空出世。

那是迷人的，陈香想，一个父亲在为儿子挥汗如雨。刨子所到之处，薄如蝉翼的刨花怕疼似的蜷曲，蜷曲成某种旋律的形状。它们蝴蝶般飞舞，无声而美。陈香找来许多只敞口的罐头玻璃瓶、透明的花瓶，洗净了，然后把那些形状最好的木头刨花小心地装进去，高高低低地，摆在窗台上。阳光照耀在上面，有一种强烈的装饰效果。陈香觉得自己把那个迷人的时刻贮存下来了。

老周说：“只见过把刨花当柴烧的，还真没见过把它当花儿养的，你是第一个。”

她笑了。忽然有一种悲伤突如其来涌上她的心头，雪崩似的。美都是瞬间即逝的，她挽留不住。

孩子是顺产，但有一点儿小磨难，侧切了一刀，缝了七针。

第一眼看到孩子，红红的，皱皱的，闭着眼，像蜡烛似的插在襁褓之中，看不出像人还是像动物。护士托着他的小脑袋，对老周说："看，长得像妈妈。"他一下子幸福地笑了。他轻轻地、怜惜地在心里叫了一声："你好啊，周小船。"

他愿意周小船像妈妈，他祈祷上帝、佛祖、所有的神明，让周小船长得像妈妈。

陈香把周小船抱在怀里，久久凝视着他的脸，陈香望着他皱巴巴的小脸柔声说道："周小船，我是妈妈。"她让周小船吮吸她的乳房，周小船的嘴，像花骨朵一般嘟着，一抽一抽，魂灵就这样被这张小嘴抽空了。突然他松开了她的乳头，"哇——"一声悲伤地哭了。

她没有奶水。

三天了，她下不来奶。七天了，出院了，她还是没有奶水。

老周给周小船订了牛奶，托人从东北买来了最好的"完达山"牌奶粉。那时，订牛奶需要医院的出生证明，而且，关于牛奶，这城市当时有许多的流言和传说。说牛奶出场时，要兑一次水，分送到了奶站，再兑一次，到了送牛奶的工人手里，还要兑一次水。这城市有条河，叫沙河，沙河里流淌着的，是这城市的生活污水和山上冲刷下来的山水，传说送牛奶的自行车就停在沙河边，把沙河水掺进了牛奶里。总之，那牛奶是稀薄的，靠不住的。

陈香不甘心。

陈香不相信自己的身体是自私的。

按摩、热敷、吸奶器，所有这些作用于外部的方法，一一败下阵来，陈香还是不甘心。陈香想，这世界上，没有不分泌奶水的母亲，无论是动物，还是人。这是一个最简单的道理，是一个真理，这是“信”。那些最终没有奶水的母亲，是放弃，而她不，她信，她不放弃。

她四处寻找来那些下奶的民间偏方，一张一张地，虔诚地抄下来，贴在墙上。这些偏方看得老周心惊肉跳，老周问她道：“这些东西，你不会真的吃吧？”陈香很惊讶，说：“不吃，莫非把它们贴在这里当画看呀？”

它们让老周恶心。

有一个偏方，是猪蹄。做法是：将一只七星猪蹄，洗净，去沫，白水煮，不加任何调味品，不加盐，加一味中药——通草，煮成奶白汤，连汤带蹄服食。

另一个偏方，是鲫鱼汤，做法是：鲫鱼一条，去内脏，不能刮鳞，洗净，去沫，清水煮，不加任何调味品，不加盐，煮成糊状，连肉渣带汤服食。

还有一个是米酒豆腐，相比之下，这个偏方要仁慈一些，但也最麻烦。首先，是要先酿出米酒，然后，用自酿的米酒，加红糖，加豆腐，煮成豆渣般的糊状，每天服食二次……

于是，这些没有盐、没有调味的荤腥，这些难以下咽的汤汤水水，就成了陈香每日餐桌上的主菜。好在生活在变，他们匮乏的城市里有了集贸市场，这些东西还不难买到。还在月子里，她就东寻西问向南方人讨来了酒曲，学会了制作米酒的方法。她差老周去买回了一只小缸和白江米，让老周将小缸一遍遍清洗干净，然后自己动手，把江米浸泡一天后上笼蒸成半熟，入缸，再倒入事先备好的凉开水及一块一寸大小的酒曲，细细搅拌均匀，中间挖出一个深坑，一周后，就有清澈的米酒沁出来了，满屋飘散出米酒香。她惊喜地收获着这劳作的果实，把它们仔细装入玻璃瓶中，用宣纸封好。从此，米酒豆腐就成了她每日必不可少的早点和夜宵。此时，孩子出满月了，于是，给自己买煮汤的食材就成了她当务之急的工作。她天天跑集贸市场、菜市场、副食商场，极其认真严肃地给自己挑选着那些多孔而肥硕的猪蹄、鳞片鲜亮的鲫鱼，还有，至少六年以上的老母鸡这一类东西，当这些东西散发着古怪的气味端上餐桌时，陈香的眼睛里就会闪过一种母兽的神情。她迅疾地端起来，吃得又凶狠又回肠荡气，常常，鳞片沾在她的嘴角，她抬起脸，冲着老周粲然一笑。这种时候，老周心里觉得又恐怖又怜悯。

又一个月过去了，孩子满两月了，她的乳房沉寂着，没有动静，没有响应。

她母亲从另一个城市来看她，对她说："香啊，认了吧，别再遭罪了，这么长时间不下奶，那就是没奶了。有的女人生来就是石奶，你大概就是长石奶了。"

明翠也劝她："我说陈香，你再吃这些没盐的汤汤水水，恐怕就成白毛女了。"

她不听，继续吃，吃不放盐的猪蹄，吃不刮鳞的鱼，吃煮成糊状的米酒豆腐。

三个月过去了，仍旧没有消息，她的身体如同一片冻土。三个月的孩子，应该会翻身了，可是周小船不会。稀薄的牛奶使周小船看上去有了缺钙的征兆，他们抱他去医院，打了一针D3。打针使周小船哭得声嘶力竭，陈香也掉泪了。于是，她继续不放弃地吃下去。

老周终于说话了，老周说："陈香，尽人事，听天命吧！"

陈香回答："哥，你说，天命是什么？天命就是，这世界上的每一个妈妈，都应该有奶水啊！"

老周不说话了，他还能说什么呢？他早就知道，陈香身上，有一种别人所没有的圣徒的品质，她理所当然地把奇迹看作世间平常的事。老周想，让她折腾吧，豁出去，就让她折腾一年，莫非等孩子满周岁了，该断奶了，她还不死心吗？

就让她折腾。

折腾着，一百天到了。一百天头上，他们为小船操办了一个小小的“百日宴”，在外地的爷爷奶奶姥姥姥爷都没惊动，只请了楼下的明翠夫妻。明翠也是刚刚出满月不久，她生下了一个八斤的男孩儿，十分壮硕，但奶水不足，明翠的奶水只够肥壮的儿子吃个半饱，于是，陈香每日为自己炖猪蹄煮鱼汤时，顺便也给明翠送一份下去。只不过，明翠可咽不下去这些令人作呕的东西，不是把猪蹄重新用盐和酱油加工一番，让她丈夫下饭，就是把带鳞的鱼汤偷偷倒进了垃圾桶。

这天，明翠把自己的儿子小壮用奶粉喂饱了。灌进奶瓶的奶粉，让小壮吃得很不愉快。他用小舌头使劲朝外面顶那只让他讨厌的橡皮奶头：四十多天的人生经验告诉他，现在不是他吸这代用品玩意儿的时间。明翠充满歉意地哄着他，对他说道：“噢——好宝贝，好乖，你帮妈妈一个忙，就今天一次，你帮妈妈一个忙，求你了……”

就这样，明翠从自己儿子嘴里，掠夺来了一顿午餐——这就是她送小船的礼物。于是，来到人间一百天的小船，第一次尝到了人乳的滋味。他吃得很香甜，他只是在最开始时有过一点点疑惑和惊讶，但第一口吞咽之后，他就被那香味、那原始的香味唤醒了。他忘情地、欢畅地、贪婪地吞咽着香甜的粮食，他伸出小手爱恋地捧着人家妈妈的乳房……一屋子人，安静地目睹了这场景。陈香眼睛湿润了，陈香轻声说道：

“明翠，等我下来奶，我一定帮你喂小壮……”

明翠笑笑，没有回答。让她说什么好？人说不撞南墙不回头，而这个人，是撞了南墙头破血流也不回头的呀。

晚饭时，陈香照例吞下了一大碗七星猪蹄汤，她刚刚放下碗，突然之间，两肋之下一阵过电般的麻热，那麻簇簇热乎乎的感觉，如小蛇一样奔窜着，又如烧酒一般奔窜着，窜进她的胸膛。两股暖流喷涌而出，一下子，濡湿了她的衣裳。这感觉惊住了她，她低头看着自己湿漉漉的前胸，突然之间醒悟过来。她一把扯开了自己的衣襟，然后，她就看见了那奇观：她的奶水，她等待了这样久这样久的奶水，如同春潮一般，汹涌着、泛滥着，她的乳房，如同两个喷泉，吱吱有声地向天空喷射着奶液。那些不计其数的汤汤水水，那些辛苦和坚持，连同她的血脉，此时，都化作了汩汩奔流的、芳香四溢的奶河，涌向她的双乳，就如同千条解冻的小溪，涌向大海。她大叫一声：“哥，你看！”然后望着喷泉般的奶水，哈哈哈哈大笑。

老周闻声赶来，惊呆了。老周想，苍天哪，这世上，真的有奇迹。

三 写给小船

现在，我可以踏实地坐下来写信了。小船，我的孩子，这是妈妈写给你的第一封信。你吃饱了我的奶，睡熟了，我用相机拍下了你心满意足的睡相，你睡着了的时候，沉静得像个女孩子。有时我真希望你是个女孩儿，这样，将来就不会有另一个女人来和我“争夺”你了。想到有一天你会恋爱、结婚，我就妒忌那个将站在你身边、穿婚纱的女孩子——儿子，我得跟你说实话，我不会是一个无私的、宽容的、慈祥的婆婆，我永远不会像爱你一样，去爱你的爱人。

现在，你已经六个月了，体重 ×× 斤，身高 ×× 厘米，说来妈妈很骄傲，妈妈的奶水，丰沛得就像一头奶牛！一只奶，足足可以让你吸一百六十口！这是妈妈一口一口数过的，两只奶，就是三百二十口。儿子，有充足奶水的妈妈多么幸福！任你敞开吃、挥霍着吃也吃不了！楼下有个小弟弟，四个月了，他妈妈奶水不足，后来干脆就没奶了，他只好吃稀薄的牛奶，常常生病。现在，妈妈的奶，就请小弟弟来一起分享了。他名字叫小壮，我希望你们将来能成为好朋友、好兄弟，相亲相爱，就像妈妈和小壮的妈妈明翠阿姨一样。

这封信，有可能，你要在很久的将来才可能看到，要等到妈妈不在人世之后。但是，谁知道呢？生命的秘密，不在人的掌握之中，也许，会有一个意外发生——写到“意外”这两个字妈妈真是害怕，自从有了你，宝贝，妈妈变得胆小，对所有未知的事物心存绝对虔诚的敬畏，因为有了你，妈妈害怕死去。但是，我是说万一，万一有一天“意外”突然降临，妈妈离开了你，离开了这个世界，到那时，假如妈妈没有准备，没有给你留下这些话，那么，妈妈会死不瞑目。

所以，为了这个“意外”和“万一”，妈妈必须现在写这封非常难写的信。

就从你的名字说起吧，“小船”这名字，是妈妈为你起的，那是一个纪念，纪念你的父亲——生身父亲。他是一个诗人，叫莽河。等你读这封信的时候，也许，他已经名动天下，也许，早已销声匿迹、默默无闻。无论他将来怎样，我想告诉你的是，当年，我们相识时，他就如同神迹一样美好，如同阳光一样光明。他留给了妈妈一首最杰出、最壮硕的诗——你。为此，妈妈永远永远感谢他，在妈妈心中，他是一个当之无愧的诗人，他惊世骇俗地使妈妈成为诗的一部分，我们共同完成了一个美丽的创造。

小船，我的儿子，你身上流着诗人的血，诗人，他们是一群被神选中的人，你不能用俗世的标准来衡量他，也不能用俗世的价值观来判断他、评价他、约束他。我希望你懂这个，我更希望你拥有一颗诗人的心，用诗人的心来体会这个世界。这是我一生所羡慕的事，我永远不可能知道世界在诗人心中是什么奇妙的样子，而你能。你有可能听见妈妈所听不见的声音，看见妈妈所看不见的颜色，发现妈妈所不能理解的神迹和光亮，儿子，这是你的幸运，也是你的宿命。

也许，你的父亲，他永远不知道这世界上有你这样一个儿子，也许，你也永远不想和一个从未谋面的父亲相认，但是，尽管如此，你要了解他、尊敬他。是他把你带到了这个世界，他创造了你，他给了你的妈妈巨大的秘密的幸福，他让我今生今世拥有了你。假如，在你读了这封信，或任何别的时刻，发现了你的身世真相之后，怨恨你父亲的话，儿子，那我会深深失望。因为，我相信你会有一颗父亲的心——诗人的心，浪漫、天真、善良。你们父子，会惺惺相惜。尽管，你们有可能对面相逢不相识，也不知道谁在天涯谁在海角，但是你们仍旧会互相怜惜，就像当年李白最倒霉的时候，只有杜甫，才能写出那样振聋发聩、悲天悯人的诗句——“世人皆欲杀，吾意独怜才”。这是一个诗人对另一个诗人的深深爱恋，它超越一切。

现在，该说说你的另一个父亲了，儿子，你要记住，你有两个父亲。这个你一生下来就看见你的父亲，这个先于妈妈，第一个把你抱在怀里的男人，永远、永远都是你的爸爸。他爱你，这一点，妈妈比任何人都看得清楚。他肥厚的大手抚摩你的时候，你半夜里哭闹，他抱着你在屋子里转悠，嘴里乱七八糟为你唱各种歌谣当催眠曲的时候，当妈妈还没有下奶的那些日子里，他半夜里爬起来为你热牛奶，小心翼翼把奶水滴到自己手腕上试凉热的时候，泪水常常在妈妈身体里汹涌。他毫无障碍地、发自内心地视你如己出。在你之前，他曾经有过一个儿子，叫陶陶，乐陶陶的那个陶陶，但是这个陶陶在不满周岁的时候不幸得了中毒性痢疾，由于医生的误诊，耽误了治疗，走了……这是爸爸最伤心的事，也是他极力要隐藏的最大的隐痛，但是就在昨天，我上课回来，看见他站在窗前，抱着你，凝视着你的小脸，我看见眼泪在他眼睛里打转，我悄悄走到了他身边，他听到我的声音，说了一句“陈香，我觉得陶陶又回来了……”说完，眼泪就滴在了你的脸上。

他珍爱你，儿子。

中毒性痢疾，在他，是埋伏在人生道路上最大的一个凶险，最大的一个阴谋和邪恶，它似乎无处不在，这让他变得有些神经质，你的奶瓶、小碗、衣物、毛巾、尿布，他一定要自己洗，要自己煮，要亲手消毒，假如他不在的时候，我动手洗了，他回来之后一定要把我洗过的、烫过的东西再重新洗一遍、煮一遍，好像我会敷衍自己的孩子，好像我手上沾满了病菌，是一个疾病的传染源。你吃的水果、鸡蛋、橘子汁，他一定要自己去买，千挑万选。你喝的橘子汁，不是商店里卖的那种，都是他用鲜橘子亲手榨出来的。他不知从哪个药店里买来一只厚厚的玻璃盏、一只玻璃臼，洗净、烫过之后，就变成了一个榨汁机，每天，把橘瓣剥出来放进盏中，用玻璃臼小心地碾出汁液，再用煮过的纱布过滤出来，鲜黄浓郁、芳香四溢的一盏，就是你喝的橘汁。这个工作，爸爸一定要自己动手，他总是怕别人弄得不卫生……有时，他的坚持让我不高兴，我对他说："难道我是《芦花记》里的后妈？还是白雪公主的后妈？"其实，话一出口我就后悔了，我知道那是他的心病，也知道那是他一生的惧怕：惧怕瞬间的分崩离析和失去。

儿子，其实，这一切，用不着我多说，你会一天天长大，你会自己去感知一个父亲深厚无边的爱，我写下的，是你没有记忆的时候发生的事，就算我替你完成一个记忆吧。我想，你应该已明了我要说的话，那就是，将来，无论发生什么事，哪怕天塌地陷的大事，也无论你将来长成什么样的"大人物"，周小船，你要记住，周敬言永远是你的爸爸，你的父亲，你最亲的血亲！

亲爱的宝贝，妈妈写这封信的时候，内心一片静谧，就像这夜晚。你睡了，爸爸也睡了，你微微的鼻息，还有爸爸的鼾声，此起彼落，让妈妈踏实。九月了，我们的城市已有了秋意，这是它一年中最美的时光，杨树叶子黄了，银杏树的叶子也快黄了，当它们黄透的时候，假如，你走在一条乡野间的大路上，如洗的蓝天下，金黄的杨树或者银杏树与你突然遭遇，那时，你会被这种纯粹的、辉煌的美所深深感动，并且，你会理解，为什么有的人终其一生要走在这样的路上，就像你的生身父亲。

妈妈

1983 年 9 月

这封信，陈香封在了一只没有标记的牛皮纸信封里，上面这样写着：给我的儿子，小船。第二天，她把这封信交给了楼下的明翠。她对明翠说："明翠，你就是我的保险箱——你一定要好好替我保管这封信，假如我遇到什么意外，不在了，你要选个合适的时候，比如，小船考上大学或者是他十八岁生日的时候，亲手把这封信交给他。"

明翠回答说："呸呸呸，一大清早的，说些什么丧话？晦气不晦气？"但她还是把信接了过来，打量了一番，又递给了陈香："这我可不能接，看上去像遗书似的，你怎么就能保证我不会死在你前面？我比你还大几个月呢！”

陈香不接，望着她，说道：“除了你，我没人可托，还有，我知道你不会那么无情无义，死在我前面的，你要答应我。”

明翠笑了，她猜想得出来这封信大约是什么内容，她不能推辞：“好吧，没见过你这么霸道的人，就算我答应了你，阎王老子也得答应啊，赶明儿我也写封遗书，交给你替我保管，咱俩就算扯平了。”

明翠笑着，但她的眼圈儿红了。她觉得有些心酸。

第三章　春风号破琉璃瓦

一　风景

出雁门关，朝西，有个县叫朔县，再朝北，有个县叫平鲁县。美国人哈默和中国公司合资开采的大型露天煤矿，就在这两县之间，叫“平朔露天煤矿”。由于这中国最大的露天煤矿的开采，一些村庄搬迁了，也是由于它的开采，一个庞大的汉墓群出土了。原来，在这肥厚辽阔的煤田上面，是一直安睡在这片土地上的祖先。

汉墓群的发现，因为它的庞大，震惊了考古界。

1985 年春天，当叶柔抵达这里时，汉墓群的发掘工作方兴未艾，而露天煤矿的建设，也正热火朝天。机器终日轰鸣，路上尘土飞扬，而出土的部分文物，则陈列在一个叫“崇福寺”的庙里。陶器修复室，也设在那个从前荒草丛生的庙院。由于县里有人带领，叶柔被允许参观了陶器的修复过程。她站在一堆堆残缺不全的器皿中间、一堆堆碎陶片中间，感到了一种不可思议的神秘。这些两千多岁的器物碎片，比那些摆在博物馆里的完好的文物，似乎更具某种震撼力。它们阴气逼人，就好像它们不再是任何一种具象的东西，而是摆脱了具象之身的灵魂，历史的阴魂，美而幽怨。

崇福寺内，没有一个游人，寺内最著名的大殿——佛陀殿，是金代原构建筑，没有历朝历代的重修、复建，古老的人字结构，屋脊上少见的彩色“跑脊人”，沉淀了几世纪的风霜。此刻，20 世纪 80 年代的阳光清澈地照耀着它，它看上去似乎要倾塌了，但依然有一种荒凉的静穆与宏大，不动声色的尊严。檐下栖息了许多的野鸽子，宽阔的石台基上落了厚厚的鸟粪。殿内有几百年前的壁画，佛的背光奇异而精致，美轮美奂。

时光仿佛在这里凝固了，叶柔想。

短短一周时间，她看上去消瘦了，脸上多了一种严峻和苛刻的神情，是对自己的严苛。正是黄昏时分，她不声不响忙完了手里的工作，一个人悄悄走进了空无一人的大殿，在佛陀面前跪下了。夕阳从背后笼罩住了她，就像神的抚摩。她双手合十，抬头仰望着那张安详、静谧、慈悲的脸，刹那间，泪水静静地流了下来。

她跪了许久，静静地流泪，感受着那一双洞穿一切的美目的凝视。此刻，她没有任何世俗的诉求，没有任何期许与愿望，连日来折磨着她的一切：幸福又羞耻的那个夜晚、疯狂又幻灭的激情与缠绵、对一个人无望却又无边无涯的想念，在这一刹那，像野鸽子一样从她体内飞走了。她奇妙地体会到了一种仿佛置身在时光之外的神秘的静谧。这珍贵的静谧虽然短暂，却是年轻的叶柔离神最近的时刻。

她可以一个人上路了。

二　叶柔的田野调查笔记

早晨，县里派了一辆吉普车把我送到了平鲁县一个叫安太堡的村庄。沿着这条路线，我将一直朝北，在右玉县出杀虎口，而不是朝西，在河曲过黄河。

安太堡也是一个即将消逝的村落，村里安排我住的地方，紧邻着公路，汽车一辆接一辆轰鸣而过，公路那边就是正在建设中的平朔露天煤矿的工业广场。再远处，便是黑驼山了。透过尘烟滚滚的阳光，看得见山上残破的烽火台，在时光中挺立着，像边塞诗。

不知为什么，鼻子一酸，烽火台让人惆怅。

村干部似乎很忙，却又一上午蹲在太阳地里，晒太阳说话。午饭时，县里下来几个农机局的人，村长请他们喝酒，他们开了十几瓶啤酒而不是高粱白酒，边喝边划拳，“五魁首啊”“四季财啊”。这让我意外。不久的从前，在我居住的那个内陆省会城市，好多城里人还把啤酒叫作“马尿”，而现在，它已经如此地“深入”和普及了。这大概是“合资”给此地带来的变化吧？

外边，太阳地里，一个小闺女跪坐在一张青石桌旁，在玩“抓拐”。她玩得很投入、很认真、很娴熟，沙包抛起来，接住，抛起来，再接住。四只羊拐骨，瞬间在她手下，翻出不同的花样。我隔着窑门看她玩儿，一阵一阵眼热。这古老的游戏，从前，我小时候也玩过的游戏，如今，在城里，早已失传多年了。它是什么时候消失不见的？

下午我走访了一户人家，这家人姓黄，当家的有个学名，叫黄存厚，小名留根，年轻时走过口外。他家窑院很大，几个小伙子在窑院里修一辆小四轮，院子显得嘈杂而凌乱，整个村庄，整个安太堡，都是这样嘈杂而凌乱的。窑里倒还整齐，也干净，炕上的油布擦得明晃晃的，绿地红花，画的是怒放的大牡丹，还有彩蝶翩跹。主人邀我上炕，我盛情难却地脱了鞋，盘腿坐在炕桌前，可我知道，我盘腿的姿势，生硬，不受看。

村长三言两语说明了来意后，便忙别的事情去了。我开始问话。活了这么大，平生第一次做田野调查，心里没底，也不知道铺垫，上来就开门见山。

我问道："大爷，你是多大时候走口外的？"

大爷想了想，说："二十三上。"

我说："大爷，你就像讲古一样，给我讲讲你走口外的故事，行不行？你随便讲。"

大爷说："就是个受苦揽工，没个甚讲头。"

通往别人命运的路，隐藏在荒草丛中，莽撞地践踏是一种轻佻的举止，也是对历史的不尊重。越接近此行的终点，我越明白这个。但当我面对第一个走访对象时，我急于想得到的，是有"价值"的线索和故事。

于是我说："大爷，歌儿里唱走西口，都是唱一个女人，给出口外的男人送行，千叮咛，万嘱咐，你二十三岁上走口外，成家娶女人了吧？"

大爷半天不说话，吧嗒吧嗒抽了阵旱烟袋，是我熟悉的烟叶的香味，叫"小兰花"。大爷在"小兰花"的香味中开口说起了女人。大爷说他二十三上走口外，是带着新娶的婆姨上路的，婆姨叫个"二女"，十九岁。十九岁的二女来到口外，生下了他们的儿子，他们的大小子。谁知道，大小子刚刚生下十天光景，一路奔劳的二女就生急病死了。他埋了二女，把儿子奶给一户人家，自己揽工挣麦子。不想有人竟要用一头大犍牛换他的儿子，他死活不应。“娶女人为啥？还不就为个栽根立后？”他用烟袋锅敲着鞋底这么对我说。

“后来呢？”我问。

“后来就带上我儿子，一路问人讨奶吃，回来了。”

“再后来呢？”我努力地做着最后的试探。

真的还有后来。二十五年以后，长大成人的那个儿子，又去口外用一只红布袋“度带”回了二女的尸骨。只是，二女的骨骸并不能进祖坟，她还需要再耐心等着，等她的男人死后再与她入土合葬。当然，她的男人如今早已又娶妻生子，续娶的女人是个寡妇，叫王粉香。

现在，王粉香就站在当屋地下，为客人们添茶续水。

不到五分钟时间，这个叫黄存厚、叫留根的男人，就如此平淡地讲完了他的大半生。我不能再问“后来”了，可我很震撼。我知道这平淡的叙述中埋藏了怎样的惊涛骇浪和刻骨铭心的伤痛。假如我是个小说家，我想，他怀抱吃奶的儿子跋山涉水一路还家的经历，就可以写成一部《奥德修纪》……还有男人朴素的深情，绵长却坚韧的牵挂，二十五年后，让儿子去口外寻找母亲的遗骨并带回故乡，想想，二十五年的时光，去寻找一个孤坟野冢是多么不易。还有那个挺着大肚子和男人在口外千辛万苦讨生活的“二女”，她一定也有一双让她的男人终生不能忘怀的美丽的“毛眼眼”……

王粉香走上前，为我的茶碗里续水，她笑得很温暖。

门帘一掀，走进来一个老汉，小个子，背微驼，进门就上炕，抽水烟。水烟袋咕噜咕噜响，伴随着另类的烟香。我以为这是黄家的老人，原来却不是。老汉是邻家，来串门的。他的光脚板上沾满灰黑的泥，像是刚刚干完什么活计。说话间，接二连三地，又进来几个后生、闺女，围在炕下，和我们说话。刚才在窑院里修小四轮的后生们也进来了，其中有两个，是黄存厚和王粉香的儿子。

我请教老人贵姓，老汉没听清。黄存厚替他回答说：“姓李。”这下他听清了，冲我伸过手，用树枝般的食指比画了一个钩子——那是一个“九”。

“九辈子了，”老汉开口对我说道，“李姓人在这安太堡村，住了九辈子了。这下要连根拔起走了，死死活活都得走，神、人都得走了。”

我明白了，老人是在跟我说“搬迁”的事。如今，这才是所有安太堡人心中最大的事，事关生存，事关每一个人、每一个家族乃至整个村庄的命运、兴衰。我忽然觉得我的到来，我的打搅是那样不合时宜。这村中，不光有人，还有坟，还有庙——五道庙和龙王庙，庙中的神灵，坟里的先人，这才是一村的老人们最挂心的大事。

这李老汉的儿媳，前不久淘沙被砸死了。砸死的女人算是屈死鬼，此地风俗，屈死鬼不能进祖坟。就算能进祖坟，祖坟也要挪动了。

李老汉很愁烦。

祖坟显然不太在年轻人心上，地上的一个小后生忽然问我说：

“记者，你去过香港没有？”

我摇摇头。我告诉他们我不是记者。

“和尚呢？你见过和尚没有？”

我点点头。心里奇怪这话题怎么一下子就从香港跑到了和尚身上。我说：“和尚我见过，还见过尼姑，我去过五台山。”

“五台山”这话题，一下子让地上的后生和闺女们兴奋起来。不仅仅是后生、闺女，炕上的李老汉、黄存厚，还有王粉香也都兴奋了，“五台山、五台山”地问个不停，原来，村委会近日要组织村民旅游——游五台山。对我，这又是一个意外。

搬迁、旅游，这两件事哪一件都比回忆往事重要。

一夜，工地上灯火通明，公路上的汽车，轰隆轰隆，朝着那一片热火朝天却又孤独的灯火奔驰。这是我所经历过的最不安静的山村的夜晚。

今夜无人入睡。

三　北固山、凤凰城还有洪景天

从前，人们把平鲁城称作“凤凰城”。登上北固山，低头俯瞰，本地人就会极热情地给你画出这“凤凰”的全貌：南门是凤头，左右两眼甜井是凤眼，两边两座小山峦则是凤翅，凤尾便是这北固山了。山后，还修出一节石城墙，颇像翘起的尾尖。

东、西、南三座城门，城墙隐约可见，再远处，沿山势蜿蜒着的是明代古长城残破的遗迹。

20世纪80年代中叶，人们还习惯把镇政府称作“公社”。洪景天就是“公社”中的一名宣传干事。洪景天原本不叫洪景天，那是他给自己取的笔名。洪景天写诗，他的诗歌，近年来除了在地区杂志上发表外，有一些还发在了本省和邻省的省一级刊物上。于是，洪景天成了小镇的名人。

说来，“洪景天”原本是一味中药，这笔名缘自洪景天爷爷的一张药方。他爷爷是一位乡村郎中，下世多年了。从小，他是在爷爷身边长大的，和爷爷很亲。有一天，洪景天收拾旧物，从一本残破的《汤头歌诀》中，掉出一张陈年旧纸，是一张药方。他一眼就认出了爷爷敦厚、温和、小心翼翼的笔迹。这药方开给谁，它为什么藏在这里，永远不会有答案了……他久久望着那药方，一个陌生的名字，像一张陌生的脸，从熟悉的连翘、金银花、广藿香、板蓝根这些熟面孔中蹦跳出来——洪景天，于是，他有了一个笔名，那是对爷爷的纪念。

这一天黄昏，诗人洪景天端着一只粗瓷大碗准备到食堂去打饭，空旷的“公社”大院里，迎面走来一个人，一个旅人，背着一只挎包，拎着一只帆布旅行袋——这个时间，是从省城方向开来的长途汽车到站的时刻。来人径直走到了他面前，说道：“请问，洪景天在吗？我找洪景天。”

洪景天回答说：“在，我就是。”

“哦，”来人说道，“我猜你也应该是。我是莽河。”

“谁？莽河？”洪景天惊喜地叫起来，“我没听错吧？莽河老师！真没想到啊——太高兴了！怪不得今天喜鹊在我窗外叫了一天！走走走，先把东西放窑里，咱们去吃饭——”

这就是那个游历的年代常见的风景。在任何一个城市、小镇，任何一处边地，都有可能迎面走来一个远方的诗人，以诗的名义，和另一个从未谋面的诗人会师，带来意外和惊喜。这就是那个时代的浪漫和珍贵之处，也是它的天真之处：诗人在路上。

那一晚，莽河就住在公社大院洪景天的窑洞里。那是一间刷了白灰的干净的砖窑，一盘大炕占据了窑洞二分之一的面积。炕是火炕，烧煤，亮晶晶的一小堆煤炭堆在墙角，洪景天不断把炭块夹起来填进哔哔剥剥燃烧的炕洞里。炕很温暖。他们围着一张炕桌喝酒、谈诗，谈各自喜欢或不喜欢的诗与诗人。傍黑时起了风，风越刮越大，此时，已经是在狂啸和怒吼。吼破了嗓子的狂风有一种说不出的凄厉与哀伤，像一大群身处绝境的动物。他俩出去小解，风吹得他们踉踉跄跄几乎站不住脚。莽河喘息着说道："我靠，好厉害的风！"

洪景天在风中大声回答说："春风号破琉璃瓦——"

这是此地的一句民谚——春风号破琉璃瓦，但是今年的风格外地肆虐，天旱的缘故。一冬无雪，开春后不见一滴天水。老年人骂年轻人说："看你们这些灰孙子，连白面吃着都不香了，不遭天年等甚？"

人们都说，该唱台戏了，一动响器，天就要下雨。

一夜，莽河似睡非睡，狂风在木隔扇的窗外，号叫着，哭喊着。是成千上万个古代的亡灵在哭喊吧？莽河想。古城墙外，应该就是当年金戈铁马白骨成堆的征战的沙场，关山阻隔，世世代代的亡灵，在这塞外的荒野上游荡着，有家归不得。真是"可怜无定河边骨，犹是春闺梦里人"啊。

莽河想。

突然，炕的另一头，一直静静躺着的洪景天说话了，洪景天说道："莽河老师，我猜，你来这里，还有其他的事情吧？"

莽河没有回答。

窗外，哗啦啦啦，传来了什么东西倒塌的声音。远远地，狂风裹挟着某种凄厉的悲鸣，听上去像是一声狼的哀嚎。

"听，是狼在嗥吧？"莽河开口问道。

"我没有听见，"洪景天回答，"是风吼，不是狼，如今狼很少了。"

"是啊，狼都转世成人了，"莽河无声地笑笑，"我觉得我前生前世大概就是匹狼。"

洪景天没有说话。

"你呢？要是有前世，洪景天，你前世是什么？"

"我？"洪景天想了想，"大概就是棵草药吧，一棵洪景天……你这匹狼受了伤，我给你疗伤。"

刚才，莽河已经听洪景天讲了自己笔名的来历，现在，听他这样说，心里一热。几句话开始在他心里翻腾，他在黑暗中把它们慢慢地念了出来：

洪景天在陈年旧纸上
左边是金银花那荡妇凉爽的身影
右边是绵马贯众
他如同侠客般来去无踪

爷爷，你藏匿了铁石心肠的时光
向我讲述
温暖的疗救……

洪景天静静地听，不知不觉，泪水流了一脸。这个狂风呼啸的干旱的春夜，给了他如此珍贵的一个纪念。他一生都会珍藏这一个春夜了，他想，因为平生第一次，他有了一个为他写诗的朋友。

“莽河老师……”他不知道该说什么。

莽河沉默了。许久，他开了口，他的声音不知为什么突然变得有些沙哑。

“你说对了，洪景天，我来这里是想等一个人，我想试试我的运气。”

他不知道她会走哪条路。是从河曲保德过黄河，还是从右玉出杀虎口？这两条路，都是当年“走西口”的重要路线。

冥冥中，他似乎听到一个声音，这声音忽远忽近，告诉他，“杀虎口，杀虎口，杀虎口……”于是，他选择了平鲁老城，这是出杀虎口的必经之路。而且，当年这个小城，是西口路上一个重镇，假如她走杀虎口，她应该不会放弃这里。现在，他扼守着这从前的重镇，像等待一个离散的亲人一样等待着一个令人心疼的重逢。

幸运的是，这里有一个洪景天，一个写诗的朋友。

早晨，洪景天带他去食堂吃早饭，发现公社院子里一只砖砌的烟囱被昨夜的大风刮倒了。食堂里，吃早饭的人除了他俩，就只有一位戴眼镜、还是学生模样的副镇长。做饭的大师傅一边给他们往碗里盛金黄的小米粥，一边对副镇长絮叨：“该动响器了，不动响器，下不来雨，动响器哇……”

副镇长回答说：“愚昧。”

早饭后，洪景天带着莽河登上了北固山。

风停了。灰色的、颓败的一座小城，如画儿一样线条清晰地展现在了山下。莽河心里暗暗惊讶，他从来没有见过如此破败、如此荒颓又如此骄傲尊严的城池。到处是断壁残垣，所有的建筑都破败而灰暗，可却有一种凛然的时光的尊严，笼盖了这不容人轻薄的衰城。生活在这里的人，脸上有一种落寞的骄傲，现在，这骄傲就闪烁在洪景天的眼睛里，他向莽河描绘着这小城的“从前”——这是一座回忆的城：到处是“从前”的光荣与繁华。

从前，这北固山上，寺庙如林，玉皇庙、五道庙、奶奶庙、老爷庙，等等等等，是众神的山。最有名的“天福洞”，其实叫“千佛洞”，老百姓叫讹了音。这千佛洞，依天然岩洞而凿，供“释迦牟尼”，里面壁画七彩辉煌。晚上，洞口点燃七星长明灯，一夜高悬。站在城中十字街上往山上看，这七星灯就像永不熄灭的小城的福星。夜风中，飘荡着一阵一阵清脆的钟磬、悠扬的箫管……据说，从前大同府和乌兰花的说书人，说这北固山的繁华盛景，半个月才从山顶说到山腰处……

从前，平鲁城内商号林立，数不清的买卖字号，遍布大街小巷，什么“永聚金”“三义隆”，什么“丰恒泰”“复源长”，做山货生意的“天庆园”，收羊毛的“协成店”，卖布匹绸缎的“万成厚”……走高脚的驼队，日日走在平鲁城的大路小路上，这城中的大客栈，都有宽敞的院子拴得下几十匹高脚牲口，人有歇处，骆驼、骡马也有歇处，人有热汤热酒，马有好草好料。到天明，精精神神一支高脚队，穿城而去，清脆饱满的驼铃，是这城中不断头的音乐。揽工的穷汉，住不起大客栈，就住“留人小店”，这样的留人小店，也有热汤热水热火炕，给人消困解乏。平鲁城心胸宽厚，不势利，是座仁慈的城。

从前，这里的日子充满仪式感。一年两次大庙会，搭台唱戏，秋季还有骡马大会。三月二十八，要到“天齐庙”烧香、坐会；四月初八佛诞日，一城人，五更天去庙里“跪香”，香头红如繁星，一跪一炷香，跌一次香灰，磕一次头。四月十八，是去娘娘庙送“满堂鞋”，用彩纸糊十二双小鞋子，给“神们”穿。元宵、端午、八月半，不用多说了，二月二龙抬头，要在五道庙请盲乐人吹打，为什么？从前这里狼太多，糟害人，五道爷是管狼的神，二月里狼围窝，生小狼，请五道爷出山降狼；七月十五是鬼节，家家捏面人、点桃红，上坟烧纸；冬至节要“闹冬”，一家老小围炉而坐，啃羊头，吃羊蹄；腊月二十三，祭灶送神，大年初一五更天，男人们接神回宅，不光接灶神，还有各路家神、床公床母，一年到头，神人同在……

现在，他们就站在这传说中的北固山上，一切荡然无存。娘娘庙、五道庙、天齐庙都没有了，就像从来没有存在过。而千佛洞，里面的洞口被严严地封死了，但洞口处插了根小小的枯树枝，树枝上绑了根红布条，摇曳着，想来是有人在此求拜过什么……

莽河在山上坐下来，静静俯瞰着脚下的小城，灰色的、颓败的小城，在身旁这个人嘴里、心里却如此五光十色和温暖。他掏出烟盒，递过去，洪景天抽出一根，他自己也抽出一根，背过身用打火机点燃了，他们静静地坐在荒芜的空山上抽烟。许久，他开口说道：“洪景天，你比我热爱生活。”

这话，让洪景天意外，他想了想，回答说：“可能，是因为我没有野心——你热爱更宏大的东西，更抽象的东西。三岛由纪夫自杀前写了一张字条，他说：‘人的生命是有限的，可我想永远活下去。’我没有这样的野心。”

是吗？莽河不知道，也许他只是没有“热爱生活”的能力，朴实而真诚地生活的那种深刻的能力。那里面的美和魅力，他体会不到。他从来没有像身旁的这个人一样，用这样柔情似水的眼睛，凝视他日日生活在其中的故乡。

四 跟我来

汽车在黄昏时分风尘仆仆地到达了小城，人和鸡、猪崽以及货物一起挤下了车门。叶柔最后一个下车，她中途从安太堡上车，始终没有座位，先是站着，后来就挤坐在人家的行李包上，一路颠簸。此刻，在清新的春风中，她觉得自己灰头土脸的就像一个女鬼。

一个人无声地站在了她面前。

刹那间，她以为是在做梦。

他沐浴着夕阳，就像一个金人。小麦色的皮肤，散发着太阳的气味。他比她记忆中似乎还要高大一些，她不敢眨眼睛，这是她生命中少有的一个神性又虚幻的时刻。但是他走上前来了，从她手里接过了脏兮兮的旅行袋，也不说话，掉头就走。

她傻傻地站着，望着他的背影发呆。

他止住了脚步，回头对她说道："走啊！"

"去哪儿？"她终于脱口问。真实感渐渐回到了她身上。

“你住的地方啊。”

“我住的地方？我住哪儿？”

“Follow me.（跟我来。）”他散淡地回答，好像他们分别不过才几个小时。

说完，他大步流星朝前走，手里拎着她的旅行袋，不再回头。她只得跟上来，如同被劫持了一样，跟在他身后，走过陌生的黄昏的街巷。她看着他在前边走路的样子，魂牵梦绕的样子，眼睛渐渐湿润。但是她告诉自己，不能哭啊，叶柔，不能哭。

到了。原来是“公社”的大院，门口挂着镇政府的牌子。

在最后一排窑洞前，一个年轻人迎了出来，看到他们，惊讶地喊了一声：“哎呀，真接到了！”他一边喊，一边转身撩起了窑洞上挂着的棉门帘。

“这是洪景天，诗人，我的朋友，”莽河给叶柔介绍着，“这房子，就是他给安排的。”

“我们这里条件差，没有招待所，来客人都是住在这公社大院，”洪景天一边解释着，一边把叶柔让进屋，“不过被褥还干净，一号下房莽河老师就晒被褥，晒了三天了。就是不知道叶柔老师睡惯睡不惯暖炕。”

“谢谢，”叶柔回答，“我喜欢暖炕。”

洪景天看着叶柔，看着这个从天而降的奇迹，第一眼他甚至有些失望。他以为，配得上这奇迹的，应该是一个非凡的、妖孽般的女人。可她是平凡的，人间烟火的，好看也是那种大地上长出来的好看。可他抬头看见了莽河那双就像被突然照亮的眼睛，于是，他笑笑说道："我先去食堂报饭，暖瓶里有热水，叶柔老师先洗把脸吧。"

说完，他出去了。

又在一个窑洞里了，另一个窑洞，砖窑刷了雪白的白灰，但仍然是陌生的，有着禁忌和诱惑的气味。她默默望着他，此刻，他脸上的散淡不见了，她看见了一双让她害怕的眼睛，那里，有深渊般黑暗的柔情和爱意。

她感到了危险。

"脸盆在哪儿？我想洗把脸，你先出去一下行吗？"她语气尽量平静地下了逐客令。

他不动。

"你住哪里？我一会儿过去找你。"她说。

他狠狠地盯住了她，她受不了他的眼睛，背过身去，假装寻找脸盆。只听他在她身后叹息似的说道："你这个女人，怎么竟是铁石心肠？算你狠！"

他一撩门帘愤愤地出去了。她无力地垂下双手，在窑洞中央茫然地站了一会儿。后来她走到炕边，在炕沿上坐下了，她发现自己像打摆子一样在发着抖。

再见面时，已到吃晚饭的时间，他和洪景天一起出现在窑洞外，喊她去吃饭。他们都变得平静、克制，甚至是客气。

灶房里，吃饭的仍然只有他们几个和戴眼镜的副镇长，现在，莽河和这位副镇长也已经熟了，知道他姓田，是个1977级大学生。他把叶柔介绍给副镇长认识，说："我朋友，来采风的。"叶柔马上从随身携带的挎包里掏出了学校的介绍信，说："镇长，我来做课题。"

副镇长接过介绍信看了半晌，笑了，说："来得正好，明天地区二人台剧团要来唱戏，少不了要唱《走西口》。"

莽河也笑了："真要动响器了？"

"可不，"副镇长回答，"就算为了老百姓的心理需要，也得动——不过也怪，好多事科学是解释不通的，就算是巧合吧。大研究生别笑话我们愚昧。"

叶柔回答说："我哪敢？"

又是一个纯粹的黑夜，小城一片黑暗，稀少的几点灯光似乎是为了衬托那黑夜的浓密和强大。仍旧没有月亮，只有一弯月牙和满天的大星星。他们三人，在叶柔的窑洞里围桌而坐。洪景天准备了酒、罐头午餐肉和罐头水果。酒是本地产的白酒，很烈。叶柔吃罐头水果，喝一种苦苦的大叶茶。莽河和洪景天，则把烧酒咕咚咕咚倒在搪瓷茶缸里，你一口，我一口，莽河喝得很沉默。

只有洪景天一个人，吃力地寻找话题。

"叶柔老师——"

叶柔打断了他："千万别叫我老师，我只不过是个学生，你叫我老师，我以为你在叫别人。”

“那好吧，叶柔，我没上过大学，也不知道‘社会学’是讲什么的，我只是奇怪你为啥要选《走西口》这么一个题目做论文。歌里唱、戏里演的，这老题目，还能做出什么新意来吗？”

“那要看你怎么做了。”于是，叶柔认真地、过分认真地讲解起来，关于社会学，关于这一段历史中可能被遮蔽和过滤掉的内容，等等，她还说这一路采访过来，她几乎都想写小说了。

“好啊，那你写，写小说一定比写论文有意思。”洪景天回答。

叶柔热情、认真地描绘，似乎，只是对着洪景天这一个听众，她始终没看旁边沉默不语只是埋头喝酒的莽河。昏灯下，白酒浓郁的香气，像某种凛冽的、有毒的、正在绽放的花，泼辣、强烈的香气让人心神不宁。半茶缸酒，不知不觉见了底，莽河伸手去抓酒瓶，几乎是同时，另一只手也伸了过去，按在了瓶子上。

“你不能再喝了！”叶柔说，“这酒太烈。”

两只手，抓着同一只酒瓶，四只眼睛终于在一晚上的挣扎之后，碰撞在了一起。叶柔看见了他眼睛里的痛苦，她握酒瓶的手又在发抖了，可她仍旧死死地抓着，不放松，就像在无望的黑暗的大海中抓着一块不堪一击的浮木。

“不能再喝了！”她说。

他望着她。她真实的脸，罂粟花一般鲜艳湿润的红唇，还有，深不可测难以捉摸的眼睛，像在雾气中飘浮着一般，一会儿清晰，一会儿虚幻。他笑了，摇摇头：“你是谁？叶柔，你是妖还是人？是魔鬼还是天使？你为什么要这样折磨我？”

她咬紧了牙关。

“叶柔，你这个坏狐狸，你为什么要折磨我？”他的声音，突然像个又无辜又委屈的孩子似的，软弱得如同带着露水的仙草，她的鼻子一下子酸了。

“是你在折磨我，莽河，你不讲理，”她悄声回答，“你不该在这儿。”

“为什么？为什么我不该在这儿？”

“求你，放了我吧，”她终于说出了这句话，“别再来打扰我……”

他一下子攥住了她握酒瓶的手腕，死死地，像铁钳一样把那只细瘦的手腕攥牢了，似乎，他一松手，她就会像烟一样袅袅而散。“说，给我个理由！”他眼睛血红，低声咆哮，怒视着她，不像人，像受伤的野兽。

不知什么时候，洪景天悄悄出去了。窑洞里，只剩下了他和她。有毒的酒香，危险的酒香，早已让她溃不成军，她只是在做最后的挣扎。

“说！你说，叶柔，你给我个理由——”

“我害怕！”她突然冲着他大吼一声。

“害怕？”他愣了一下，“你怕什么？”

“我怕什么？”她凄伤地反问一句，突然像决堤的河水一样崩溃了，“你问我怕什么？莽河，我怕我自己，我怕我会不顾死活地去爱你，迷失本性地爱你！我不是个随便的、水性杨花的女人，我也不是疯狂的、浪漫的女人，可我为什么做了这么疯狂的事？……我怕你，莽河，因为你是诗人——诗人总是不断需要新鲜的情感、新鲜的爱、新鲜的刺激，没有这些永远的新鲜大概就没有诗人永恒的灵感——可我说到底只是个普通的女人，我需要的是普通的爱，执子之手，与子偕老的那种！你给不了我，莽河，你不可能和我平淡无奇地终老一生，那只会让你厌倦——我怕你厌倦，我怕你有一天弃我而去，我怕我只不过是你生命中的一段逸事、一个插曲，我怕这样的结局——”

他突然用一个热吻堵住了她的嘴，心疼的、怜惜的长吻，心疼她的透彻和无助。他抱住了她，她想抗拒，但那抗拒不堪一击。她的身体，她的心，刹那间就被这令人窒息的缠绵亲吻瓦解了，她的灵魂好像被他吮吸出了体外，成了一缕游魂，在这窑洞的上方含着眼泪凝望着地上的那个不可救药的自己，沦入死亡般黑暗却狂喜的深渊。

终于，他松开了她，说话了，他说：“叶柔，我不想欺骗你，海誓山盟其实很廉价，一生很长，我不敢说‘终老一生’这样的话……我奶奶说过，人都是摸黑走夜路的，你愿意跟我一起冒个险吗？”

叶柔抬起了脸，和他对视着，那是一双绝对绝对诚实的眼睛，深渊般黑暗的柔情和泪光足以让任何一个善良的女人灭顶。良久，她伸出一只手，抚摩他的脸，为他揩去眼角的泪痕。她知道她完了。她知道前边就是地狱她也要朝地狱里跳了。跳吧叶柔，她对自己说，这世上所有绝美的东西都是短暂的、刹那的呀，比如晶莹的朝露，比如绽放的春华，比如珍贵的少女之美和转瞬即逝的青春……那么，又有什么理由要求爱情永恒？

他用双手扳住了她的脸：“人都是走夜路的，这就是人生的魅力。叶柔，冒个险吧，也许我明天早晨就会死呢……”

叶柔一下子捂住了他的嘴：“别瞎说，头上有灯！”他微笑了，这阳光般无邪的微笑让她感到了一阵揪心的疼。她把他紧紧抱住了，突然想到一个词：挽歌，此刻她拥抱的好像是一段终将到来的挽歌，那是尘世的爱不能抗拒的宿命。

一颗流星划过了塞外庄严肃穆的夜空。

第四章　半个月亮爬上来

一　小 城 之 夜

后来，叶柔总是这样问他：“莽河，你怎么知道我要走杀虎口？”

莽河回答说：“我就是知道。”

“你怎么知道我不会走河曲，从那里过黄河？”

“你不会。”

“为什么？”

“你过了吗？”

叶柔笑了，说：“我差点儿就过了呢。”

莽河回答：“可你还是没过。”

叶柔转身望着他：“我做梦也没想到，你会追上来，在平鲁老城等我。”

“你想到了，我知道你想到了，要不，你怎么会放弃过黄河呢？”莽河认真地说。

他们在平鲁城停留了五天。

莽河以向导的身份，带领叶柔爬北固山，就像当初洪景天那样，告诉她哪里是凤头，哪里是凤眼，指给她看千佛洞的遗迹还有石碑，看烽火台，看远处山峦上外长城残破的蜿蜒。

晴好的春天，很难得，有风，但不凛冽，也不大，阳光很澄澈，长城、烽火台、山峦，在肃静的蓝天下，有种格外清晰的苍凉。叶柔眯起了眼睛，出神地眺望着它们。

“这一路上，看了多少烽火台，”她对莽河说，“清晨、黄昏、太阳当头的正午，不管什么时候，只要看见它，心里就觉得特别伤感。”

“我也是，”莽河回答，“看见它，想起的就是战争、苦难、离散，还有死。”

“好像，还不仅仅是触景生情，我也说不好。”

“那是什么？”

“你说，”叶柔转过来眼睛，望着莽河，“前生前世，我会不会是一个戍边将士的妻子？丈夫战死在沙场，我来这里寻找死去丈夫的遗骨，想把他带回故乡，可是我没能找到……所以，生生世世，我都要来这里找他？”

“怎么像是孟姜女的故事？”莽河微笑了，“叶柔，也许你真该写小说。”

“我不是开玩笑，”叶柔摇摇头，“也许，真有前世的记忆，我们只是不知道罢了，但是它会让你做出一些奇怪的决定，比如我，我一直觉得，雁门关、嘉峪关、边塞、大漠戈壁，这些是我此生必将到达的地方，这也是我为什么要做这个关于迁徙的论文。当我第一次看到烽火台，心里一阵疼，不是形容，是真的心疼，物质的那颗心在疼，我恍惚觉得，那是一个旧景，我和它终于又重逢……”

莽河伸出胳膊搂住了她清瘦的肩头：“也许，我就是你要找的那个战死沙场的将士。”

叶柔抬起头，默默凝望他的脸，望了许久：“是吗？”她摇摇头：“我不知道，要是的话我应该心安了，可我为什么还觉得不安呢？”

“看来你是个贪心的女人，你想要的太多。”莽河半开玩笑半认真地这么说。

叶柔笑了，笑得有些忧伤：“好吧，我努力要得少一点。”

在这安静、凋敝的小城中，叶柔收获颇丰，洪景天带领她走访了一些十分有趣的人物，有出过口的，也有没出过口的。眼镜副镇长也给她安排了很好的采访对象。那是识文断字的老人，做过地方上的小学校长。他为叶柔一五一十梳理了平鲁老城五百多年的历史，以及那些商家的兴衰，还有他们与口外和内陆的渊源。老人语气平和，像讲古，但是叶柔还是听出了其中深藏不露的隐痛和伤怀。

这里的人家，爱在躺柜上、米缸上、门楣上贴一些红纸条，上面写些吉庆话。躺柜上贴“用之不竭”，小柜上贴“取之不尽”，米缸上贴“米面如山”，而门楣上则是“出门通顺”，墙上贴的是花红柳绿的杨柳青年画，“燕青卖线”“三打陶三春”“梁山伯与祝英台”。叶柔坐在人家的炕上，这些红纸条，这些年画，会让她突然涌上来一阵说不出的眷恋和感动，为这种安静、平和、朴素的希望和又有几分狡狯的生活姿态。

晚上是最愉快的时刻，他们三人盘腿坐在火炕上，围着一张小炕桌，开一瓶白酒，沏一大茶缸大叶茶，没有下酒菜，佐酒的是带壳的炒花生、醉枣、炒南瓜子和绵绵无尽的话题。酒香、醉枣的醇香缭绕着，加上大叶茶的苦香，使夜晚变得亢奋。有时小城的文艺青年也会加入进来。有一晚，莽河讲起了高更的故事，高更怎样独自在塔西提岛上游历并寻找到了他的毛利新娘。高更和凡·高，那是20世纪80年代文艺青年们的神，文艺青年们向往并集体诗化了那样的人生：自由、浪漫、富有献身的勇气和激情。这故事让在场所有的人都慨叹着自己人生的苍白，可是只有叶柔想到了这故事的结局：那个鬓边永远插一朵红花的姑娘，两年后，忧伤地坐在岸边目送着一艘轮船远去。那船开往欧洲，船上有离她而去的男人。

莽河说得不错，她是个贪心的女人。她问这世界要的太多。

这一晚，等人群散尽，在满地花生皮瓜子壳的窑洞里，叶柔叫住了莽河。

“莽河，你愿意跟我走一程吗？”

“当然愿意，”莽河回答，心里有些奇怪，“咱们不是已经说好一起走了吗？”

“我是说，真的走，步行，一步一步，走到四子王旗，愿意吗？”叶柔望着他说。

两个男人同时叫起来，天哪，叶柔！于是，他们迎来了一个巅峰，夜晚的巅峰。叶柔笑了。可是她知道，再长的旅程也有终点……洪景天吃惊地发现，这一瞬间叶柔美得不可思议，她像被某种神光照亮了一样，美，却不祥。

莽河立刻在炕桌上摊开地图，寻找着四子王旗，当年的乌兰花，无论过去和现在，这名字都很动听，有一种传奇性。他们在地图上计算着距离，讨论着路线，计划着每天可以走多少公里。讨论到最热烈的时候，莽河突然抬起了头，望着叶柔不相信地问道：“宝，你真行吗？”叶柔脸红了，还没等她回答，莽河自己抢着回答了：“没关系，你要真不行，我背你。”

洪景天隐藏起了他的不安，他愿意相信那是一种错觉，他笑着叫起来：“我说行了，我都要羡慕死你们了——可惜我请不了假，我也不能像莽河一样说辞职就辞职，我更学不了高更，我不是你们——我要能做你们多好！我要能跟你们一路走多好！”

莽河猛地给了洪景天一拳：“兄弟，别，别说这种话！我们到一处地方，只要有电话，我一定给你打电话。”

“我会给你寄明信片，”叶柔也这样说，“我保证。”

洪景天望着他们，忽然之间有一种做梦的感觉，多年之后，他回忆起这些夜晚，仍然感到那里面有一种奇怪的虚幻感。可它们多美！某一天，一个陌生的诗人，背着简单的行囊，突然来到你生活中，和你谈论诗和爱情，激起你内心的波澜，然后消失。这样的时光，梦境般的时光，如同白云，飘浮在生活之上，供人仰望，所以，它又格外残酷。

那一晚，他们忽然都有了一种不舍之情，为即将到来的分别。洪景天和莽河，不住地碰杯，两个人都醉了。后来连叶柔也加入进来，三个人喝干了两瓶烧酒，叶柔只记得自己呵呵呵笑得很响亮，然后，就什么都不知道了。

二　叶柔的田野调查笔记

清早，洪景天送我们出东门，上路。太阳出来了，但天色黄蒙蒙的，洪景天说：“看样子下午要起大风。”

我们说：“没事儿。”

莽河说：“我们朝东北方向走，顺风顺水。”

洪景天一直送我们走出很远。

莽河说：“兄弟，送君千里，终须一别，回去吧……”

我没敢看洪景天的眼睛，我怕自己忍不住掉泪。我只是回头留恋地看了看平鲁城、凤凰城，我不知道这一辈子还会不会再来这遥远的小城。

莽河突然动情地拥抱了一下洪景天，说了一声：“后会有期！”然后，他猛地转身，拉起我的手，没有再回头。就这样，我们上路了。走出很远，很远，突然，身后传来了“二人台”的歌声，高亢、嘹亮，说不出的悲伤：

哥哥你走西口，
小妹妹我实在难留，
手拉住哥哥的手，
送哥送到大门口……

我惊住了，是洪景天，我猛地回头，远远地看见他背朝着我们，边唱边往回走。“二人台”特殊的发声方法，使这歌声嘹亮到近于凄厉，他用这种凄厉的歌唱为我们，不，为莽河送行，这里面应该有我不能完全了解的东西：男人间的情义，古典的情义，士为知己者死的那种恩义……我看到了莽河眼里闪过的泪光。

太阳钻到云里去了，我们沉默地走，公路像河流一样，在山峦间跌宕着。爬上一个高高的陡坡之后，莽河站住了，回过身来，朝来路的方向望了很久。其实，从这里已经看不到平鲁老城了，山遮挡住了它。但我知道他是在看它，在心里看。我也和他一起看，这小城啊，把莽河还给了我的珍贵的小城，还能再见到它吗？

终于，他搂了一下我的肩，说："走吧，宝，我们上路！"

我心里一暖，上路了。这是前人的路，也是我们两个人的。现在，天地之间，山水之间，只有我们，我和他，千沟万壑之中，初起的呼呼的风中，只有我和他。我的手被他攥在手里，叶柔，可以了，这一刻长于百年。

中午，我们来到了一个叫"花家寺"的村庄，风已经很大了。找到了这村中的村长，村长将中饭派到了一户赵姓人家。这家里男人学名叫赵有成，七十一岁了，瘦瘦小小，脑子还很清楚，身体也很健康，刚刚才犁地回来。他早年出过口，和村中一个后生做伴，出七墩，到过和林、呼市、武川，给人打工。最后，在武川县拔麦子时，被傅作义的部队给抓了兵，当时是半夜，他正睡觉，村里人欺生，指认着叫兵们一绳子捆了他。他在傅作义的部队里当骑兵，南征北战，到过河北、甘肃、宁夏，解放军围城时，他正在北京，驻防在西南门一带，傅作义率部起义，于是，他又参加了解放军。三年后，从西北转业回乡，娶了一个寡妇。那年，他已经三十八岁了，寡妇给他带来两个孩子，又和他一口气生下五个，如今，老人儿孙满堂。

初来乍到，萍水相逢，有很多事情是没办法深问的，谈起往事、经历，都不过是短短三言两语。艰辛的一生，就如一股淡淡的水，远远流走了，无风、无浪、无声、无息。一路走来，我越来越怀疑，如果没有足够的尊重和敬畏，我有权利闯进人家命运的深处吗？比如眼前这个女人，知道她是再嫁的寡妇，一问，她和头一个男人成亲那年，才虚岁十四！就生儿育女，给人家当起了女人。再问，原来她是被自己的亲姑父领到“人市”上，以“卷席筒”的方式，卖给自家男人的。

据说，这“卷席筒”买卖人口，是口外一带的旧俗，就是将人用一领席子卷起来，买家可从席筒两头伸手进去，捏捏脚，捏捏腿，摸摸人脸的轮廓，讨价还价……真是骇人听闻！听上去就像在买卖牲口。我望着已经快六十岁的老人，不知道当初虚岁十四的那个孩子，被一领席子裹卷进黑暗之中的那种恐惧，当无数陌生的、强暴的男人的手伸进席筒摸她、捏她的时候，一个洁白无瑕的身体会感到怎样的羞辱和无助。如今，她脸上带着平静的微笑，三言两语，说着“卷席筒”，就像在说一件遥远的别人的故事。

午饭端上来了，是莜面窝窝和莜面鱼鱼，看来她是个精干的女人，饭做得很细致，蘸窝窝和鱼鱼的调料很香。莜面是雁北一带最主要的农作物，学名叫“裸燕麦”，耐寒。莜面窝窝是一种蒸食，各地叫法不同，在晋中等地，被叫作“栲栳栳”。民歌里这样唱：

交城那个大山里，
莫啦好茶饭，
只有那个莜面栲栳栳还有那山药蛋……

说的就是它。饭后给人家饭钱，死活都不收，赵老汉说：“笑话，笑话，一顿粗茶饭，哪能要钱！”我们心里很感动，知道再坚持就是矫情了。莽河说道：“大爷，我给你们一家人照几张相吧。”

这提议让大爷高兴。

这家女儿，打扮得像个城里姑娘，很时尚，烫过的头发高高拢起别在脑后，穿水洗布牛仔裤，是个初中毕业生。吃饭前，一个人趴在炕上练毛笔字，用小楷抄着什么东西。我看了看，原来她抄的竟是一篇小说。我问她：“是小说吗？”她点点头，告诉我，作者是她的同学。现在，听说要照相，她转身进了对面的窑里，再出来时，脖子上多了一条漂亮的红纱巾。莽河给大爷一家拍了许多张。

告辞时，大爷挽留我们，说：“住下吧，晚上看戏。”原来村里搭起了戏台，请来了剧团要唱两天大戏，连本《刘公案》。我们当然不能住下，于是，大爷送我们出村上汽车路，这时，天已是昏黄一片了。

狂风大作，风卷着飞沙走石，扑打在脸上，生疼，真是塞外的大风，名不虚传，能吹破琉璃瓦。莽河戴上了墨镜，我则用一块纱巾整个包住了头和脸。来到一面草坡前，莽河要给我拍照，大声喊：“留个见证！到此一游——”我脸裹纱巾，在风中踉跄着站也站不住，身上的灯芯绒风衣鼓得像风帆一般，而他则根本端不稳手中的相机，那一定是一张对不准焦距的照片，影像模糊，却清晰地摄出了欢乐：它为我们的欢乐立此存照。

那是一条公路，却不见一辆汽车，一路行来，也几乎没见一个路人。飞沙走石的大风中，只有我们这两个旅人。路盘着山，绕来绕去，一会儿顶风，一会儿顺风。他拉着我的手，顶风时他低头走在我前面，试图用身体为我挡风，顺风时我们则脚不点地似的并肩飞跑……他在风中一边跑一边扯着嗓子号叫似的唱：

哥哥妹妹走西口……

傍晚，风终于小了下来。天就要黑了，一个小水库突然出现在眼前，小小的一湾，碧绿安静，湾在干旱枯黄的沟壑间，又温柔，又孤寂。水库后面，是一个小村庄——牛家堡，那就是我们今晚准备投宿的地方。

三　西口，西口

多年后，莽河仍旧能回忆起那些名字：梁家油坊、高墙框、右玉老城、杀虎口……这些貌不惊人的北方边地的普通地名，在后来的时光中，将像文身一样文进他心里，和他如影随形。

那是他们永恒的蜜月。

走进右玉县境，天气似乎一下子转暖了，他们和黄土高原迟来的春天猝不及防地相遇在了这个省份的最北端。公路一直沿着一条叫苍头河的河流北上，河谷里，意想不到的秀丽甚至是妩媚，一丛一丛水柳，这儿一蓬，那儿一蓬，远远看去，一蓬紫，一蓬绿，一蓬鹅黄，竟是江南的颜色；一片一片返青的树林，小叶杨，北方最常见的乔木，却长得异常干净、挺拔，嫩绿的叶片，树干洁白如同白桦。树丛里，倏地一下，闪过了野兔的身影，又一下，则飞过了漂亮的野鸡，喜鹊跳跳蹦蹦地在沙洲边饮水，而远处绿茸茸的草滩上，则有人在放牧牛羊。

许久以来，看惯了漫天风沙和寸草不生的荒山秃岭，看惯了孤独的烽火台、残破的外长城这些粗粝荒寒的塞外景色的眼睛，一下子，如同看见了一个梦境。他们禁不住走下了草滩，阳光下，青草生涩、新鲜的腥气如同某种爱抚一般让他们脚步变得柔软。他们温柔地、小心翼翼地踩着久违的青草，突然间，莽河“嘿——”地大喊一声，一回身，紧紧抱住了身边的叶柔。

“你怎么了？”叶柔吓一跳，慌忙问道。

“没怎么，”莽河小声地回答，“就是想抱抱你——我还没在春天里抱过你……”

叶柔不说话了，她把脸默默地贴在了他暖暖的胸前，一阵鼻酸。这个花言巧语的家伙啊，叶柔一边想一边伸出双臂抱紧了他。他们就这样抱着，在草滩上站了许久，汹涌的草香如同河浪一般使他们晕眩，莽河低下头去，望着叶柔的脸，突然轻声说道：

“叶柔，为什么你总是让人这么心疼呢？”

咩咩的羊叫声，打着战，突如其来地惊扰了他们，一群羊驯顺地从他们身边拥挤着走过，两个小羊倌，一个十四五，一个十二三，手持羊铲，小的那个用树枝架着行李卷，挑在身后，正好奇地瞪大眼睛，打量着这两个拥抱在一起的男女。

“你们是照相的？”大的那个指着莽河身上的照相机这么问。

他们两人对视一眼，笑了。

被人当作走乡串村照相的手艺人，这已经不是第一次了。就在两天前，他们在公路上碰上了一队驮水的牲畜，十几头毛驴、骡子，浩浩荡荡、晃晃荡荡驮着木桶，缓缓从坡上下来，莽河举起相机拍下了这镜头。忽听公路下面的沟底有人大声喊："照相的！照相的——"

那是一户庄户小院，土窑，木窗，紧邻着土崖。干干净净的院子里，晒着粮食。一个年轻的农妇正在向他们招手。

"叫我们？"两人你看我，我看你，居高临下，一时没听明白。

"照相的！下来！给照张相——"

他们一下子笑了，急忙回答说："好嘞——"

于是，他们下到了沟底，来到了人家的院子里。一条极凶的大黑狗，汪汪叫着，被一个小女孩用手蒙了眼。女人抱着一个小孩子，精明地打量着他们，说道："先看看你们的相片，好才照呢！"

莽河冲着女人笑了："大姐，我们照相不要钱，我们用相片换你一个故事。"

女人瞪大了眼，没有听明白，是啊，谁能听明白他在说什么？他望着女人怀里的孩子，问道："是要给这孩子照相吧？我看看，让孩子坐在哪儿？……"他四面望望，然后用手一指摊在地上的粮食，金灿灿芳香的一摊："这儿不错，大姐，你把孩子放这儿。"

后来，这位年轻冒失的农妇，这位大姐，总算弄明白了他们不是流浪四方的"手艺人"，可他们究竟是干什么的，却始终懵懵懂懂。不过，结局是温暖的，他们给孩子和粮食、女孩儿和大黑狗、女人和窑洞、石磨碾盘、窑顶上的枣树和一碧如洗的蓝天都拍了照，他们留下了女人的地址，知道了这小村的名字叫“交界”，女人的名字叫“石桂花”。然后，他们就在交界村石桂花家的炕头上，吃了一顿很香很可口的午饭——莜面搓鱼鱼、炒酸菜、羊肉口蘑。

还听了一个故事，是关于石桂花的公公，一个赌徒，早年间走口外的故事。

此刻，在这阳光灿烂的草滩上，两个小羊倌见多识广地、好奇地站在了他们面前，说道：“你们是照相的？是照相的吧？”

“对，”莽河笑着放开了叶柔，“小兄弟，想照相是不是？”

“照一张，多少钱？”羊倌警惕地、审慎地望着莽河的眼睛。

“不要钱！”莽河爽快地回答。

两个孩子吃惊地瞪大了眼睛。

“不要钱，小兄弟，本来我们是用相片换故事的，你们俩，优惠，故事也免了！”

兄弟俩，你看我，我看你，终于，大的那个想起了什么，问道：“你们是记者？”

“算是吧。”莽河信口回答，“来来，站好！”

于是，照相机镜头对准了这小哥儿俩，他们身后，是羊，是波光粼粼、温暖的苍头河。弟弟蹙着眉头，一言不发，挑着他的行李卷，哥哥则露出一点儿憨笑。叶柔望着他们笑了。

“照片给你们寄哪里呀？”叶柔问那个哥哥。

“中旗，察右中旗，广昌隆公社，黄羊沟村。”这次，抢着回答的竟然是弟弟。

“察右中旗？”叶柔愣了一下，“那是在内蒙古啊！”

“是，是在内蒙古，中旗是我们家。我俩在这里徐村，给人家放羊……”哥哥说道。

哦，叶柔不笑了，她望着这两个小小年纪背井离乡出外打工谋生的小羊倌，这勇敢得让人动容的小哥儿俩，不知道该说些什么。她想伸手摸摸弟弟的脑袋，又觉得这是个轻浮的动作。许久，她冲着弟弟点点头：“我们只要碰到能洗照片的地方，就马上把你们的照片洗出来，寄回那个——察右中旗，黄羊沟村，是黄羊沟村，对不对？让你妈妈看看你们现在的样子。对了，小弟弟，你刚才一直没有笑，你是不是应该笑一笑？让你妈妈看了高兴和放心？来，我们来重拍一张，拍一张快活点儿的，怎么样？”

这一次，面对着镜头，弟弟笑了。黑黑的小脸，因风吹日晒变得粗糙的小脸，一笑，犹如万物花开。笑容在他动物样洁白的牙齿上闪烁着，流光溢彩，一个妈妈看到出门在外的小儿子这样的笑容，一定又骄傲又伤心。

如今，他们竟然真的站在了这个叫“察右中旗”的地方。

时间是在半月之后，已是晚春的天气，河套平原上的太阳在正午时分已经让人感到了几分灼热。从杀虎口出来，他们最终还是选择了乘汽车直奔呼和浩特。因为在杀虎口，莽河生病耽搁了一周的时间。抵达杀虎口的当晚，莽河半夜里发起高烧，止不住地泻肚子，腹痛如割，急性肠炎也许是痢疾改变了他们预计的行程。这是此行中最让莽河感到沮丧的地方，从平鲁老城到杀虎口，200 多公里的跋涉居然就放倒了他这样一条一米七八的汉子！他躺在小镇的卫生院里输液，叶柔安静地、片刻不离地守在他的病床前，为他擦汗，扶他上厕所，操心着液体的滴速，做着一个看护该做的一切。他躺在那里，一遍一遍地重复着同样的话："真该死，我要是不喝那瓶啤酒就好了，一定是那瓶啤酒有问题！"

"可能。"叶柔回答。

"我当时就觉得不对劲儿，那么混浊。"

"是，你是说了。"

"那你为什么不拦着我？"

"对不起。"

他一遍一遍地问："你为什么不拦着我？"她则耐心地、抱歉地一遍又一遍地回答："对不起，对不起……"好像一切都是她的错，都是因为她没有阻拦。其实，他和她都明白，他要说的，不是这个。

几天后，他病愈了，但严重的腹泻使他消瘦脱形。这期间，叶柔借用镇政府的电话和导师联系了一次，导师要她在某日之前返校，也就是说，这个日子比原计划提前了一些。这样一来，他们不得不改变那个在河套平原漫游的计划了，只得改乘长途汽车登程上路。

离开杀虎口的前一天，黄昏时分，他和她爬上了山坡上明长城的遗迹，默默眺望着脚下的城池，远处的群山。从前，这是古长城上最重要的关隘之一，唐时称它白狼关，宋时叫它牙狼关，是兵家扼守的要塞。清代以后，这里遂成为通往口外、通往河套平原、蒙古高原乃至更远的地方——大库仑（乌兰巴托）和俄罗斯西伯利亚的重要通道。现在，从山西开往呼和浩特的长途汽车，仍然要从此口经过。

古长城早已残破不堪，坍塌了，但有些地方仍然能够看得出它顽强的、不屈不挠孤独的蜿蜒，最后的蜿蜒。残阳如血，是一天中最忧伤的时分，那一点依着山势残存的痕迹就像长城的遗骨、遗骸，像它的幽魂。叶柔抚摩着土质的残墙，突然有一种强烈的悲怆与不舍。莽河伸手搂住了她，他们就默默地站在长城的遗骸之上看着夕阳一点儿一点儿坠入群山。平生第一次，他们看到了一个壮美的长城落日。

“真美！”叶柔叹息似的轻轻说道，“杀虎口，再见了……”

天色就要黑下来了，这时，莽河突然没头没脑地说了一句：“对不起——”

叶柔回头看他。

“对不起，”莽河不看她，他眼睛望着渐渐沉入黑暗的山峦，“这些天，你跟我说了那么多对不起，其实，该说对不起的是我……叶柔，谢谢你……”

叶柔无声地笑了，没有回答。

“你怎么不抱怨呢，叶柔？我那么不讲理，像小孩儿似的胡搅蛮缠，任性。”

叶柔望着他轻轻摇摇头：“莽河，告诉你一句话，男人不会成熟只会变老。”

他猛地回头，瞪起了眼睛。

她笑了：“这不是我说的，是一个叫保尔·艾吕雅的人说的，是你们诗人自己说的。”

他也笑了，更紧地搂住了她纤细的小肩膀，那纤细总是给他一种错觉，以为稍用些力气就能使它散架。可其实它是坚韧的、有担当的、宽厚的，病中，有许多昏昏沉沉、朦朦胧胧的时刻，在异乡昏暗的灯下，他以为是母亲的手在抚摩他，为他做着那些琐碎而吃力的、亲昵又温暖的事。

“你烧得迷迷糊糊的时候，一直叫‘妈——’，”叶柔温暖地说，“像个孩子。”

月亮升起来了，是轮大月亮，清澈、皎洁，无限明净。起了山风，月光下的山风，浩荡而缠绵。这是属于“口内”的最后一夜，长城、关隘，明天一早，就要和这一切告别。

他们在风中拥抱着站了一会儿，叶柔说道："一千年前，我肯定来过这儿……莽河，你信吗？"

"我不知道，"莽河老实地回答，"叶柔，我不知道。"

她宽容地、宽厚地笑笑。

一千年前

一个今天的姑娘站在唐朝的山巅

他们合谋掩埋了一个秘密——

"叶柔，这是一首诗的开始。"莽河说。

叶柔心里一暖，是啊，那是一个什么秘密呢？为什么她对这样一个荒凉的、非亲非故的异乡，一个从没到过的地方，这么依恋，这么动情？为什么对于"迁徙"这样一个受人冷落的题目这么热情和痴迷？她不知道，也许，永远不会知道，但她的脚曾一尺一尺地亲近过、穿越过这片土地，在 20 世纪 80 年代中期，在交通工具已经很发达的时代，她选择了最古老的方式向这土地表达了她的敬意，这如同一个生命的仪式。

第二天上午，从右玉县城开来的长途汽车，将他们载到了呼市。从那里，他们搭乘一辆顺路的卡车，来到了乌兰察布盟盟府所在地集宁市，叶柔的导师有个学生，在这里的师专教书，他负责接待了他们，并建议他们去察右中旗，因为那里从口内出来的山西人很多，而且，开发后大滩的时间要早于他们原来的目的地——四子王旗。

就这样，他们来到了两个小羊倌的故乡。

中旗，过去叫陶林，这是一个他们从沿途乡亲们嘴里早已听熟的名字，它几乎挂在每一个出过口外的老乡嘴上，有太多和他们命运相关的故事发生在这个地方。导师的学生为他们介绍了几个本地的朋友，在文化馆或学校一类的地方供职。朋友告诉他们，更早一些的时候，陶林不叫陶林，叫科布尔。科布尔是蒙古语，什么意思？一个姓王的朋友说，科布尔就是“蓝色的湖泊”。而另一个余姓朋友则说，科布尔意即“软绵绵”，因为这里到处是沼泽；还有一层意思，在放牧的时代，这里的羊从来不剪羊毛，由它自己脱落，脱落的羊毛使这里变成一个绵软的世界。

总之，这是一个丰美的地方，草肥水美，牛羊肥壮。

起初，他们是从姓王的朋友那里，听说了“义兴全”这样一个名字，他们一边喝酒一边听老王讲家族史，老王的祖父，早年间从山西定襄出口谋生，从推车挑担做起，终于，在离科布尔镇十几里的地方，开了一个商号“义兴全”，经营布匹、马群。后来，跑马圈地，雇人耕种，渐渐地，就有了一个叫“义兴全”的村庄。

这让叶柔心里一动。

“王老师，”叶柔开口问道，“有个‘广昌隆’乡，也是一个商号的名字吗？”

“对，不错，”老王回答，“科布尔有很多村子，都是叫商号的名字，像广昌隆啊，广益隆啊，义兴全啊，都是。”

“为什么？”叶柔忙问。

“当年，这些村子都是商号的地庄子呀。那时候科布尔还是牧区，无人耕种，传说它有九十九个海子，草鲜水好，到夏天，草长得没住人腰。咱山西商人，以商号的名头，在这里跑马圈地，买下地庄子，再雇口内的老乡，来这里开荒、耕种，种麦子，种谷子，当然也种洋烟，也就是罂粟。有人春天来，秋天走，有人就落住了脚，在这里栽根立后，这里就有了一个一个农耕的村庄，有了一代一代种田的农民，有了鸡鸣狗吠，有了口内所有的一切，后大滩就这样被开发了出来。”

哦！原来是这样，叶柔突然激动起来。那是叶柔第一次探寻到了“山西商人”或曰“晋商”这样一个特殊的群体，探寻到了这样一段在正史中从来未着一字的历史。她很兴奋，在中旗的街头四处游荡，想寻找到这些商号的痕迹，寻找到一个可以触摸的历史的入口。当然，她什么也没找到。

太阳沉落了，一天就要结束了，在一条小巷口，她和莽河碰到了一班乡下来的“鼓匠”，远远地，他们就听到了鼓匠的吹打。原来，巷里有人家殁了人，请来了广昌隆乡小东滩的鼓匠班子守灵发送。他们站在看热闹的人群里，唢呐嘹亮高亢，又快活又哀伤。看热闹的人评点着说：“比街上的班子好！”叶柔和莽河这两个外乡人，也不知道这“街上的班子”是指哪一家。

鼓匠们吹打的是晋地的民歌小调，《想亲亲》《割洋烟》，还不断地有人在一旁点曲子，说：“吹段《走西口》——”果然，唢呐一顿，转了调，凄厉得如同一个女子的叫板，《走西口》来了。

哥哥你走西口，小妹妹实在难留……

唢呐哭着，喊着，是晋地那些名叫翠莲、桂花、翠英、桂梅的女人们几百年来的哭诉，一代一代的翠莲、桂花们，一茬一茬的翠英、桂梅，站在她们家乡的崖头、村口，朝着黄尘大路，朝着苍天喊叫。晋地女人们哭破了嗓子，眼泪流成了血河，于是，长草的地方有了庄稼，有了村庄，有了商号，有了几个男人的功业。

唢呐真是个好唢呐，它朝人心里钻。叶柔流泪了。

第二天，他们乘车来到了广昌隆乡。

四　墓志铭

车停在黄羊城时已是傍晚七点钟。从呼市开来的长途汽车，一路风尘卸下了他们，这里就是广昌隆乡了。暮霭中，四野显得苍茫辽阔，远远一脉平缓柔和的山坡，围着大片青青的麦田。只有银弓山，苍青峻伟，在平缓的山背上忽然画出极奇特突兀的曲线，幽幽的、黑黑的，神秘安静。据说银弓山里蕴藏着墨金。

太阳一点儿一点儿地从银弓山上栽下去。

黄羊城没有旅馆，他们找到了“公社”也就是广昌隆乡政府，准备投宿一晚。不巧，这天，乡里来了一群大人物，盟里的副盟长、旗长以及一大批随从，到这乡里视察。乡里的上上下下，忙得谁也没有工夫看这两个年轻人一眼。他们只好走了出来，重新站在了公路边，两人你看我，我看你，笑了。

“他妈的，我要是省长就好了。”莽河耸耸肩膀。

“多可惜呀，你不是，”叶柔学他的样子也耸耸肩，“诗人，这里离黄羊沟村有多远？”叶柔问道。

“从地图上看，怎么也有十多里。”莽河回答，“你想赶夜路？”

“你不想？”叶柔反问。

“有狼。”莽河吓唬她说。

“反正露宿旷野也是喂狼。”叶柔嫣然一笑。

莽河也笑了。奔波了一天，又累又饿，再赶十几里夜路，他真是怕叶柔吃不消。“我说，你行吗？”他问叶柔。

“有你呀，”叶柔回答，“走不动，你背我！”

多年之后，莽河常常想起这句话，这是叶柔跟他说过的唯一一句撒娇的话，小女人的话。这一路，千辛万苦，住过最破的破窑，盖过黑乎乎最脏的破棉被，受过各种冷眼，经历过酷烈的风吹日晒，可是，她从没有跟他撒过娇，她也从来没有跟他说过累、饿，或者，哪儿哪儿疼、痒、难过……好像，她纤细好看的身体不是一具肉身，不是一具血肉之躯。这让他讶然，那时，他以为这具身体是远比常人坚韧的、柔韧的，受着神格外的庇佑，是一具金刚不坏之身。

他们回去和乡政府的看门人打听清楚了方向，就上路了。路是一条大路，坦途，洒满月光。月不是满月，是半轮月亮。抬起头，满天的星星，有种慑人的绵密和静。夜风吹来麦苗新鲜的香气，麦田里，远远地，这儿一盏，那儿一盏，亮着灭虫的黑光灯。

半个月亮爬上来，咿啦啦，爬上来——

莽河突然放声唱起了这支关于月亮的歌。

照着我的姑娘梳妆台，咿啦啦，梳妆台……

叶柔也小声地合唱：

月亮出来亮汪汪，亮汪汪，想起我的阿哥，在深山——

莽河又唱起了另一曲月亮的歌：

哥像月亮天上走，天上走，山下小河淌水，清悠悠……

叶柔又小声地跟上了下半段。

他们就这样走着，唱着，一支接一支，唱着天上的这轮月亮，千年万年的这一轮月亮，原来世上有这么多关于月亮的歌，中国的、外国的、从前的、今天的，唱着唱着，莽河忽然住了口，他跨到了叶柔的前面，弯下了身子，说道："来，上来！"

叶柔莫名其妙："干什么？"

"上来呀，"莽河回答，"你不是说，走不动了，让我背你吗？"

"我没走不动啊？"

"你就是走不动了！"

"我没有！"

"就算你走不动了，行吗？"莽河回头，望着月光下她的眼睛，那眼睛深、黑、安静，他们对视了片刻，叶柔有些羞涩地笑了："就背一小段。"她说。

他真的背起了她。

他背着她，走在洒满月光的公路，清香的公路。夜很壮阔，他们很小，很亲。她伏在他背上，像在方舟上摇晃。他们走得又沉默又温暖。

“莽河——”她轻轻叫了他一声。

“嗯？”

“跟你说实话，我是走不动了。”

“那你为什么不早说？”

“好多时候，我都走不动了……走不动的时候我就想，不怕，有莽河呢，我倒下了，他会背我……”

“可你一次也没跟我说过，你一次也没让我背过。”

“你这不是在背我吗？……你真有力气，哥。”

这平常的一句话，不知为什么，差点儿让莽河掉泪。一句话从他嘴里脱口而出：

“叶柔，你愿意一辈子这么走下去吗？和我？”

终于，他说出了那个词，那个禁忌：一辈子，或者，永远。他许诺了，海誓山盟了。他自己似乎也被这许诺惊了一下。

良久，叶柔叹息似的说了一句：“哥，别说这样的话，我会当真的。我不要你的一辈子——”

“那就三生三世。”他说。

她搂紧了他，把她的脸紧贴在他的脖子上，慢慢地，有热乎乎的东西濡湿了他的脖子。这无声的流泪让他说不出的心疼和感动，他不知道她身上为什么会有一种不明就里的原始的哀伤,对了,是原始的哀伤,那是她身上最打动他的地方,那里有一种神秘的力量。

那晚，他们在近九点的时候终于敲开了小羊倌家的大门。差不多一村的狗都叫了，第二天一早，一村人都知道张七十一家昨晚留宿了客人。

张七十一是两个小羊倌的爷爷，六十出头，关节炎让他走路一瘸一跛。他爷爷七十一岁那年他来到人世，于是“七十一”就做了他的名字。两年前，他自己的儿子，也就是小羊倌的爸爸，在口内背窑被砸死，老伴生病拉下了饥荒，不得已，才让自己的两个小孙子去口内给人家放羊。

小羊倌们的娘，胡冬妲，捧着儿子的相片，两手直哆嗦，眼泪扑簌簌落个不住。

因为这几张照片，他们两人，就像传说中的柳毅一样，被张家一家人奉作了贵客。胡冬妲给他们捅火做饭、擀面条、摊鸡蛋、炝葱花,吃了,喝了,又从邻家新结婚的新娘子那里,借来了两床新被褥，那被褥又松软又沉实，散发着新棉花的香味，太阳的香味。莽河睡在羊倌兄弟住过的小屋，叶柔则和胡冬妲睡在一条炕上，他们睡得十分安稳、安心、香甜。这是一路行来，他们盖过的最干净清香的棉被，最温馨有情义的棉被。

第二天，早饭后，他们就听张七十一给他们讲村史和张门一族的故事。当年，这里还是牧区，张七十一的老老爷爷，一个名叫张善的后生，从晋地老家忻州东红院来到了这里，先是给人家地庄子上垦荒，后来，慢慢地，从东家手里买下了荒地，于是，黄羊沟村就有了张家自己的土地。

那时，说不好是哪年哪月，官家放地，买家骑在马上，纵马飞奔，马跑不动了就是自家地庄子的边界，可以想象那辽阔。种不过来，再转手卖出去。张善和兄弟张良一咬牙，打下饥荒，从广昌隆手里毅然买下了荒地，拿绳子一牵，从此，地姓了张。那地，蒿子长的有一房高，像麻秆，黄羊成群，在白茅草中奔跑时自由而矫健。弟兄俩搭起茅庵，在地上深深挖一个坑，上面盖上蒿秆，这就是他们最初的家。

夜晚，他们在狼嗥声中入睡。草原上的星空，美不胜收，那是和他们无关的美景。

地一锹一镐地开垦出来，依照时令，种下了小麦、大麦、莜麦，种下了菜籽、胡麻和山药，当然，还有洋烟。洋烟开花的时候，这里就成了花海。

一年又一年，这里成了一座村庄，盖起了房屋，养起了牲畜，娶来了女人。于是，洋烟成熟的时候，男人在前头割，女人家在后头抿。女人生下了儿女，儿女长大了，又迁来了别姓的人家，姓李的、姓杨的、姓于的……于是，盖起了更多的房屋，养起了更多的牲畜，娶来了更多的女人。鸡鸣狗吠，炊烟升腾，村名却还是原先的地名——黄羊沟村。只是，这里再没有了黄羊的影子。

有人烟的地方，自然就有兴衰的故事，说来，这小小的村庄，也有过“张塌李发”的典故。和所有败家的原因差不多，张家某位家主，抽洋烟抽败了家，李家本是张家的长工，长工和东家，闹了个结拜，东家卖地，长工买，于是，张家塌，李家发，三十年河东，三十年河西，李家成了黄羊沟村的首富。最兴旺的时候，李家有大牲口一百多头，十六七犋牛，土地连成了片，套上牛一气就犁到东山上。柴火垛垛得像座山，居然掏了个洞，安了碾盘做磨坊，有一年着了火，大火整整烧了两个月！发了家，自然要起屋盖院，房子上筑起了炮台，养起了家兵，为的是防土匪。

然而，尽管张家败了家，可远近人说起黄羊沟村，还是说，那是张家的原占。

从张善张良，到张七十一，张家在黄羊沟村，已经是第六辈人。

有一年，那已经是1949年后，张门族中，一家出一块钱、尺半布票，请人画了张氏家谱。这家谱后来让人烧了。如今，毁灭的家谱上那些拓荒的先人们，没有回到故乡晋地，而是长眠在了这里。

正午的太阳，明晃晃地照耀着这片叫“西坡”的地方，连天接地的空旷之中，五个坟包，簇拥着，联手比肩，肃立在万里无云的青天之下。远处缓缓的一面山坡，耕过却没有播种的土地像金子一样静静流泻下来，四周都是这样没有播种的寂静无声的土地，金子般的土地。五个坟包，被这一大片明晃晃的空旷拥抱着，挤压着，小小的一簇，说不出的孤独。五个坟包，除了摇曳的荒草，没有任何标记，无碑，无字——这就是张家老坟。

阳光下，莽河和叶柔这两个外乡人，被这深不可测的无字的坟深深震撼了。他们不知道，这坟里，哪一座掩埋着创业的张善张良，哪一座掩埋着败家的那位先人。死是如此孤独的事，即使所有的亲人都聚集在一起，相濡以沫，也无法抵御这巨大到无边无际的虚无。无遮无拦的阳光下，它是如此的触目惊心。刹那间，悲情和正午的阳光一起，涌进了他们的心里。

他们在这萍水相逢的拓荒人坟前，盘桓了许久。后来他们就坐在了坟的对面，坐在明亮、已经有些灼人的阳光里。那是莽河一生中最明亮的一个中午，极目望去，四周的世界没有一点阴影，没有树、庄稼、房屋。静极了，似乎天地之间，只有他和她，和这些坟。甚至没有鸟鸣，也听不到远处村庄中的任何声响。天是那种澄明到让人伤心的碧兰，偶尔飘过的云朵，就像天空的灵魂。

“叶柔，”莽河伸出臂膀搂住了叶柔的肩头，“假如，我死在你前面——我当然要死在你前面——你在我的墓碑上，就写：一个天真的人，长眠于此，生活过，爱过，诉说过……”

“好的。”叶柔点点头。

“咦？你怎么不抗议？说要死在我前面？”莽河扭头望着她说。

她笑了：“我不，我要死你后面，你这么多情，我不放心你。”

“好啊！我还不放心你呢！我可不愿意你‘再醮’——不行，我要死你后头了，我要给你写墓志铭，你说，你墓碑上写什么？”

“不知道，”她回答，眼睛望着面前的坟包，不笑了，“莽河，躺在坟墓里，能听见亲人说话吗？”

莽河愣了一下，不知道怎么回答这样一个浅显、幼稚的问题。

叶柔转过了眼睛，望着莽河：“要是有一个墓碑，有一个我的墓碑，就写：生者可以死，死可以生——”

这是汤显祖的话，莽河知道，那是对《牡丹亭》的注解：“情不知所起，一往而深，生者可以死，死可以生。”此时，不知为什么，这句话听来让他有些心惊。

叶柔抬眼望着辽远的、如洗的碧空，自语似的说道：“在这样的天空下，人是相信有灵魂这件事的，真美。”

那一天，由于没有顺车，他们就在黄羊沟村多停留了一晚。

张七十一打发儿媳去邻村割来了新鲜羊肉，给他们包羊肉胡萝卜饺子。黄昏时分，莽河从村里唯一的小卖部买来了白酒、啤酒、午餐肉、五香带鱼等罐头，给小羊倌两个小妹妹买了糖果糕点。晚上，他和七十一老汉就着羊肉饺子，开怀畅饮，喝完了白的喝啤的。叶柔坐在一旁，和冬姐拉家常，两个小姑娘围在她身边，她用剥开的糖纸给她们折小人儿，那小人儿花红柳绿，个个都穿着18世纪欧洲的大裙子，排成一排，却各有姿态。

那是愉快的夜晚，酒香、羊肉的膻香、山西陈醋的浓香，还有女孩儿们的欢笑，在这经历过创伤的贫困的家里飘荡着，绕梁三匝。胡冬姐不时地背转身去悄悄拭泪，昏暗到暧昧的灯光下，她望着有了醉意的公公、笑靥如花的女儿，觉得这是一个梦中的夜晚。

深夜，叶柔突然被剧烈的腹痛疼醒了。一切来得如此突兀，毫无征兆和预料。那是一种陌生的、黑暗冰冷的剧痛，她在炕上缩成一团，死死咬住嘴唇，不让自己呻吟出声。她不想惊动人，想忍到天亮，但是突然之间，一股腥热的热流，呼一下，从她的体内奔涌出来，随着那不祥的热流，她喊叫了。

他们找来了一辆拖拉机，送她去乡里的卫生院。他们把她裹在那床借来的棉被里，被子已经成了一床血被，莽河紧紧抱着她，她在他怀里发着抖，拖拉机突突突颠簸着，他不停地、不停地叫着她，他说：“叶柔，叶柔，叶柔——”她闭着眼睛，意识随着汩汩的热血渐渐流出了体内。拖拉机快到目的地的时候，她突然清醒了，睁开了眼，望着莽河，安静地、温柔地、无力地说了一声：“哥，别怕……”然后就温暖地笑了。

那一夜，卫生院没有人值班，锁着门，黑如深渊，拖拉机继续突突突朝着旗里赶，莽河抱着几近透明的叶柔，仍旧不停地、杜鹃泣血一般叫着那个名字，唯一的名字。他不知道自己的声带已经真的叫破了，满嘴都是血沫。他说：“叶柔，叶柔，叶柔，我不怕，我不怕，你也别怕……”他重复着这一句话，他始终觉得她在微笑，尽管她的身体已经越来越冷，越来越冷。等到他们赶到医院急诊室的时候，她不再流血，她的血流光了。

宫外孕。

宫外孕引发的大出血。

他一点儿不知道她怀孕，她自己也不知道。

他们用一床白被单盖住了她，盖住了她血迹斑斑的挣扎过的身体，盖住了她透明的、微笑的、好看的脸，他们试图用白被单藏匿起她，像变魔术一样让她从这人间消失。他愤怒了，疯狂了，他怒不可遏地扑上去，一拳打倒了护士，阻挡着要把她带往太平间的那个白色的推车，他扑在她身上，一把扯掉那个诡谲的、罪恶的白被单，嘴里仍旧不停地叫着那个名字，唯一的永远的名字：“叶柔，叶柔，叶柔，我不怕，我不怕，你也别怕……”然后，他跪下了，一口血从他嘴里喷涌而出，他面目狰狞地倒在了车前。

叶柔死了。

大地上，一定有一处教堂，在这个时间唱着一首颂歌，“走吧，走吧，到天国去吧……”

第五章 真 相

一 死于青春

小船三岁那年，1986年，某一天，陈香在新华书店看到一本新诗集——《死于青春》，作者是莽河。这本诗集还有一个副标题——献给我的爱人。她把这本薄薄的、散发着油墨香味的小书打开了，扉页上有一张照片，一张作者像，背景是边地的烽火台，一个陌生的男人坐在残墙上，凝视前方。

一个陌生的、从没有见过的男人。

陈香脑子里“嗡——”的一声，她想，我看错了。她合上书再去看封面上作者的名字：莽河，没错，刀刻斧凿的两个字，一笔一画，触目惊心。愣了片刻，她想起去看作者简介，也许是一个同名同姓的什么人。但简介告诉她，这就是那个莽河，写《高原》的莽河，说“你是天地的弃儿”的那个莽河。

唯一的莽河。

她蒙了。

四月的春风中，浑浑噩噩的春风中，她走出了书店。半小时前，也许，十几分钟前，她走进这家书店的时候，世界是明媚的，生活是明媚的。此刻，当她走出书店的时候，生活在顷刻间变成了噩梦。

她茫然地如同一个空心人一样走在街上，没有方向，不辨东西，不知道自己要往哪里去，她走、走、走，无数的行人与她擦肩而过，无数的罪恶、伤害、欺骗与她擦肩而过，城市巨大而邪恶，她被一种邪恶的气味熏得摇摇欲坠站不稳脚跟。在一个公共汽车站旁她终于倒下了，倒下的那一瞬间，她看见了丁香树。

四月，一城的丁香花都开了，那是她的花，她生在丁香开花的季节，所以她叫陈香。

人们叫来了救护车，把她送进了附近的一家医院。医生从她身上发现了工作证，给学校打去了电话。老周那些日子刚巧在外地开会，不在家，于是，匆匆赶到医院的人是明翠。

那时，陈香已经苏醒过来，初步检查的结果，没有发现什么器质性的问题。明翠冲着她夸张地大叫道："陈香，你吓死我了！你怎么昏倒了？"

她拒绝了医生留院观察的建议，和明翠一起走出了医院。明翠用自行车驮着她走在春天的大街上。她沉默着，不回答明翠的任何问话。后来，明翠也沉默了，明翠隐约意识到陈香遇上了一个大问题，一个残酷的、她们都不知道怎样面对的问题。在暧昧的丁香的香气中，她把陈香送回了家，安顿她躺下，对她说道："你好好休息，一会儿我去幼儿园接小船，我先把他接我家里。"

陈香一震。

小船，这名字，让她战栗。这是她此时此刻最为恐惧的一个名字，她想逃离的一个名字。她缩在被子里，发着抖，感到了一种彻骨的寒冷，就像赤身裸体浸在了冰窟之中。昏昏沉沉的，她睡着了。那是一种她从没沉入过的深睡，很深，很黑，如同死。她不知道自己这样如死般睡了多久，当明翠叫醒她的时候，灯光晃着她的眼睛，天黑了。

明翠说："我熬了点儿粥，你起来吃点儿。"

"几点了？"她问。

有一刹那，她不记得发生了什么，不记得这个晚上和平常的夜晚有什么不一样。但这仁慈的混沌仅仅只是片刻，一分钟，只听明翠回答道："十点多了，小船已经睡了。"

小船！她闭了下眼睛。

“你走吧，我困了。”她对明翠说。

明翠张了张嘴，她想说，你刚睡了那么久。可她还是把这句话咽了回去。陈香脸上，有一种她从没看到过的冷漠和恶意的、敌意的疏远，让她觉得她们之间就像两个陌路人。

明翠忧心忡忡地走了。

陈香坐在床上，望着对面的那张小床，松木的，曾经散发着松脂香，那么清新，那是他们亲手缔造的幸福的象征。一只只精巧的、只刷了清漆的栏杆，裸露着美丽的木纹，如同生活一般恣意和性感……现在，四周的栏杆被卸了下来，看上去加长了，变成了一张普通的小床。小船——就睡在那上面，长大的儿子睡在那上面，可是，他是谁的儿子？

冷汗呼一下爬上了她的脊背。她盯着那床，抑制不住的寒战使她的牙齿嘚嘚嘚撞击出冷酷的声响。你毁了一切，她想。多么龌龊，她想。你是谁？是谁？是谁？可是，不管你是谁，我已经没有办法像拒绝我的生命那样拒绝你了，拒绝羞耻、欺骗和伤害，你将和我一起永在，好，她冷笑了，那就让我们同归于尽。

她站起身，抄起一只枕头，木棉的大枕头，散发着南方和太阳的气味，明媚的气味，她喜欢让枕头在太阳下晒得如同白云般松软，她抄着松软的枕头来到小床前，现在，它是一件凶器了。她赤着脚站在床边，他沉沉地睡着，额前一缕头发妩媚地搭在他的眼角，这妩媚、这肉体的气息让她憎恶，她盯着他，紧紧紧紧盯着，呼吸急促到像是要窒息，就在这时，非常奇异地，他突然睁开了眼睛，安静地、成熟地望着她，那眼神一点儿也不像一个孩子，他说："妈妈——你干什么？"然后就毫无痕迹地合上眼睛，像从来也没有睁开过似的又睡着了。

也许命运的眼睛真的睁开过，也许，那只是她的幻觉。

她像被电光一击，猛醒了，天！陈香你在干什么？她突然瘫软了，身子出溜下来，枕头落在了脚下，苍天，上帝，神，你在干什么？那是你的儿子，你仙草般的儿子……她扑在了她儿子身上，小船的身上，把脸埋在了孩子熟睡的芳香的身体里，上帝，你干了什么？她像发热病一样打着寒战，剧烈地哆嗦，泪如雨下，可怜的孩子啊，对不起，对不起，对不起，她在心里对他说了无数个对不起，可她知道，她永远、永远对不起这不幸的孩子了。

她将永远不敢再去看这孩子的眼睛。

她跳起来，冲进厨房，那是她刚刚拥有的一个厨房，年初，他们才搬进了这个旧旧的小单元里，两居，没有厅，可历史性地结束了在筒子楼黑魆魆的走廊里做饭烧菜的那份草率和局促。她爱厨房，在这个城市的人还都没有"装修"这概念时，她就尽最大可能布置了这个六平方米的小小空间，使它看上去朴素、洁净而温暖。此刻，它在黑暗中熟睡着，墙壁上有幽幽的冷光在闪，铁腥气的冷光，那是挂在那里的刀具。她冲进来，轻车熟路地直奔它们而去，那都是她用顺手的、服帖的、亲爱的利刃。

她摘下一把西式的餐刀，平日，她用它来杀鱼，尖而锋利，她毫不犹豫地用它切开了自己的手腕，噗的一声，血肉分崩原来是有声响的。她把刀一丢，月光下，划过一道华丽的银光，随后她闻到了血的热腥气。她笑了。去死吧陈香，我杀了你。

二 折磨

大约在半年前，明翠去北京某大学参加一个研讨会，一天傍晚，她在海报上看到一则消息，诗人莽河要在这天晚上来校园里举行讲座，主办单位是中文系学生诗社。

久违了，她想。

她去听那个讲座了。她想听听他说什么，她不知道他是否还记得那个内陆小城，那个河边的校园，那个……姑娘，他大概做梦也不会想到，那个初夏，他在别人的城市别人的生活中留下了什么。

可是她傻了。她看到阶梯教室的讲台上完全是一个不认识的人，一个陌生人。她问身边的同学，说：“不是莽河的讲座吗？还请了别人？莽河呢？”同学有些奇怪地望着她，说道：“那不就是莽河吗！”

原来有一个他们生活之外的莽河。

真正的莽河。

那是让她崩溃的一晚。她逃出了会场，一个人在黑夜的校园里坐了很久很久。她哭了。生活为什么要这样伤害陈香呢？伤害一个对世界充满善意的女人？她是那样壮烈地、义无反顾地要用一生来践行一个浪漫而严肃的悲剧，结果，却落进了一个最荒唐恶意的闹剧之中。

她不知道该怎样面对这一切，面对陈香。

回到他们的城市，犹豫再三，她还是把这件事告诉了老周。她不是一个能独自承担这样一个大秘密的人。她对老周说："怎么办呢老周，我们该怎么办？这件事，要不要让陈香知道？"

老周摇摇头："她迟早有一天会自己发现的，还是让她自己发现吧，要是从我们嘴里告诉她，她会更受不了，那会摧毁她。"

"是啊，"明翠回答，"可就算是她自己发现，她还是会崩溃。"忽然她奇怪地望向老周，"咦？奇怪呀，我告诉了你这样一个惊天大秘密，你怎么一点儿也不吃惊？我哭了整整一夜，觉得天都塌了！"

老周淡淡一笑："其实，我早知道了。有一次翻一本杂志，偶然看到了莽河的照片……后来我为了证实这个，去省图书馆翻阅了所有的期刊、所有和他有关的书还有资料，前几年，期刊杂志刊登照片的不多，近来才多起来了，不过莽河的照片还是不多见——但愿永远不要让陈香看到，上帝保佑吧。”

明翠惊奇地瞪大了眼睛：“天哪，你的心可真深，能装下这样的秘密！”

老周回答：“装不下又能怎么办？我能告诉谁，小船的爸爸是个冒名者，是个赝品？”悲哀涌上了他的眼睛：“那个混蛋，他不知道自己都干了什么——”

他们沉默了，那是一个他们谁也无能为力的难题，那是一个耸立在前路上的险关，一个终将伤害到他们的陷阱。只不过，他们都存了一点点、一点点侥幸：或许有一条岔路可以让他们绕过那个凶险，或许，神会怜悯他们，怜悯那个孩子，赐给他们奇迹。

阳光没有表情地照耀着他们。

听到陈香昏倒的消息，起初，明翠并没有往那个她最害怕的地方去想，大学四年，有一次体育课上，陈香也曾经在做俯卧撑的时候突然昏厥了过去。但是接她回家的路上，明翠开始觉得不对劲，越来越不对劲：她的沉默里有一种可怕的东西。明翠想，天哪，该来的还是来了。

从幼儿园接回两个孩子，小船和壮壮，做晚饭，给他们讲故事，给陈香煮粥，然后带着粥和小船一起回家。做这一切的时候，她心神不宁。老周去外地开会了，不在家，没有一个人可以和她分担不安。她哄睡了小船，叫醒了熟睡的陈香，陈香莫名的敌意证实了让她恐惧的那个猜想。再次从那里出来的时候，夜已经深了，她惴惴地回到家，惴惴地坐在灯下，书桌上杂乱地摊开着她的教案，丈夫没写完的文章，还有他的“三五牌”香烟。破天荒地，她从那烟盒中抽出一支，点燃了，深吸一口，居然，从鼻子里幽幽地吐出了一缕烟雾。那是她此生第一支烟，慌乱中抓住的一点支撑。第二口，她就没有那样的运气了，烟呛出了她的眼泪，她一阵咳嗽。

这将是一个不眠之夜。

睡梦中的儿子，突然喃喃地喊了一声：“妈妈——”这喊声不知为何让她觉得心惊。不行，她想，这样不行。她腾地站起身，重新走出家门走出楼门来到陈香的家门口。她站在房门前聆听着，里面很静，太静了，这寂静让她扑通扑通地心跳。她摸出了钥匙，她和陈香为了接送孩子的缘故互相拥有对方家的钥匙——谢天谢地她有钥匙，她毫不犹豫地用钥匙打开了房门，推门的一瞬间，她就闻见了那不吉祥的气味，强烈邪恶的气味，事后，她明白了那是扑面的血腥气。

陈香倒在厨房的地上，倒在一片血泊中。

血还在流，流得缓慢而温柔。

在缓缓流淌的血河旁边，小船仍旧睡得很沉。

老周赶回来时已是第二天傍晚，他在火车上整整站了二十八小时回到了他的城市，他直奔医院，在病房门口看到了明翠，明翠对他说：“谢天谢地我有你家钥匙。”说完，明翠就哭了。

“她怎么样？”他哑着嗓子问明翠。

“输了血，救过来了，”明翠说，“可是很不好。”

他轻轻搂了一下明翠的肩膀，“多亏你了，明翠。”

他走进了病房，她在睡，脸色惨白，连嘴唇也是惨白的，像一张没有染色的面具。一滴一滴血浆，静静地，流进她的静脉、她的身体，那是陌生人的血，不相干的血。难过就是在这时候突然涌上来：从此她的身体里就流着陌生人的血了。他坐下来，握住了她的一只手，那手很凉。

她睁开了眼睛。

她默默地望着他，望了一会儿，冷冷地抽出了自己的手。她说：“现在，什么都别问，我会告诉你一切的。你走吧，让我自己一个人待会儿……”

此刻，他明白了明翠所说的那个“不好”是指什么。她真的不好，寒冷，充满敌意。她从不是一个与人为敌的人，但此刻，敌意就像这被输入的血浆一样在她周身的每一根血管中流淌着，她张开的每一个毛孔都散发着它冰冷的拒人千里的气味，像刺猬竖起的针。他无言地坐了一会儿，起身走了出去。

明翠一直等在外面。

"怎么样？"明翠小声问，"说什么了吗？"

他摇摇头。

"怎么办呢老周？"明翠的声音里带着哭腔。

"别着急，明翠，我们得给她时间……让她长伤口。"老周回答。他的回答其实毫无底气。

尽管那天急救车是在半夜时分拉走了陈香，尽管明翠用"意外"和"事故"来解释这事件，可人们还是觉出了这其中的蹊跷。人们不傻，一个擅长厨事的主妇，被菜刀划破手腕动脉的可能性有多少？人们探究着其中的破绽，用异样的猜测的眼睛打量老周，试图从明翠嘴里套出实情。没多久就传出了流言，那流言有模有样，说老周有了外遇：一个新分配到中文系的女孩儿和老周有了私情。

老周沉默着，不辩解，骑着他的破自行车，出出进进，去幼儿园接送小船，去医院照看陈香，一如既往地上班下班。

一周后，陈香的伤口拆线了，可以出院了，这天傍晚，陈香忽然对老周提出一个要求，陈香说："你明天，把小船送到我妈那儿去吧。"

陈香的娘家，不在这个城市，在相邻的另一个小城。那是座小山城。

老周没有问为什么，老周知道就是问她也不会说。这是几天来，她开口和他说的唯一一句话，送走小船，她视为性命的儿子。

老周点点头，说："行，好吧。"

"你是不是早就想把他打发走了？"陈香冷笑一声，"你连原因都不问一下？"

"好，"老周安静地望着她，"那你告诉我原因。"

"因为你讨厌他！你瞧不起他——"陈香冲着他的脸喊叫。

"陈香，你怎么能这么不讲理？"明翠刚巧走进病房，听到了他们之间的对话，"你怎么说这么没良心的话？"

"我为什么要有良心？我把我的心杀了，谁让你救一个没心的人？"陈香冷笑着回答。

"你——"

"明翠！"老周拦住了明翠，回头对陈香说道，"不管是什么原因，你一定有你的道理，好，明天我送小船走，你说什么时候接他回来，我马上去接。"

第二天，陈香出院回到家里的时候，小船已经不在了，这是一个没有了小船的家。松木的小床，空荡荡的，堆在床上的毛毛熊、衣物、图画书、识字卡片都不见了，他所有的玩具都不在了，但他的气味还在，孩子身上那种热烘烘温暖的香味，充斥在房间的每一个角落，呼之欲出。没人的时候，她扑在那松木的小床上，把脸埋进他的小枕头里，泪流如雨。

傍晚时分，老周从那小山城赶回来了，一进门，看见陈香在厨房里做饭。那一瞬间，他以为生活又回到了从前，回到了有阳光的时候。他站在那里默默看着她的背影，看她低头切菜，她在切一种丝状的东西。她一向很以自己的厨艺为骄傲，她是个热爱厨房的女人。此刻，一锅鸡汤在炉子上炖着，香气四溢，那香气几乎熏出他的眼泪。

他们平静沉默地吃了一顿晚饭。

饭后，他洗碗，给他们各自泡了一杯绿茶，他说："要不要看会儿电视？"陈香回答说："你过来坐下，我有话说。"

他坐下了。

突如其来地，她讲起来，她说："你不要打断我，不要提问，不然我会没有勇气讲下去——我看到了一张照片，莽河的照片，可那是一个我们都不认识的人，不是小船的爸爸，你明白了吗？他不是小船的爸爸……"她哽咽了一下，眼泪静静地流下来，她任由它们在脸上流淌，她说这个莽河从来也没有来过他们的城市，没有来过他们的河边，那来过的那个又是谁呢？她像是问自己又像是问冥冥中的什么人，"还有更可怕的事，"她停顿了一下，像是在喘息，"我昏了头，我疯了，我疯了——"她用手捂住了嘴，试图压住那哽咽，那身体深处巨大的恐惧，她终于还是没有能说出口，她以为必须说出的一切。这一刻，她知道，那是她永远永远要独自承担的罪业。

他站起身，来到她身边，搂住了她。他把她紧紧搂在怀里，心里隐隐约约明白了一点儿什么，明白了她为什么不敢见小船。他心惊肉跳地搂紧了她，知道了生活原来还有更深更黑暗的地狱。

陈香依偎着他，他的体味有一种海水般的咸味，太阳下的海水，暖洋洋的，那是她熟悉的、热爱的气味，那是让她心软的气味。她挣出了他的拥抱，抬起了脸，说道："哥，我们离婚吧。"

奇怪的是，这句话，并不让他感到意外。他望着她严肃的脸，用平静的语气问道："为什么？给我个理由。"

"我闹出了这么大的动静，把生活搅成了这样，我不能把你也拖进地狱里，我不能毁了你的人生——你是个好人，善良的人，哥，你吃过那么多苦，你应该去过自己的生活，你想要的生活。"

"做周小船的爸爸，这就是我想要的生活。"

"那我会一辈子觉得愧疚，一辈子觉得对不起你，我不能假装这一切没有发生过，我拿刀杀自己的时候，就背弃你了，我没杀死自己，可足以杀死我们的婚姻……我没有能力再给你带来快乐，带来正常的日子，长痛不如短痛，哥，撒手吧。"

他没有说话。他知道说什么都没有用了。这个女人，生来是要做烈士的，是要赴汤蹈火和献身的，为爱，为信仰，或者，为罪业。

三　南　方

他们僵持着。

她不再睡他们共同的床，她也不睡那张松木小床，她就睡在客厅兼书房的那张双人沙发上。那沙发的长度，只有一米六，她躺在上面根本伸不开腿，她就那样不舒服地睡了一夜又一夜。她用这种不舒服折磨着老周。

有一天，老周只好抢在她前面蜷在那沙发里了，老周说："你睡床，我睡这儿。"她听了，说道："好，那我出去。"说完她就开门出去了，在初夏的街头游荡，最后来到一个小广场，在一只长凳上坐下了。一抬头，老周就站在她面前，对她说道："我认输，你爱睡哪儿就睡哪儿吧！"

她开始和南方联系，联系调动的事。那是成千上万个淘金者的南方，梦想者的南方，当然也是逃避者的南方。南方没有拒绝她，酷烈的骄阳、木棉树、大海和新兴的城市没有拒绝她，她开始办理调动的手续，她要去南方一家报社当编辑。

手续办下来了，她把手续摆在了他面前，他沉默不语。

她说："求你了，离婚吧！"

他回答："小船怎么办？这对小船是不是太不公平？"

她笑笑："这世界就是个不公平的世界。"

"陈香，你原来是这么势利的一个女人。莽河的儿子，诗人的儿子，就应该被小心翼翼地保护，而现在的小船，就可以承受伤害？对我而言，莽河的儿子和随便什么人的儿子，本质上没有改变，他们都是周小船，都是我的孩子！我们说过，要给这可怜的孩子一个完整的家，你当妈妈，我当爸爸——好吧，既然如此，这'过家家'就到这儿吧，游戏就到这儿吧！你不值得我这样难过，陈香——"他激动地、激愤地说出了这一番话。

陈香平静地、哀伤地望着他："周敬言，这是你的真心话吗？这里没有一点儿做作的成分吗？不错，野种和一个来历不明的野种，对一个女人而言确实是不一样的，我说的是女人不是母亲！我不仅仅是个母亲！你呢？你心里，你心里最深的地方，没有一丝一毫对这个生命的轻视？也许，现在你感觉不到，但不一定在什么时刻，什么瞬间，它会突然冒头，突然钻出来，你面对着他的某个缺点，某个弱点，你会想，这不奇怪，这是遗传，这是他基因的问题！我害怕你有一天会这样看他，这样对待他，那对他才是不公平！所以，游戏就到这儿吧，我伤你伤得这么深，你想怎么骂我就骂吧……"

他们互相对望着，窗外，一片麻雀的叫声，叽叽喳喳，欢天喜地，夕阳坠落了，他们的心也在无可挽回地坠落着。

几天后，他们去街道办事处办理了离婚手续。在这前一天，她搬出了他们的家，她曾经十分热爱的家。那个家，有松木小床，有漂亮的花窗帘，有干净的厨房，也有杀害了他们婚姻的血腥的利刃。

办完手续，走出办事处的大门，已经是中午了，他说："十二点了，去吃午饭吧？"

她笑笑，说："不了，明翠还在她家等我。"

她望着他，望了一会儿，转身走了。现在他们是陌路人了。他看着她的背影，渐渐远去的背影，忽然叫了一声："陈香。"她站住了，转过身，他走上来，站在她面前，许久，突然说道："要是我想小船了，我还能去看他吗？"陈香笑了，说："当然能，你是小船的爸爸呀。"

他眼睛湿了。"陈香——"他哑着嗓子叫出一声，"你要爱惜自己。"

她忍住了眼泪："周敬言，你结婚的时候，别忘了给我发个喜帖。"

明翠真的在等她。明翠在这个悲伤的日子里包了饺子。明翠说："送行饺子接风面，这是咱们北方的习俗。"

她面对着一盘白鹅似的大馅饺子，一个也咽不下去。

“别忘了北方。”明翠说。

她点点头。

“别忘了龙城。”明翠又说。

一下子她眼眶里都是眼泪：“明翠，帮帮老周，让他快点儿成个家——不是说那个新分来的女孩儿对他挺好吗？那个叫马梅龙的？现在我走了，你帮帮他！”

明翠狠狠地盯住了陈香：“陈香，你相信这样的流言会遭天谴！你不怕遭天谴？”

陈香泪流满面地回答：“我已经遭天谴了，明翠，我把一个好人伤成这样，把他的生活毁成这样，我这辈子都不会安心……真要有这样一个女孩儿，喜欢他，我心里会好过一点儿……”

明翠无可奈何地摇摇头：“陈香，陈香，上辈子我们欠了你什么？周敬言欠了你什么？算了，你走你的吧，你远走高飞，别的你就别管了。可是你要记住，你欠了周敬言！”她用指头一指陈香：“所以，你必须，必须幸福，陈香，你要幸福……”她说不下去了。

她知道这个叫陈香的女人不会“幸福”了，这个大词，这个人间的理想，从此和陈香无缘，而这一切都始于那个初夏的午后，诗、激情、热血沸腾的午后。

“这辈子，我会天天诅咒那个莽河，真的和那个假的，诅咒他们下十八层地狱！”明翠咬牙切齿地这么说。

陈香含着眼泪笑了："别这样，明翠。"

"小船——小船你打算怎么安排？"迟疑一下，明翠还是问出了这句话。

陈香想了想，其实，这些天来她一直、一直在想，每一分钟都在想。"先让他跟着姥姥，我在那边安顿下来，再接他过去。"她这么回答。

她需要时间，需要从仁慈的时光中一点儿一点儿汲取勇气，足够的勇气，就像一只工蜂从花海中汲取花蜜，来面对审判者，面对她儿子天真的眼睛。

四　小船的诗

只是，她没有等来这一天。

陈香母亲的家，是个小县城，她家住的是那种老式的房屋，冬天，需要在房间里生炉子取暖。意外就出在这炉子上，那是个特别严寒的冬季，家里炉火烧得很旺，门窗紧闭，小船就死于煤气中毒，一氧化碳中毒。

那个冬天，小城家家屋檐下，都挂着长长的冰凌，小城人把这冰凌叫作"冻梨"。小船对姥姥说："姥姥，冻梨里有甜的太阳。"那是小船的诗。

小船说话，带着小城的口音，有一天，小船望着天上飞过的鸽子，非常高兴地喊了一声，"呀，嘎——子！"那是小船最后的一天。

第六章　面朝大海，春暖花开

一　样板间

新世纪某一年，夏天，明翠参加了一个“看房团”，赴威海看房。那个地方，说是威海，其实离青岛更近，从前，大概是一片荒凉的海滩，如今被开发了出来，建起了新楼盘，那楼盘的名字叫“望海小筑”。

可能，是这个谦逊的名字，使明翠动了去看看它的念头。还有它的广告，广告词这样写：“面朝大海，春暖花开——来望海小筑，从明天起，做一个幸福的人。”那是改头换面的海子的诗。

明翠笑了，她想，海子做梦也想不到，他会用这种方式活着。

“望海小筑”在那片海滩上占据了不错的位置，朴素、低调、优雅，暗合着在青年时代喜欢海子、张爱玲、罗大佑和披头士，还有凡·高的都市白领的品位，现房只有一小部分，大部分还是正在建设中的期房，沙盘上的小区，淹没在一片花海之中，据售房小姐介绍，说那些花是樱花。

他们将在小区内种多少多少棵樱花树。已经种了一些，还远远不够。

明翠不知道这里的气候和土壤能不能让樱花树存活，但她不喜欢樱花。樱花的美过于虚无和壮烈，像三岛由纪夫。她更喜欢草根和中国的桃花。她想起小壮小时候，一两岁的时候，特别喜欢蒋大为，喜欢他唱的那首《在那桃花盛开的地方》，录音机里只要一放那首歌，他就欢天喜地，眉飞色舞，嘴里“桃花、桃花”地跟着瞎唱。当然，现在他爱周杰伦，爱信，爱李宇春，而且坚决否认自己有过追捧蒋大为的历史，好像那是段不良记录。

可是从此以后，明翠就特别喜欢桃花，桃花让她快乐。

此刻，无论是桃花还是樱花，还都在沙盘上，但大海在那里，蔚蓝、宁静、丰饶。明翠不是第一次看见海，她到过北戴河，到过广西北海，到过三亚，还到过巴厘岛。从前，小时候，没见过海的时候，她是爱大海的，大概所有的孩子都向往海洋吧？但现在，此刻，她不敢说那个“爱”字。她是一个岸上的人，海对她有一种天然而博大的拒绝。她还是一个内心渴望平静、缺乏想象力的人，她知道自己读不懂海，可她仍然被海吸引着，渴望着“面朝大海”生活。她还知道，“面朝大海”对有些人而言，是一种人生的理想。

她站在样板间落地飘窗前眺望着大海。隔着玻璃，海呈现出一种不可思议的静谧的翠蓝，一波一波海浪，从遥远的天边把浪花推向海岸，每一排浪花都朝着那个命定的方向欢快地赴死。她默默地站在窗边，看了很久，这永恒不绝的赴死突然让她十分感动，她想起了一个小说中的人物，饭沼勋，三岛由纪夫《奔马》中的主人公，这个叫阿勋的人，他的人生理想就是，在太阳升起的断崖上，面对初升的红日和闪耀着光亮的大海，在松树下……自刃。他的理想，多么像这些浪花，多么像大自然中某些不可思议的秘密。

她还想起了别的——

售楼小姐在叫她了。

售楼小姐说："范老师，你来看看这边，这边有一间阳光房。"

从主卧延伸出的"阳光房"，其实是由阳台演变而来，如今它被设计成了日式的榻榻米，上面摆了蒲团和精致的古色古香的茶具。书房也在向阳的一侧，面朝大海。书柜占据了一面墙壁，里面象征性地摆了一些杂志和书。来样板间看房子的人，大概没几个人会去注意那是一些什么书，但是明翠出于职业的习惯忍不住打开书柜翻了翻那些摆样子的书籍。如她所料，杂志是一些时尚类生活类的东西，《嘉人》啦，《时尚芭莎》啦，等等，而书却显得芜杂，除了几本当红的流行读物之外，居然也有几本很文艺的书，《卡拉马佐夫兄弟》、《小团圆》、艾略特的《荒原》、里尔克诗选、《海子的诗》，还有一本——《死于青春》。

明翠一震。她从书柜里抽出了这本薄薄的小书。

“这，它——它怎么会在这里？”她有些结巴地问。

“哦——”售楼小姐笑了，“听说那是我们老板的书，我们老板写的，他以前是个诗人呢——”

“老板？什么老板？”

“开发商啊，望海小筑的开发商。”

书“啪”地掉到了明翠脚下。

冤家路窄，她想。真是冤家路窄啊！

她愤愤地转身走出了样板间。等电梯的时候，售楼小姐追了出来。这一路上，小姐和他们每一个人都已经很熟，她的爽快和热情颇让售楼小姐喜欢。此刻，小姐又诧异又惊慌地问道：

“范老师，是我说错什么话了吗？您不再看看了吗？您如果不满意的话，还有其他户型……”

她努力使自己镇定下来，她回答说：“姑娘，你能给我带句话吗？给这个开发商老板带句话。我不管你通过什么途径，请你告诉他，这辈子，我就是露宿街头，也不会花钱买他盖的房子！我就是把钱当纸钱烧了，也不会让他赚我一分钱！你告诉他，这楼盘让人恶心，我祝福他一间也卖不出去，我祝福他破产！请你务必把这话转告他！”话音未落，电梯门开了，她庄严地走进去，把惊愕万分的售楼小姐留在了电梯外。

二十年了，二十年了，二十年了……明翠想，小船离开人世，二十多年了啊！

她来到了沙滩上，她沿着海边走，走，浪花扑上来，没住她的脚踝，又退下去，再扑上来，再退下，前赴后继。她好想这个孩子。她看见这个浪花般的孩子一路奔跑着扑向他不懂得的死亡。他不是阿勋，死不是他的理想，可是他死了。

海面上飞翔着海鸥，那是小船不认识的鸟。他没有机会认识海鸟。也许小船会指着它们高兴地说道：“呀，嘎——子！”明翠哭了。

二　赵善明的娜塔莎

20世纪90年代初，莽河来到了俄罗斯。那是初秋季节，他乘火车穿越了西伯利亚，在莫斯科下车。当他的脚踩在了俄罗斯大地上时，他想起了叶赛宁的一句诗：

我告别了我出生时的老屋子，
离开了天蓝色的俄罗斯……

那一刻他感慨万千，和国际列车卸下的那些同胞们一样，他是作为一个淘金者而来，不是作为一个朝圣者、一个诗人。他来这片广袤的大地是为了寻找机会。

从踏上俄罗斯土地的那一刻，他不再是莽河，他恢复了他的本名：赵善明。

这是他对这片土地最起码的尊敬。

他经历了一段极其痛苦的日子，叶柔的死，还有接下来生活和时代的巨变，突然之间，身边的朋友们抛弃了诗，大家的话题变成了“下海”。认识和不认识的许许多多人，都脱鞋下海了。诗变得无足轻重，甚至尴尬。诗所象征的那一切几乎是灰飞烟灭。每个人都有自己下海的动力和理由，他也有，那就是，为了麻木自己，摆脱痛苦。

他想念叶柔，非常想。

他和两个朋友结伴来到了莫斯科做贸易。渐渐地他发现，原来他居然有做生意的禀赋，原来他生来就不是一个诗人。他当初对自己的担心，担心他会无力抗拒生活的侵蚀，看来并非空穴来风啊。他一边在心里谴责着自己对诗的背叛，一边野心勃勃地、抑制不住地把生意往大里做。很快地，他们有了自己的公司，起初，那公司规模很小，除了他们三个合伙人，连一个打杂的都没有，于是，他们就给这小小的公司起了一个揶揄的却也是壮胆的名字“三剑客”。那是他的生活中存留的最后一点儿浪漫的文艺气息。

面包会有的，牛奶会有的。

几年后，“三剑客”在香港成功上市。又几年后，他们在一个最好的时机，杀回了国内房地产这片正在开发的处女地。

当他们的公司还真正只是“三剑客”的时候，这个冬天，莫斯科下了一场接一场的大雪，那是莽河——赵善明所没有经历过的严寒，比想象中的还要冷。这让他常常想起一本苏联小说的名字《多雪的冬天》，有一种忧伤扑面而来。但他告诫自己，一个商人不能总是多愁善感。

俄罗斯的冬天，白昼很短，夜晚那么漫长。他现在觉得自己有些理解了俄罗斯诗歌和小说中那种沉郁的基色。但对于一个正在打拼的商人来讲，他活在另一个俄罗斯，纷乱、莫测、生气勃勃、充满机会。在这样的俄罗斯商人是没工夫睡觉的，尽管它有着最长的黑夜。“三剑客”的纪录，是曾经七十二小时没合过眼。第四天，赵善明去冲澡，结果在澡盆里睡着了。

尽管那是他在异国他乡的第一个冬季，离家万里的冬季，可他没时间思乡。

有一天，他独自去见一个客户，那是一单大生意，却没有成功。从地铁里走出来，雪停了，马路上积雪很厚。那是一条比较僻静的街道，扫雪车没有抵达的街道，一个老妇人正在横穿马路，她走得很慢，很艰难，腿脚一跛一滑。

突然之间，这个在雪地上艰难行走的老人，让他心底一软，乡愁刹那间滚滚而来。他愣了片刻，突然跑过去扶住了那个老人。老人抬头看了看他的脸，陌生的异国的脸，信任地抓住了他的一只手，老人的手戴了厚厚的大手套，像熊掌。他们就这样手握着手慢慢穿过人行横道，来到便道上。他仍旧没有松开老人，老人也没有松开他，他们咯吱咯吱踩着积雪走在一条他叫不出名字的莫斯科街巷，那和他要去的地方是南辕北辙。

那条路并不长。老人到家了。

他的俄语很烂，还是能勉强听懂老人的话。老人边比画边指着路旁的一座楼房说，她就住在这里。接下来，老人突然冲着他狡黠地一笑，用他完全听得懂的语言，他血液里的语言——汉语，说道："年轻人，愿不愿意进去和我一起喝杯茶？"

他愣住了。一时间仿佛不相信自己的耳朵："您——您会说中文？"

老人笑得很开心："怎么，不愿意接受一个老人的邀请吗？"

"我愿意，"他笑了，一瞬间他觉得自己的眼眶有些湿润，"我太愿意了！"

那是座旧楼房。以他的眼睛，还分辨不出它是什么时期的建筑，他揣测那应该是旧俄时代的产物。没有电梯，但楼梯很宽阔，铁艺的栏杆铸出橄榄枝的花样。前厅不大，但却有着高高的拱顶。她的房间在二层，大概是因为朝向的缘故，显得阴冷、幽暗。一只阔大的壁炉黑沉沉的，没有火光，像洞穴的入口。家具和这座建筑一样，也是旧时代的，有一种凝重的时间感和华丽的破败。他仍旧不知道它们属于什么样式，经历了多少岁月，却让人在它们面前不由自主地收敛了轻薄的姿态。此刻，窗外的雪光微微映照着它们，那种幽光仿佛时间的光芒。老人打开了暖器，一边脱大衣一边对他说道："请坐，年轻人，我这就去烧开水。"

他在一把蒙着缎面的椅子上坐下了，那缎面早已褪尽了颜色，曾经活色生香的花纹也磨损得完全看不出从前的面孔。他一边追随着老人忙碌的身影一边抑制不住他的好奇："您中文说得真好，您在哪儿学的中文？"

"在中国，"老人回答，"我在中国生活了十五年。"

"上帝！"他惊叫一声。

茶炊备好了，他们围桌而坐，热腾腾的红茶里加了煮好的牛奶，茶香混合着奶香，顿时使屋子里有了暖意。"正山小种。"老人举着茶杯对他温暖地笑着，那手严重变形，是类风湿性关节炎的手。那也是他这个茶盲第一次听说了"正山小种"的名字。

他想他知道为什么老人会邀请一个萍水相逢的路人来

家里喝茶了。有一个故事在等着他。老人一边啜着热茶一边慢慢地讲，大概是长久不说中文的缘故，她的中文到底有些磕磕绊绊，偶尔还会像唱歌一样冒调，可那又有什么关系？原来，20 世纪 50 年代初，中苏“热恋”的时期，一个年轻的中国工程师来莫斯科进修，他们派刚刚大学毕业的姑娘做他的助手。他的俄文名字叫阿辽沙，两年后，阿辽沙回到祖国时，姑娘和他一起回来了，因为，姑娘已经是阿辽沙的妻子。

“阿辽沙很英俊，眼睛明亮，爱唱歌。”老人眼睛越过茶杯望向窗外的皑皑白雪，那大概就是她爱上他的原因吧，如此单纯的原因，却能使一个姑娘去国离乡。后来，中苏交恶了，再后来，珍宝岛打仗了，他们的处境变得很糟，阿辽沙说，我们分手吧，你带着孩子们走吧。她走了。带走了三个孩子，那时，她的小女儿才刚刚三岁。

“后来呢？”他忍不住这么问。

“阿辽沙自杀了。”老人安静地回答。

暖气始终没有把这间幽暗的房间暖热，窗外，天色暗淡下来，黄昏就要到了。俄罗斯冬天的黄昏，短暂得就像一声叹息。他突然想起了叶柔，想起很久以前，他们一路同行穿越了多少别人的人生……他无言地望着老人，老人朝他微笑。

门就在这时被打开了。

“怎么不开灯，妈妈？”

光明照亮了房间，是电灯的光，也是她的。那就是他第一次见到娜塔莎，混血的娜塔莎，和那个托尔斯泰的娜塔莎同名，和安德烈的娜塔莎同名。她站在门口，身穿一件大红的羽绒衣，暖洋洋的，一看就是“中国制造”。顿时，房间里温暖了、亮堂了，后来，无数的时刻，他都很好奇，不知道这个看上去并不庞大的女人，为什么她一出现，房间里就会显得拥挤。她与生俱来地有一种光芒和喧腾的活力，如果她盛开，每一片花瓣都会发出噼噼啪啪欢天喜地的声响。

她瞪大眼睛望着这个不速之客，突然露出惊喜的表情，“噢！妈妈，这个漂亮的中国小伙子哪里来的？你变出来的吗？”她用俄语高兴地叫着。

老人又露出了那种狡黠的微笑，“不是，”她用汉语回答，“是从街上捡来的。”

于是，他明白了，为什么在冰天雪地的异乡的街头，一个陌生的老人会无端唤起他的滚滚乡愁，原来，是为了一个相遇，为了赵善明和娜塔莎相遇。有了娜塔莎，背井离乡、和俄罗斯一起挣扎的赵善明才会从莽河的躯壳中脱胎换骨，才会在精神上告别叶柔那朵幽微的、纤丽安静的花。

娜塔莎是“三剑客”公司的第一个雇员。后来，她就成了赵善明的妻子。

三　和一棵树相遇

不知道是什么缘故，明翠的话，居然真的传到了这公司的最高层。当然，通过层层的传递，到达赵董那里的时候，已经是秋天了。

他有些惊诧。他想，是谁这么恨我呢？为什么？是拆迁时的积怨吗？他让有关人员调出了这些年的拆迁资料，好像没有太出格的事件发生。这更让他困惑，为什么这个女人恨我入骨？

本来，生活中的八卦，他大可不必放在心上，可这一次好像有些不同，知道这世界上有一个人锥心刺骨地恨着你，诅咒着你，而你却一点儿不知道那缘由，这让他有些不寒而栗。也许，这是一个现实生活中的豫让，她活着的目的就是向他复仇，当然，他并不怎么担心自己的人身安全，可那毕竟是扎进他人生中的一根刺，让他不安。

另外，还有整个公司的形象。

于是，他决定找到这个人。

当然，那一点儿也不困难，参加看房团时，每个人都留下了自己的基本资料：地址、电话。他通过秘书联系到了这个叫范明翠的女人，起初，范明翠拒绝见他，后来，秘书一天一个电话地穷追不舍，于是，明翠改变了主意。

他飞到了范明翠的城市。

见面地点，约在了一个叫“津渡茶堂”的茶餐厅，秘书为他们预订了一个包间。这个地方是秘书精心选择的，既不奢华到令人反感，却又安静、雅致，能让客人感到自己被尊重。他破例早早等在了那里。不是作秀，是真的被那秘密折磨着。天灰蒙蒙的，城市灰蒙蒙的，行道树却很有姿态，是叶子开始变黄的银杏。

服务员引进了他等待多时的客人。

他站起身，望着她，一个中年妇女，不，应该是老妇女，五十多岁，体态明显开始臃肿，可皮肤看上去保养得还很好，无论怎样回忆这也是一张陌生的面孔，从来没有过任何纠葛的面孔，毫无意义的一张面孔。那面孔绷得很紧，像是做了拉皮手术，从上面看不出任何表情。他犹豫片刻还是没敢贸然伸出手去，服务员拉开椅子，客人坐下来，他小心翼翼地问道：“您喝什么茶？”

她摇摇头。

他不知道这摇头是什么意思，于是，他对服务员说：“来壶普洱吧。”

房间里只剩他们两人的时候，她开口说话了。她说：“其实，我没有见你的理由，也没有恨你的理由，可我就是——恨你。”

她的话，更是让他一头雾水，“为什么？”他不禁问。

她深深地看了他一眼，那是解冻的一眼。她突然叹息一声，从自己随身的手袋里，掏出一样东西，一个信封，很旧的信封，她把这信封放在了茶桌上，说："看看这个。"

他狐疑地拿起来，只见信封上写着：写给小船。是早已褪色的钢笔字，是如今很难再看到的钢笔字，笔迹清秀、婉转，小家碧玉。只听对面的女人说道："你打开来看看……"

于是，他看了。

上帝让他看见了，这封母亲写给儿子的信。

他惊骇万分地从信纸上抬起了脸，他的声音在哆嗦："这，这到底是怎么回事？怎么回事？我从来，从来也不认识这个女人哪！"

他惊骇，却又有一种说不出的震动，明翠望着他，突然问道："有烟吗？"他哆嗦着从自己的口袋里摸出了一包"骆驼"，说："这个行吗？"这倒让明翠惊诧了，她没想到一个脑满肠肥的房地产商居然抽的是美国工人阶级的香烟。她点点头，说："来一支。"她知道那烟很烈。

顿时，这间雅致的新古典风格的茶室里，弥漫起了呛人的、浓烈的、异香异气的烟雾。

在烟雾的遮蔽下，她一五一十讲出了那个故事。陈香的故事。那个年代的故事。小船的故事。隔了这么多年，这么辽阔的时光，那一切，仍旧清晰得就像昨天发生的事。她讲得很安静，很平静，没有渲染，水波不兴，茶凉了，水冷了，烟灰缸里烟蒂却在增多，两个、四个……她觉得就像在做梦，居然可以对着这个人讲出这一切。生活还是仁慈的，她想。这样想着的时候她眼里慢慢涌上来泪水。

“小船死后，陈香一滴眼泪也没有掉，她只是不停地给小船写信，写一封，拿到十字街口去烧一封。不停地写，不停地烧，不停地写，不停地烧……我们都不知道她写了什么，她就那么白天黑夜不吃不喝地写个没完，烧个没完。大家都很害怕，我急了，我冲到她面前对她说，我说，陈香你别白费心机了，小船根本不识字，他——看——不——懂！我这么一吼，把她吼醒了，她突然望着我惨叫一声，昏了过去……你说，我为什么不恨你？”她望着他，突然说不下去了。

原来是这样，他想。原来是这样啊。这是一个什么样的女人哪！他在毫不知情的情况下居然改写了这样一个女人的一生。他重新打开了那封信，怀着凛然的感动细细地读完了它，当读到结尾那几句：“假如，你走在一条乡野间的大路上，如洗的蓝天下，金黄的杨树，或者银杏树，与你突然遭遇，那时，你会被这种纯粹的辉煌的美所深深打动，并且，你会理解，为什么有的人终其一生要走在这样的路上，就像你的生身父亲。”他一阵眼热鼻酸，尽管阴差阳错，可那正是他青春时代的理想，是他曾经向往的人生。他读着它们，就像在和另一个自己会晤。

也是在会晤一个知己。红颜知己。

“她，这个陈香，她现在在哪儿？”许久，他抬起脸问对面的女人。

明翠笑了，那是一个讽刺的讥笑，“我为什么要告诉你呢？你是谁？赵董还是赵总？”

四 仁者爱山

北方，某山区，一个新的希望小学建成剪彩。那是个很深的深山里的村庄，从前，只有一条羊肠小路通向山外，交通十分不便。后来，有了这条公路，村里的年轻人沿着这条路走出了山外，去外面的世界闯荡，怀着梦想打工挣钱，渐渐地，村庄里剩下的大多都是孩子和老人。

某房地产公司援建的这所希望小学，很漂亮，也很结实。整体浇筑的结构，外墙采用了本地取材的青石料，和这大山、和这干净的天空、和村庄的其他建筑十分吻合。除了主教学楼，还附带了配楼，用来做学生公寓和教工宿舍。剪彩这天，很热闹，市里、县里都来了人，还有媒体，公司来了最高首脑。热闹过后，嘉宾们星散了，这公司的老总却提出了要求，说是想在山里留宿一晚。他说他喜欢这山里的空气。

就留下来了。

秋天，正是山里最美丽的季节，阔叶的树、针叶的树，都变了颜色，四顾一望，层林尽染，浅黄、橙黄、明黄，还有火焰般的红，把秋山渲染得如梦境般辉煌斑斓。叫不出名字的野草，有许多结出了小小的果实，颗颗如同艳丽的玛瑙粒，在微风中摆荡。空气是香的。

“真美——”老总站在山坡前慨叹。

女校长陪同着他，她听惯了外来者这样浮光掠影的感慨，笑笑，没有说话。她在想着更现实的事，今天晚上，怎样安排这位贵宾的下榻之处。新建成的学生公寓和教师宿舍还没有启用，里面还都是四壁空空的空屋。

“赵总，”她迟疑地叫了他一声，“村里有一对刚刚结婚的小夫妻，一结婚就结伴出去打工了，他们的洞房是新石窑，空着，我让人给您收拾出来，今晚，您住那里，您看行不行？”

赵总赵善明回答说：“校长，不用麻烦人家，我就住学生公寓，我打地铺就行——就当是给新校舍暖房了。”

“那哪行！”女校长着急了，“山里的秋天，到晚上很凉的。这样吧，学校里还有间窑洞，空着，是给志愿者准备的，您要是不介意的话，我这就让人去打扫出来，生上炕火。”

“行，这样就好，给你添麻烦了，真不好意思——先说好，晚饭你千万别张罗，你给你那些留守孩子们吃什么，我就吃什么。校长，我——”他笑了，“说句粗话，我还不那么太装丫！”

这话，把女校长逗笑了。

太阳坠落了，黄昏来临了，鸟鸣声突然变得响亮，孩子们吃完了晚饭，在学校空场地上跑着、闹着、跳着。他们的爸爸妈妈都在远方的城市里打工，现在，学校就是他们的家。

伙房被临时布置成了餐厅，两张课桌拼在一起，变成了一张长桌。上面蒙上了一块当地老乡手织的土布做桌布，一把结着红果实的野草，颇有几分姿态地插在一只玻璃水杯里，袅袅娜娜，点缀着餐桌的气氛。餐桌上，金黄的小米粥、煮好的老玉米和南瓜、用葱花爆炒出来的山药蛋“不烂子”、真正的笨鸡蛋摊出的鸡蛋饼……每一样都是最平常的材质，可是每一样都诚心诚意。面对着这样一张餐桌，客人突然十分感动。

“校长，你，谢谢你了。”

“您怎么这么说？我们应该谢您……这么好的新校舍盖起来了，这方圆几十里、百里的孩子们，都会受益。赵总，谢谢您！”女校长边说边斟满了酒杯，那酒，也是本地的白酒，“我敬您一杯！”说着，她端起一杯一饮而尽。

客人也端起来一饮而尽。

“校长，听说你本来是来山里支教的志愿者，怎么就留下来了？”他借着酒劲突然这么问。

“我喜欢这儿。”她回答，“还有这儿的孩子。”

“是吗？”

“当然是。”她望着他。

他们相互对望了一会儿。他笑了。

“仁者爱山，智者爱水，看来你是仁者。”他说。

“我猜，你大概爱水，对不对？”她也笑了，举起了酒杯，“智者，干一杯。”

他们干了。

他放下了酒杯，望着她——灯下的她，突然说道：“我从前是个诗人。”

她微微一笑：“是吗？从前，我也很爱诗。”

“我想说的是，我从前是个诗人，可我大概从来没有爱过诗。”他说。

“为什么这么说？”她回答。

“诗其实很残酷，对吧？”他望着她。

“你问我？”

“对。”

她笑笑：“美的东西都很残酷。”

就在这时，门外突然有人喊：“赵总！赵总！”门帘一掀，两个男人前后脚进来，原来是这村里的村长和书记，他们是来请贵客去吃酒的，“赵总啊，走走走，那边都准备好了，一桌人都等着呢！山里没有好茶饭，可也不能怠慢贵客！赏个脸，不去？不去可就是看不起我们山里人啊——”他们连说带拽，客人根本没有招架的余地，一阵风似的，他们席卷他而去。

如画的餐桌旁，只剩下了女主人。

深夜，几个人把他送回了学校，他醉了，他的司机扶着他、架着他，走得东倒西歪。她一直在等他，临时收拾出来的那间“客房”，此刻，窗明几净。炕烧得很暖，被褥也都是在太阳下晒出了香味的被褥。那瓶野趣盎然的小野果，摆在了房间醒目的地方，给这朴实无华的窑洞平添了几分柔情和姿色。他们扶他进来，让他躺下，他说：“我没醉——”然后他在一群人，一群闲人后面看见了她，女主人，他冲她一笑，说道：“我从前是个诗人——”话音没落，他“哇——”一声吐了。

第二天早晨，太阳刚刚升起的时候，他要出发了。山里的早晨，有一种神秘的宁静，山岚若隐若现，如同山的隐衷。四面山坡上，每一棵树都沉默着，那沉默很坚韧，而鸟鸣声则铺天盖地。他的奔驰越野车停在学校的空场上，她带着她的学生来给他送行。

“不好意思，昨晚让你看笑话了。”他对她说。

“谁没有醉过？”她回答，“我也有。”

他望着她，千言万语，涌动着，却一句也没有说出。一句也没有机会说出。他知道，是她不给他机会，她那张波澜不惊的、平静的、受尽磨难的脸，沧桑的脸，不给他机会。他笑着，向她伸出手，心里却觉得忧伤和怅然。

他说："再见！"

她握住了他的手，说："再见！"

他打开车门，向她，向孩子们挥手，就在这时，孩子们，她的学生们，突然间，用清脆的、天籁般的童声，鸟鸣般的童声，齐声朗诵起来：

也许，我是天地的弃儿，
也许，黄河是我的父亲——

他惊呆了。

这久违的、石破天惊的声音，这重如千钧的礼物，让他震撼。

也许，我母亲分娩时流出的血是黄的
它们流淌至今，这就是高原上所有河流的起源……

他寻找着她的眼睛，他看到了那里面的泪光。被阳光照耀着的、美如霞光的泪光。他知道不需要再说什么了，他乘车而去，泪流满面，把他纯真的青春时代留在了黄尘滚滚的身后，留给了陈香。

心爱的树

1890年，或者，1891年，一个人带着行装上路了。他离开海边的大道，沿灌木林里一条草木繁茂的小路，准备做一次环岛的旅行。后来他有了一匹马，是别人借给他的，他就骑着这马继续走向岛屿的纵深。一路上，不断有人向他打着招呼，说，“哈埃雷——马依——塔马阿！”意思是说，来我家吃饭吧。他笑笑，却并没有停下他的脚步。后来，有一个人叫住了他，是一个像阳光般赤热明亮的妇女。

“你去哪里？”她问他。

“我去希提亚阿。”他回答。

“去做什么？”

“去找个女人。”

“希提亚阿有不少美女，你想讨一个吗？”

“是的。”

“你要愿意，我可以给你一个，是我女儿。”

“她年轻吗？”

“年轻。”

“长得健壮吗？”

“健壮。”

“那好，请把她找来！”

就这样，欧洲人高更在希提亚阿，找到了他的珍宝，他年轻、健壮、俊美、皮肤像蜜一样金黄的塔希提新娘。他用马把他的新娘、他幸福和灵感的源泉驮回了岛上的家。

两年后，这个男人离开了，他乘船离开塔希提回法国去。他的女人，坐在码头的石沿上，两只结实的大脚浸在温暖的海水里，总是插在耳边的鲜花枯萎了，落在双膝上面。一群女人，塔希提女人，望着远去的轮船，望着远去的男人，唱起一首古老的毛利歌曲：

南方来的微风啊，
东方来的轻风，
你们在我头顶上会合，
互相抚摩互相嬉闹。
请你们不要再耽搁，
快些动身，

一起跑到另一个岛。
请你们到那里去寻找啊，
寻找把我丢下的那个男人。
他坐在一棵树下乘凉，
那是他心爱的树，
请你们告诉他，
你们看见过我，
看见过泪水满面的我。

——取材自《诺阿，诺阿》

一　梅巧和大先生

梅巧十六岁那年，嫁给了大先生。大先生比她大很多，差不多要大二十岁，所以，梅巧不可能是大先生的结发妻子。大先生的发妻，死于肺痨，给他留下了一双儿女。迎娶梅巧时，大先生的长子，已经考到了北京城里读书，而女儿也快满十三岁了，一直跟随祖母在乡下大宅里生活。

嫁给大先生，梅巧是有条件的。梅巧本来正在读师范，女师，由于家境的缘故辍了学，梅巧的条件就是：让她继续上学读书。

“让我念书，我就嫁，”她说，“七十岁也嫁。”

这后半句，她说得狠歹歹的，赌气似的。其实，和谁赌气呢？梅巧就是这样，是那种能豁出去的女人。当然，从她脸上你是看不到这一点的，她一脸的稚气，两只幼鹿一样的大黑眼睛，很温驯，嘴唇则像婴儿般红润娇艳，看上去格外无辜。她坐在窗下做针线，听到门响，一抬头。这一抬头受惊的神情，就像幅画儿一样，在大先生心里整整收藏了五十年。

这是座小城，至少，在梅巧心里，它是小的。梅巧向往更大的天地，更大的城市。如果具体一点儿，这个“更大的”城市大概叫作巴黎。

因为梅巧想做一个画家。

七八十年前，梅巧的城市一定是灰暗的。北方城市通常都是这样一种暗淡的灰色。如果站在高处，比如说，城东那座近千岁的古塔上，你会觉得这小城安静得就像沉在水底的鱼，灰色的瓦像鱼鳞一样密不透风覆盖着小城的身体。这让梅巧郁闷，梅巧就在画儿上修改着这座城市的面貌，她把屋瓦全部涂抹成热烈的红色。一片红色的屋顶，铺天盖地，蒸腾着，吼叫着，像着了大火。大先生评价说：“恐怖。”

此时梅巧已是身怀六甲，身子很笨了，不能再去学校上课。大先生就利用每天晚上的时间为她补习功课。白天，她守着一座空旷的两进的四合院，闲得发慌，日影几乎是一寸一寸移动着，她伸手一抓，摊开手掌，满掌的阳光。又一抓，握紧了，再摊开，又是满满一掌。这么多的时光要怎么过才过得完？梅巧叹息着，听见树上的蝉，知了知了叫得让人空虚。

大先生是个严谨的人，严谨、严肃、古板、不苟言笑，很符合他的身份。大先生是这城中师范学校的校长兼数学教员。大先生教数学，可谓远近闻名，是这行中的翘楚。论在家里的排行，他并不是老大，可人人都这么叫他，大先生——原来是一种尊称。

这阅人无数的大先生，惊讶地发现，他的小新娘，拙荆，贱内，竟然冰雪聪明！他为她补习数学，真是一点就透。他掩藏着兴奋，试验着，带领她朝前走，甚至是，跳跃，甚至，设置陷阱，却没有一样难得倒她。她就像一匹马，一匹青春的、骄傲的小母马，而数学，则是一片任她撒欢飞奔的草原。大先生渐渐不服气了，想绊住那马蹄，四处寻来了偏题、怪题，可是，哪里绊得住？她总是能像刘备胯下的“的卢”一样在最后关头越过檀溪。煤油灯的玻璃罩擦得雪亮，灯焰在她脸上一跳一跳，这使她垂头的侧影有一种神秘和遥远的气息，不真实。大先生不禁想起《红楼梦》中关于黛玉的那句判词“心较比干多一窍”，突然就有了一点儿不祥的预感。

现在，梅巧不再是梅巧，而是“大师母”了。所有人的“大师母”。习惯这称呼不是一天两天的事。起初，人家一叫她“大师母”，她的脸就红到了耳根，觉得那称呼很讽刺。只有在学堂里，她的同窗们才叫她一声名字。大先生是守信用的人，婚后，他果然送梅巧重返了女师学堂。也只有在那里，梅巧还是“范梅巧”，甚至是“范君”。她们几个要好的朋友总是彼此以“君”相称：张君、李君、范君的。女师学堂设在一座西式建筑里，是那种殖民风格的楼房，石头基座，高大的罗马柱，哥特式的尖顶，走廊里永远是幽暗的，有着很大的回声。从前，梅巧不知道自己是爱这里的，现在，她知道了。

生下第一个孩子，还没有满月，梅巧就跑去参加期末考试了。在七月的暑热季节，她的两只大乳房，涨得生疼，乳汁在里面翻江倒海，不一会儿她的前襟就湿透了。巡堂监考的先生关切地停在了她面前，犹豫着要不要递给她一块手帕。那一刻，她恨不得钻到地缝里去。她吞咽下羞耻的眼泪，在心里发誓说，再也不要生小孩儿了！

可是，这事哪里由得了她？那些不知情的小生命，那些孩子，还是接踵而来了。有了老二、老三，说话间肚子里又有了老四。她的身板，真是太好了，年轻、肥沃，漫不经心撒下种子，就有好收成。她折腾自己，在学堂操场上，一圈一圈跑步，在沙坑里练跳远，两条腿磕得青一块紫一块，可是那一团温暖的诡异的血肉，就像吸附在她体内一般，坚不可摧。她吃巴豆、吞蓖麻油，甚至还在身上藏了咒人流产的符咒，一切都没能阻挡那血肉一天天壮大、成熟。大先生的娘，她婆婆，在她生下老二时从乡下来看她就发了话，说："凌香她妈，快别去学堂现眼了，拖儿带女的，就做了女状元，又能咋？"她自己的亲娘也劝她，说："闺女呀，别犟了，认命吧，人谁能犟过命去？"大先生呢？大先生嘴里不劝，可是那些劝阻的言语都写在了眼睛里。梅巧就回避着大先生的眼睛，坚持着，那坚持可真是需要耐力啊。本来三年的学业，她休了念，念了又休，到第六个年头，这场艰苦卓绝的坚持才见分晓：梅巧终于拿到了盖着鲜红大印的女师的毕业证书。

她捧着那证书，跑回娘家，一进门，哈哈大笑，热泪狂流。

大先生吁出一口长气，心想，该消停了，安静了。

老四在她肚子里，一天一天长大，她果然安静下来，或许，太安静了些。她本来就不是一个多言多语的人，现在，差不多变成了一个哑巴。她使尽了气力似的，眼神变得涣散和呆滞。北方的夏季，已经临近尾声，却又突然来了秋老虎。她搬一把躺椅在树下乘凉，肚子像山丘一样耸立。那是一棵槐树，说不出它的年纪，枝繁叶茂，浓荫洒下来，遮住半座院子。槐树是这城市最常见的树，差不多是这城市的象征。梅巧不喜欢这树老气横秋的样子，她就在画儿上修改这树，她恶作剧地解气地把树叶涂染成了蓝色。一大片蓝色的槐林，有着汹涌的、澎湃的、逼人的气势，乍一看，就像云飞浪卷的大海，翻滚着激情和邪恶。

临产前不久，一天深夜，大先生被梅巧的惊叫惊醒了。原来她做了噩梦。她惊恐地抓住了大先生的手，说："我要死了！"说完，就哭了起来。这么多年来，她还从来没这样子哭过呢，当着大先生的面，哭得这么软弱、无助、放纵和悲伤——她一直都像敬畏父亲似的害怕着他。大先生被她哭得手足无措，心里发毛，嘴里却在说："别胡思乱想，哪能呢？胡大夫是最好的妇产科医生……"话一出口，他就知道这不是她想要的许诺。

分娩果然是不顺利的，胎位不正。留学日本的胡医生使出了浑身的解数，最后，动了刀剪，下了产钳。梅巧在产床上忍受了两天一夜的煎熬，生死的煎熬。接下来就是产后抑郁症——厌食、低烧、不说话，莫名其妙地流眼泪，哭泣。孩子被奶妈抱去了，她一滴奶水也分泌不出来，倒省了以往回奶的麻烦。孩子是那么小的一个小东西，还不足五斤，剥了皮的狸猫似的，头被产钳夹成了长长的紫茄子。她一看到这孩子就厌恶地战栗，又厌恶，又怜悯。

大先生接来了岳母，让岳母陪伴她坐月子。岳母盘腿坐在炕上，小心翼翼地跟她说东说西。说一百句她也不理不睬，说一千句她也不理不睬。她不说话，也吃不下东西，喝一碗沁州黄小米汤也反胃，倒像害喜似的，人一天天瘦下去，憔悴下去，枯萎下去。岳母无计可施，哭了。

“梅巧呀，放着好好的日子不过，你这是自己作死哪！”

这话，可谓一针见血，让人惊心，也只有亲生亲养的娘，说得出口。她娘说完这话，叹着气，回家了。也是眼不见、心不烦的意思。可是大先生不行，大先生不能“眼不见”啊，大先生不能落荒而逃啊。终于，有一日，大先生回家来，叫过大女儿凌香，给了她一样东西。六岁的凌香拿着这东西进了母亲的房门。凌香喊了一声“妈”，爬上炕，把这东西递了过去。

梅巧接过来，先是一怔。渐渐地她的手颤抖了，她一把抱过凌香，把她紧紧揽在怀里，她感到凌香的小身子那么温暖、柔软和芳香，她感到这小生命那么温暖和芳香。生活得救了。

那是一张聘书。

国民小学学校的聘书。

春节过后，梅巧就成了一名国民小学学校的教师。她先教四年级的算学，后来就教了美术。这教职，不用说是大先生替她谋来的。别人谋职，大约要费一些力气，可是在大先生，也就是一句话的事。只是，这一句话，说，还是不说，却一定是个折磨大先生的问题。大先生是清楚这女人心病的症结的：她是害怕四合院里这平常人家主妇的日子，她年轻茂盛的身子和心抵抗这日子！有什么办法呢？救人一命胜造七级浮屠啊。

天气还没有转暖，梅巧就脱去了棉袍，换上了春装：阴丹士林布面的大褂，上身罩一件开司米绿毛衣，那绿真是又清新又理直气壮，春草似的嘹亮霸气。生育了四个孩子之后，梅巧的身材竟然没有太大的改变，站在那里，仍然是玉树临风似的一个人，一个新鲜的人，出淤泥而不染。这新鲜的人，清早出门，傍晚回家，手上沾了粉笔灰，或是水彩，甚至还有墨渍，衣襟上也蹭了粉笔灰，却仍然是新鲜的、明亮的。外面的世界，一个阔大的天地在滋养着她呢。说起来，她倒并不是多么热爱教书这职业，她热爱这外面的世界。

国民小学距离她的家，走路也就十几分钟的样子，课业也不重。还有一桩意外的高兴事，那就是，当年她在女师读书时的好朋友，她们称作“张君”的一位，竟也在这所学校里任教呢！张君比梅巧早毕业几年（梅巧不是因为一次又一次怀孕、生产耽搁了吗），毕业后回到了家乡，一个离这城市近百里、盛产葡萄和陈醋的小县份，一来二去的，就失去了音讯。不想，竟在这里撞上了，还做了同事！梅巧真是高兴坏了。

“哎呀哎呀，”她叫着，“还以为你在哪儿呢，还以为再也见不着了呢，原来你就在我家门口啊！”

“是啊是啊，我埋伏在这儿，守株待兔呢。”张君回答。

两个人的眼睛里，都闪着泪光，流露出了女学生的天性和情状。可她们终究不是女学生了。就在这一刻，她们突然感觉到了时间，就在耳边，呼呼地，如同大风一样呼啸而过，刮得她们心里一阵茫然。

“我结婚了。”张君说。

从前，张君是那么英气的一个少女，宽肩、长颈、浓眉，身板像杨树一样永远挺得笔直。她们开玩笑叫她“美男子”。这狂妄的“美男子”曾经叫嚣，要一辈子守住她洁净的处子之身。如今，似乎是一切如旧，肩还是宽的，颈还是长的，身板仍然是挺的，可从前的誓言灰飞烟灭了。

那一天中午，这两个重逢的好友，在校门外一间山东人开的馆子里吃了午饭。是梅巧做东。她们甚至还喝了一点儿酒，竹叶青。那真是用竹叶泡出的好酒，清澈而碧绿，喝在嘴里，有一股奇特的异香。她们把着盏，彼此诉说着分别后的经历。梅巧的经历，三言两语就道尽了，那就是生孩子，接二连三地，一口气生出四个。而张君，则要复杂得多，有戏剧性，那就是，抗婚、私奔和心爱的人一路出逃——是一个时代的故事。

“哎呀哎呀！”梅巧连连叫着，因为酒，也因为兴奋，双颊变成了桃腮，灼灼燃烧着，“张君，你真是不平凡哪！”

张君在国民小学，只教了短短一个学期，就辞职了。她丈夫突然接到了武汉某所学校的聘书，暑假里，最热的伏天，她离开了这城市匆匆前往长江边那个火炉里去。临行前，她来向梅巧辞别。她给梅巧留下了通信的地址，说："给我写信啊。"

梅巧点点头，心里翻江倒海。

"若有机会，就来南边看我啊。"

梅巧不再点头了，泪水一下子涌上来。这样的机会，怕是永远也不会有的，永远也不会有啊。她背过了身去，再回头时，朋友已经不见了，院子里空荡荡，洒满树荫，唧鸟的噪声，像突然浮起似的遮蔽了一切。知了——知了——知了，那是先知的声音。

二　来了个席方平

这天，大先生回家来，对梅巧说："让人收拾出一间客房吧，有个北京来的先生，一时没找着合适的房子，我留他住几天。"

梅巧家，头道巷十六号，两进的四合院，外带一座小小的跨院，大大小小的房屋有二十几间，虽说是孩子多，人口多，红红火火的一大家人，可闲着的空屋子总还是有的。梅巧吩咐用人们把后院的一间西屋拾掇了出来，那屋子里没有盘炕，而是架了一张时新的铜架子的弹簧床。

来人就是席方平。

一听这名字，梅巧就忍不住想笑，这不是一个活生生的聊斋人物吗？样子也有些像呢，清秀疏朗的眉眼，人生得白白净净。起初，梅巧还以为，这“从北京来的先生”，不知是个多威严的老先生呢，不想，竟是这样一个年轻、文雅、像女人般俊美的书生。

说起来，这席方平，原来还是大先生的学生、弟子，得意的弟子，家境贫寒，寡母扶孤长大，后来考取了北京师范大学，如今，刚毕业就受到了大先生的聘书——不用说，大先生是很钟爱这个弟子的。

那一晚，大先生在家中设了家宴，算是给这弟子接风，请来作陪的也是几个亲近的弟子。大先生拿出了他珍藏的好酒，一坛“花儿酒”，是他家乡的特产，用柿子酿出的一种奇异的果酒佳酿，大先生甚至还详尽地给大家讲了这“花儿酒”的妙处。一餐饭，宾主尽欢，席间，梅巧走进来，给大先生添茶，也是提醒他不要过量的意思。这时，只见那个席方平，红着脸站了起来，恭恭敬敬地端起了面前的酒杯。

“大师母，”他喊了一声，脸越发红了，人人都看得出，他是不胜酒力的，“给你添麻烦了，我，敬你一杯。”

他一仰脖，一饮而尽，亮了下杯底。他眼睛里似乎汪着许多的水。这哪里是男人的眼睛？梅巧抿嘴一笑，说："有什么麻烦的？房子空在那里，不也是空着？"

是啊，房子，就是要住人的，人不住，鬼就要住了。梅巧这么想着就又笑了。怎么今天总是想到鬼呢？大概，都是"席方平"这三个字招惹的吧？梅巧端着灯，不觉又走进了后院里，前边酒宴还没有散，可是后院人却都已睡了。奶妈带着孩子们沉入了梦乡，北房、东房、南房，一片漆黑，只有西房里，一灯如豆，悠悠地在等待着夜归的客人。梅巧轻轻推门，走进去，似乎想看看还有什么不妥当的，她自己的影子，巨大的黑影，一下子投在墙壁上，倒把她吓了一跳。

这一夜，梅巧做梦了，梦很乱，飘飘忽忽的，梦中的梅巧还是从前的样子，出嫁前的样子，十六岁，梳着齐耳的短发，白衣，青裙，站在葡萄架下，一个人走过来，说："原来你在这里呀，原来你藏在这里呀，让我好找！"那个人，那说话的人，原来就是，就是现在的梅巧。

第二天，在早餐桌上，席方平看到梅巧，脸又一下子红了。

这事是让人别扭的。照说，一个大师母，是不应该让人脸红心跳的。一个大师母，应该是慈祥、端庄、安静、温暖，像一棵没有杂念的秋天的树。可是眼前这个"大师母"，这个光焰万丈咄咄逼人的女人，这个让人不敢和她眼睛对视的女人，和一个真正意义上的大师母相比，相差何止千里万里！

要快点找房子搬家啊，他想。

后来，他们熟识之后，她让他看她的画儿，那是一次敞开和进入：那些燃烧的暧昧的屋瓦，那些波涛汹涌凶险邪恶的树冠，那些扭曲变形阴恻恻的人脸，看得他惊心动魄。他用手轻轻抚摩它们，爱惜地、心疼地说道："你这不屈服的囚犯啊！"

三 凌香

所有的孩子里，凌香最依恋母亲。

四个孩子，一人一个奶妈，凌香的奶妈是最费了周折的。月子里，她一直吃梅巧的奶，等到梅巧要去上学，把她交给新雇来的奶妈时，坏了，她死活不肯去叼奶妈的奶头。她闭着眼睛，张大嘴，哭得死去活来，哭得一张起皱的小脸，由红转青，她宁肯去啃自己可怜的小拳头，却饿死不食周粟的。更要命的是，她这里一哭，隔了半座城，那边课堂上的梅巧，就如听到召唤一般，两肋一麻，刹那间，两股热流，挡也挡不住，汹涌着，奔腾而来，一下子，前襟就湿透了。

梅巧的眼睛也湿了。

有几次，她忍不住溜出了校门，雇一辆洋车就朝家跑，去搭救她的孩子。那凌香，到了她怀中，一头就扎进她胸口，凶狠地、仇恨地、以命相拼地噙住那奶头，两只小手紧紧紧紧抱住她救命的食粮，像只疯狂的危险的小兽。

没办法，梅巧只好向这小小的女儿缴械。从此，每天清早出门前，她喂饱她，中午匆匆坐洋车回家，再喂她饱餐一顿。晚上，倒是叫她跟奶妈睡觉，半夜里，听到她哭声，梅巧就爬起来，喂她一餐夜宵。梅巧的奶，真是旺盛啊！一年下来，那凌香，养得好精彩哟，又白又胖，两只小胳膊一节一节，像粉嫩的鲜藕，可以给任何一家乳品公司做广告。梅巧却一日千里地瘦下去，直到后来，突然地，有一天，奶水奇迹般地失踪了。

有了这教训，后来那几个，一生下来，梅巧就交给奶妈去喂养了。后来那几个，谁也没再吃过亲娘的奶水，和亲娘就总有那么一点点隔阂。

那几个，各人有各人的奶妈，疼着、宠着、护着。凌香的奶妈，却是早早地就离开了这个家。虽说凌香没吃过她的奶，却也是被她抱在怀中，朝朝暮暮，抱了那么大，就是块石头也焐热了。奶妈的离去，是凌香平生经历的第一桩伤心事。她不知道奶妈为什么突然就走了。后来，很后来，她才知道了原委：奶妈的离去是因为家中的孩子生了绝症。那一年，凌香刚满四岁，人家就让她跟弟弟凌寒的奶奶一起睡觉。好大一盘炕，奶奶搂着凌寒睡一头，凌香自己睡另一头。半夜里，她小解，醒来了，喊奶奶，却没人理，她悄悄哭了。

第二天早晨，凌寒的奶奶一睁眼，发现炕的那一边空荡荡的，凌香那个小祖宗不见了！这一惊非同小可，慌忙下地来，跑到院子里，四处寻找，哪里有她的影子？又不敢声张喊叫，正没主意呢，一抬眼看见对面南屋的门虚掩着，露着宽宽一道门缝，那是凌香和她奶奶住过的屋子。她急急地冲进去，只见辽阔的一盘大炕上，那小祖宗一个人，蜷成一团，泪痕满面，睡着，怀里抱着她奶奶枕过的枕头，身上胡乱盖着她奶奶的花棉被……

梅巧当天就听说了这件事，到晚上，她抱来了被褥，把那小冤家搂在自己的怀抱里。凌香的小脑袋有点儿害羞地扎在她怀中，一动也不动。忽然，她叫了一声“妈”，说：“真的是你呀？”

梅巧的鼻子，一下子就酸了，她搂紧了这孩子，说：“是我，是我，不是我是谁？”凌香抽泣起来，大颗大颗的眼泪，热乎乎的，像蜡油一样烫着梅巧的胸口。梅巧一夜搂着那小小的伤心的孩子，想，这孩子像谁呢？

后来，凌香问过梅巧一句话，凌香说：“妈妈呀，会不会有一天，你也像奶奶一样，不要我了呢？”梅巧回答说：“小傻瓜呀，宝，我怎么会不要你？”

可是，梅巧不知道，这世上所有的小孩子，都是先知。

有时梅巧自己也弄不明白，为什么这孩子总是生活在恐惧之中，每当梅巧出门去，回来得稍晚一点儿，一进门，这孩子就扑上来，抱住她，死死地，再也不肯撒手，就像失而复得一般。有时，一清早，她还没睁眼，忽然这孩子就慌慌张张跑进来，用手摸摸她的脸，说道："妈妈，你在这里呀！"仿佛，做着一个确认。

梅巧望着这孩子，望着她大大的黑黑的眼睛，想，这孩子，她怕什么呢？这样想着，心里就掠过一丝人生莫测的怅然，还有，不安。

现在，终于，梅巧知道了那答案。

事情是怎么开始的呢？八岁的凌香不知道，可她知道有一件大事发生了，有一个大危险来临了。那危险的气味啊，像刺鼻的槐花的气味一样，弥漫在五月的空气中，无孔不入。如果在白天，似乎看不出这家里发生了什么变故，一切都和往常一样：爹一早出门，穿戴得整整齐齐，乘洋车，去上班。妈也是一早出门，穿戴得也很整齐，不过不乘车，就走着，去上班。天气一天天热起来，爹和妈，都换上了夏布做的新大褂儿。爹是一件月白色的，而妈的则是粉底，上面洒满星星点点的小碎花。人走过去，就飘过一股新布的香味。

但是，太阳总会落下去的，夜总归是要来临的。危险就是在夜幕的遮蔽下现出原形。晚饭是那危险的前奏、序曲，妈一连好几天都没有回家吃晚饭了。爹阴沉着脸，不说一句话，那咀嚼着的牙齿，似乎格外用力。人人都知道，这是风暴来临的前奏。一家人，屏住了呼吸，战战兢兢，就连最小的弟弟，刚刚两岁的小凌天，爹爹的心头肉，也变得很乖。一餐饭，吃得鸦雀无声，草草收场，然后，各自回到各自的房中，仍旧是大气不敢出。奶妈们，早早安顿自己的孩子睡下，而女佣和男工则躲在跨院伙房间，压低了嗓子，交头接耳。人人都在等待，等待着那风暴——那是躲不过逃不掉的，就是沉入睡梦也躲不过。人人的耳朵，这时都灵敏极了，掉一片树叶也能听到那响动，更别提那“吱扭”的门声。那“吱——扭”的门响简直就是炸药的捻子，女主人的脚步，踢踏踢踏，要惊破天似的，起落间就是生死。此刻，人们反倒是横下了心了，知道要来的，终于，来了。

说是吵，其实，只听见大先生一人的怒吼和咆哮，大先生发起脾气，真是可怕呀，地皮也要抖三抖的。可是，渐渐地，有了回应，那回应声音不算高，却有着一种愤怒的激烈，有一种不顾生死亡命的激烈，说来，那才是更让人害怕的，那亡命的不顾生死的激烈是可摧毁什么的。这才是那个大危险，那个悬而未决的厄运。大先生的怒吼、咆哮，甚至砸东西，不过是烘托，烘云托月，为这个大危险，做一个黑暗的铺垫而已。

这一天，吵到最激愤的时刻，大先生动手了。他劈头朝女人挥出一掌，那一掌，是地动山摇的一掌，像拍一只苍蝇，是一个灭顶的打击。不仅是对梅巧，也是对他自己。那一掌把梅巧击倒了，口鼻流血。血使他怔住了，他浑身冰冷。梅巧慢慢爬起来，用手在脸上一抹，抹了鲜红的一掌，她就把那只血手朝洁白的墙壁上抹了一把，立时，一个血巴掌惊心动魄地跳出来，像一个鲜红的小妖孽。梅巧看了看，二话没说，笑笑，就摇晃着走出去了。

到早晨，人人都看见了那暴力的结果，梅巧的脸肿得很厉害，上面还有着瘀青。可是她神情安详，头发梳理得一丝不苟，夏布长衫，齐齐整整，她就这样昂着头带着伤痕出门去了，临走，还吩咐了奶妈几句琐碎的事情，仿佛这是一个和平常的日子没什么两样的早晨。凌香追上去，拦腰抱住了她，她迟疑片刻解开了那两只缠绕着她的小胳膊，头也不回，说："宝，去上学。"

这一天，是煎熬的一天。每一分钟，凌香都忍受着折磨和煎熬。她上课走神，走路碰壁，吃饭吃不到心里。她一分钟一分钟，盼着太阳下山，盼着天黑，盼着夜深人静，甚至，盼着吵架——她告诉自己这一天其实和昨天没什么两样，和前天、大前天，和以往所有的日子没什么两样。这并不是多么特别的一天，不是不祥的一天。她挺着身子，坚定地安慰着自己，却忍不住一阵又一阵地打寒战，就像生了热病。这一天，真是长于百年啊。终于，太阳下山了，全家人又聚在饭厅里，只缺妈妈一个。不过，没关系，昨天、前天、很多天，不也都是这样？爹的脸阴沉着，一家人仍旧是大气不敢出。可是爹的咀嚼好像没那么凶狠了，爹的咀嚼声没了那一股杀气，而且，爹的饭也吃得很少很少。凌香忽然心乱如麻，不知道这是什么预兆。

后来人们就看见，凌香一个人站在院子里，做饭的孙大出来打水，看见了，问她："你在这儿干什么？"声音压得低低的。凌香回答说："等我妈。"女佣杨妈出来小解，看见了，也问她："你在这儿干什么？黑灯瞎火的。"声音也压得低低的，她还是回答："等我妈。"人人都知道，这丫头的脾气秉性，知道劝她不动，也就由她去。渐渐地，院子里静寂了，她一个人站在槐树下，站了大半夜。

槐花盛开着，那香气浓得化也化不开。往年，槐花刚刚初放时，孙大就用长杆把那白色的花串打下来，洗净了，和上面粉，给他们这些孩子蒸槐花"不烂子"吃。孙大喜欢说："应时应景，尝个鲜。"今年，孙大没有心思让他们"尝鲜"了。许是因为这个缘故，今年的槐花比往年繁密许多，那香气也霸道许多，浓郁许多，不容分说，是一种强悍的邪香。

夜露下来了，像树的眼泪，一大颗，一大颗，滴下来，是那种无法言说的大伤心。不知名的虫子们，唱起来。凌香的腿，又酸又胀，就要站不住了。墙根下，西番莲榆叶梅就要开了，牵牛也爬上了架。那都是妈撒下的种子，移来的花木。妈还在后院里，种玫瑰，种月季、芍药、牡丹，妈喜欢那些颜色热烈浓艳的花朵、丰腴的花朵。妈总是说，这院子，太素了。她就用那些花，来打扮这院子。

花啊，快点儿开吧。凌香在心里叫喊，花开了妈就喜欢这院子了。今年，花好像开得特别晚，特别慢，特别阴险，所以，妈才会讨厌回这个家吧？凌香突然打个冷战，绝望地哭了。

“吱扭——”一声，门响了。这“吱扭——”的声响，是多么慈悲。凌香几乎不敢相信自己的耳朵，不相信这大慈大悲的声音，直到踢踏踢踏的脚步，停在她面前，黑黑的亲爱的人影，停在她面前，吃惊地问她：“你怎么在这里？”她如同起死回生一般，一头扑在了来人怀中，说：

“我还以为，你再也不回来了呢！”

梅巧抱住了她，抱紧了她，她抽泣，浑身颤抖。梅巧用自己受伤的脸颊摩挲、抚弄她被夜露打湿的头发。她叫着她的名字，说：“凌香啊，凌香啊，宝——”她搂着这孩子把她送回后院房中。她扯下毛巾，为她揩干头发，又为她铺被子，脱衣裳，好像她还是一个极小的幼儿，不满四岁，刚刚离了奶妈……她安顿她睡下，睡稳，然后，久久、久久，凝望这孩子的脸，美丽的、难割难舍的、血肉相连的脸，说了一句："宝，我的宝，你睡吧。"

就走了出去。

整整一座宅子，黑着，只有书房里亮着一盏灯，就像审判者的眼睛，神的眼睛。梅巧朝那灯光走去。她走进去，看见大先生无声地站了起来。他们无声地、默默地对视了很久。然后，梅巧就跪下了，梅巧跪下去朝着大先生，恭恭敬敬地，磕了一个头。

这一晚，出奇地静，没有吵闹。一家人，上上下下，揪着心、竖着耳朵等待着的那一场风暴，没有降临。这似乎是许久以来最风平浪静的一夜，平安的一夜。人人都松了一口气。这一夜，合宅的人都睡得很沉，很酣，梦都没做一个。

到早晨，太阳升起来，才知道，天地变色。

到早晨，榆叶梅突然地爆开了一树，一树光明灿烂的粉红，云蒸霞蔚。他们素净的院子被这一片粉霞照亮了，可是，凌香却再也等不回母亲。永远也等不回了。

四　花儿酒、柿子树和其他

有一处地方，叫峨嵋岭。这峨嵋岭，不是那峨嵋山，不在四川，在河东，河东最大的旱塬。河东盛产柿子，《西厢记》

不是有这样一句唱词："晓来谁染霜林醉，总是离人泪。"那霜林，其实不是枫林，而是柿树林。柿树在秋天，叶子一经霜打，红如血染，是河东的奇观。

峨嵋岭上，遍山遍塬都是柿子树。峨嵋岭上的柿子，有种奇功，那就是可用来酿酒——不是普通的酒，而是花儿酒。什么叫花儿酒？你看，提壶把盏，细细地斟满酒杯，盏中心慢慢开出一簇酒花，花花相随，走马一般排着队，沿一线齐齐滚向杯缘，碰壁即灭，这叫"走马花"，那就是说，这酒只有30度。若是那酒花沿杯盏口密匝匝排满一圈，那就叫"满扣花"，就是说，这酒要烈一些，差不多40度。倘若是花堆花，层层叠叠，满盏花堆成一个花绣球，也有个名字，叫"楼上楼"，那这酒就足足有55度！——这就叫作"对花鉴酒"，可说是河东一绝。

酿造这花儿酒，是一门独门绝技。那手艺和秘籍，相传是秘不示人的，代代一脉单传，传媳不传女。听来，就像一个武侠的故事了。那酿酒的原料，还必得是峨嵋岭上霜降之后的空心柿，这种空心柿酿出的酒会拉丝，是"花儿酒"中的极品。

说来，这花儿酒，也是酒之一祖呢，可见其古老。它幽柔醇香，回味绵长，最妙的是，一口下肚，浑身的血脉就像被疏浚的河道，流得分外通畅——是能用来做药引的，"引百药以入十二经"。若身上有跌打损伤，它还有着外用的奇效，一搽即好。总之，是一宗宝啊。

后来，有一个叫杨深秀的读书人，把这花儿酒带到了京城。这杨深秀正是峨嵋岭人，他携带着峨嵋古酿，每每自乡返京，必设宴招饮，款待同侪。谭嗣同一定是饮过这酒了，杨锐、林旭、刘光第一定是饮过这酒了。或许，康有为、梁启超也饮过这佳酿呢！他们灯下把盏，盏中，走马花、满扣花、楼上楼，千万朵花儿滚着绣球，他们开怀畅饮，锦口绣心，商谈着变法的大计，何其快哉！

还有光绪皇帝呢，光绪皇帝想来也是饮过这美酒的。皇帝和他的红颜知己，对花鉴酒，分享着这琼浆中的奇观。那红颜知己，在月下焚香奠酒祝祷，不是这样唱吗：“愿圣明天子福寿高，雨露承恩同偕老。”想来，那杯中的酒，也是这花儿酒呢！满盏的酒花，就如同盛开的心事，用来祈天，真是再合适不过。这一对天真的男女，在心中有着怎样美好的憧憬啊——只不过，那憧憬，比这杯中的走马花，破灭得还要快：随着六君子人头落地，花儿酒从此就在北京城绝迹了。

星移斗转，又过了许多年，日本鬼子来了。这一年，日本鬼子开进了峨嵋岭，开进了大旱塬。要说这小鬼子，还真是识宝呢。他们一下子就被这峨嵋古酿吸引住了，那“对花鉴酒”的奇观，简直让他们看傻了眼。他们连连喊着：“神奇呀，神奇呀，要——西！”他们当然不是喊叫一番赞美一番就算了，他们要这绝技！第二年，柿子挂果了，丰收在望，酿酒的节令就要到了，他们“请”来了塬上最好的酿酒师傅，他们的人马驻进了有最好酒窖的村庄，就等着收获的日子，采撷的日子了。他们的人，侵略者，已经按捺不住兴奋，嘴里咿咿呜呜的，唱起他们家乡庆丰收的歌谣来了。

忽然地，有一天半夜里，刮起了大风。那一场大风啊，惊天动地，自古以来，这塬上还从没有谁见过，秋天刮这样凶猛的风呢！只听见，满山满塬的树们，千棵万棵柿子树，在风中呜呜地，吼了一夜，喊了一夜，狂哭了一夜。到早晨，人们爬起来，只见峨嵋岭，再没有一棵树上挂果了！这河东最大的旱塬之上，漫山遍野的柿子树，万众一心地坠落了它们的果实，它们十月怀胎孕育的孩子。一夜间，坠落的红柿，让峨嵋岭变成了一片血海。事情还不算完呢，接下来，突如其来地，起了大雾，蓝色的大雾，铺天盖地，一下子把峨嵋岭给吞没了。这一下，白天变成了黑夜，黑夜比地狱还黑，人们伸出巴掌，连自己的五指都看不见了！十村八村的狗，惊得汪汪乱咬，还以为天狗吞了月亮和日头，鸡也乱了方寸，大半夜打鸣报晓。这一场大雾，三天三夜不散，到第四天，天开了，出了太阳，太阳照见了，一个最惨烈悲壮的旱塬，只见遍地坠落的红柿，无一例外，全部烂了柿蒂，它们无一例外地在大雾中开膛剖腹自戕而死，它们万众一心自戕而死。峨嵋岭上，方圆几百里，横尸遍野，密匝匝，睡了一地的英灵。

鬼子酿酒的计划，就这么成为泡影。

这就是我们的河东，我们的宝地啊。你可知道她的来历？差不多五千年前，有一天，一个人来到了这里，来到这旱塬深处，举目四望，只见四野一片浩瀚的黄土，两条大河，黄河与汾水，苍苍茫茫地在这黄土的怀抱中交汇。这里的地貌，有一种不可思议的诡谲、奇异和神秘，就好像一个巨大的女人的私处。这旱塬，大地，厚土，在这里，毫不遮掩地向着天宇，坦露出了自己最隐秘、最神圣、最蓬勃的私处。这个人被震撼了，他为这坦露感动，为大地这母亲般的坦露感动。他不能自已，他知道这是天地的大恩、大美和大善，他还知道这是一个启示和寓言！他扫地为坛，撮土为香，敬畏地、感激地跪下来，对着这一片后土长拜不起。从此，人们就把这里称作汾阴，脽——大地的私处，也称作轩辕氏轩辕黄帝扫地为坛处。

过了许多年，差不多两千多年后，又有一个人来到了这里。这个人乘船而来，溯黄河，入汾河，来祭祀后土。那一天，汾河之上，万船竞发，箫歌齐鸣，秋风浩荡。船夫们齐声高唱着欢快的棹歌，雁阵则从他们头上飞过。这个人弃船登岸，来到了汾脽之上，当年，轩辕黄帝扫地祭坛处，如今已是一座壮观的祠堂。他登上后土祠，极目远望，两千年岁月，如风而过，忽然百感交集。他禁不住放声吟唱起来：

秋风起兮白云飞，
草木黄落兮雁南归——

这个叫刘彻的人，汉武大帝，那一刻，不再是一个君临天下的天子，而成了一个感时伤怀，领会着生命悲情的诗人，你听他唱道：

泛楼船兮济汾河，
横中流兮扬素波。
箫鼓鸣兮发棹歌，
欢乐极兮哀情多，
少壮几时兮奈老何！

就这么，一首千古绝唱《秋风辞》，在这广袤的旱塬之上，大地蓬勃的私处，诞生了。应运而生的，还有一座恢宏的建筑——秋风楼。

又过了许多年，差不多又是两千年后，大先生来了。大先生登上了秋风楼。那一年，1939年，省城沦陷了，大先生在省城沦陷时携家小逃出了那座亡城，回到家乡峨嵋岭避难。谁承想，没多久，家乡也沦入铁蹄。大先生的声名，不知怎么，连日本人也知道了，他们竟让大先生出任伪县长！他们搬来了一个又一个说客，说客们踏破了大先生家门槛。这一日，又有说客登门，大先生不等那说客开口，就说，正要趁霜晴去登秋风楼。大先生他们村庄和那秋风楼相距不算太远。说客不知大先生葫芦里卖的是什么药，只好嘴里说着“好兴致啊”，一边就随了大先生和二三友人，朝那秋风楼出发。说来，这秋风楼早已不是那秋风楼，这后土祠也早已不是那后土祠，由于河水泛滥、冲刷、改道，它们几次落架迁建，最终，落脚在了这叫作“庙前村”的村庄。可这又有什么关系？那巍峨的秋风楼，仍然在我们的土地上屹立着呢。这一日，大先生焚三炷香，先拜了后土祠，又一级一级攀了九九八十一级阶梯，登上了秋风楼。立刻，黄河来在了眼底，汾河来在了眼底，广袤的黄土旱塬来在了眼底。秋风浩荡，千万棵柿子树，坠落了果实，只剩下，霜打过的柿树叶，红如血海，也来在了眼底。大先生吁出一口长气，对那说客说道：“这里是什么地方？想必你也知道，华夏大地之睢，轩辕黄帝祭祀后土的地方！这里，就连树也知廉耻，不敢数典忘祖，你说，我莫非还不如一棵树？”

说客目瞪口呆。

大先生又说：“这秋风楼有多高，你可知道？我告诉你，它楼高 33 米，11 丈，人若从这楼上跳下去，想来神仙也救不活他！——今天，大不了，我从这儿朝下一跳！也学学，咱峨嵋岭上那些有情有义的柿子——”

说罢，大先生纵身一跃，被同来的友人拦腰死死抱住了。

说客吓跑了。

第二天，说客带着日本人，冲进了大先生的村庄，包围了大先生的家，却扑了一个空。大先生一家，人去屋空，只剩下一条看门狗，冲着那侵略者，汪汪乱咬。日本人里里外外搜了一个遍，捣了水缸，砸了面缸，摔了酒坛，毁了锅灶，最后，掏出枪来，一枪撂倒了狂吠不已的大黑狗。

大先生一家人，逃进了中条山里。那里是大先生妻子的娘家，当然，是现在的妻子。

五　大萍，还有山中岁月

起初，谁也不敢在大先生面前提“续弦”这档子事。他明显地老了，仿佛一下子老了十岁，一头墨染似的乌发中有了星星点点的银针。夜里，常听到他咳嗽，吭吭的，声音很空，在寂静中传得很远，有一种让人不忍的哀痛。当然，在白天，他仍然是一个令人敬畏的“大先生”，重创和耻辱，最深刻的羞辱，没有改变他端正肃穆的夫子仪态。

四个儿女，最小的只有两岁，还不懂事，时不时地会蹦出一句“妈妈呢？”除了这个幼儿，再没有谁在大先生面前提起过这个女人。那孩子出麻疹是半年后的事，不想，竟把他奶妈给染上了，原来那乡下女人没出过疹子。大先生只好从家乡接来了自己年迈的姑母帮忙照料，那时，大先生的母亲也已经过世三年多了，姑母想，若是等自己再一死，这世上就再没有谁能主大先生的事，这世上也再没有谁心疼这个男人。姑母这样想着心如刀绞，她一不做，二不休，索性从家乡为大先生接来了一个女人——大萍。

这大萍，一切都和从前的那女人反着来。从前那女人是女秀才、女先生，这大萍没上过学，没念过书，斗大的字不识一筐；从前那女人，巴掌大的小脸，杨柳细腰，这大萍，却是脸若银盆，肥臀粗腰，敦敦厚厚，磨盘一样撼她不动。大先生哭笑不得，可这大萍二话不说，进门来，先抱起了大病中的孩子，把这没娘的幼儿裹在她肥厚温软的怀中，眼里流露的全是怜惜的神情。这一下，把大先生要说的话堵了回去。

那句话，拒绝的话，从此，再没有说出口，一辈子。

起初，这女人，大先生视而不见，只当她是没有。她出来进去，清早，用铜盆端来洗脸水，晚上，则是端来洗脚水。大先生在书房里看书，不管逗留到多晚，回到卧房，那一盆洗脚水，就悉心悉意地等在那里了，并且总是冒着热气。炕上，早已铺好了被褥，黄铜的汤婆子埋在棉被里，鼓鼓的，像孕妇的肚子。而几上，则是一壶热茶，那茶壶，套着保温的棉套，像穿了棉袄一样。棉套是用那种家织土布做的，红红的小格子，很拙，很亮，看着就让人一暖，是大先生家乡的风格。

渐渐地，这女人的气息就无处不在了。先是三岁的凌天，有一天，突然穿上了虎头鞋，戴上了虎头帽，兴奋地在院子里跑来跑去，把他写着“王”字、花红柳绿又拙又憨的老虎脚，伸给每一个人看。这只活生生的小老虎，在院子里一晃就晃了一个冬天。再后来，全家人都换上了家做的棉窝或是俗名“踢倒山”的布鞋，千层底，刷了桐油，每一双鞋里还都垫着花红柳绿的鞋垫，上面绣着富贵牡丹、喜鹊登梅、月宫折桂，还有万字不到头。餐桌上，常常会冒出一盘花馍，盘成各种花样，点着红绿的颜色，嵌着甜香的大红枣，这也是大先生家乡的面食。还有一碟红油辣椒，他们叫油酥辣子的，喷香红亮的一小碟，是三餐都少不了的，用来夹热馍吃，那也是大先生家乡最正宗的口味。这大萍，浑然不觉，却把这个家，这个宅院，用悉心悉意的日子，填成了实心。

腊月里，雪一场接一场，屋檐下的冰凌挂了有一尺多长。耳朵都快要冻掉了，可是屋子里却是暖洋洋。炉中的炭火烧得哔剥响，上面坐着铜壶。酒枣开了封，“揽”好的柿子也开了封。那酒枣，是她秋天里一颗一颗挑选出来的，每一颗都端正漂亮。柿子则是她一层一层码在坛子里，码一层，中间放一个苹果。酒枣和柿子，都用白麻纸严严地封起来，如今开了封，满屋子酒香、枣香，还有那一股温软奇特的果香，扑面而来，氤氲着，是专门用来填那些还没填满的空隙的。酒枣和柿子，盛在大盘子里，摆到了大先生书房窗下条案上，人一撩门帘走进来，熏风扑面。大先生一阵怅然，一阵心痛：从前，这个节令，那条案上供的是蜡梅，或是水仙。他望着这些朴素的、红火的、实打实的果实，眼圈红了。

这一晚，她端来了洗脚水，转身离去时，大先生伸手拽住了她的胳膊。

“你不嫌我？”大先生开口说。

她鼻子一酸，石头终于说话了，铁树终于开花了。泪光慢慢蒙住了她的眼睛，她问道：“嫌你啥？”

“老。”大先生哑着嗓子回答。

她摇头，眼泪流下来，她回身伸手抹了一把。这回身低头抹泪的动作，让大先生心头一恸。傻女人哪！他怜惜地想，他知道他一辈子会对这女人好。

那一晚是腊月二十三，灶王爷上天的时辰。外面，鞭炮声响成了一片，噼噼啪啪，十分嚣张热闹，是个喜庆的日子。

现在，这一家人都来到了大萍的娘家。那是个小山村，窝在中条山里，山根下面。那山可是座宝山，埋藏着各种有色金属——铜、铝矾土，还有别的什么。那里，满山都生长着药材——黄芪、川穹、菖蒲。春天，惊蛰一过，采菖蒲的人就进了山。有经验有运气的采药人，甚至还能挖到冬虫夏草。核桃也是那里的一宝，还有柿子树。冬天，第一场雪后，山坳里或是向阳的山坡上，柿子树的大叶子竟然还未落尽，白雪一映真是精神，就像最红的玛瑙，美不胜收，人看了就觉得抖擞和感动。

这山中的岁月，在大先生，是避世，在大萍，则是如鱼得水。她扶起磨杠推磨，拿起梭子织布，抄起扁担挑水，进山挖药，下地开荒，没有她不会的。男工女佣，到这时已星散而去，只剩下做饭的孙大两口子还忠心耿耿跟随着他们。山根下，几孔土窑，一个大院子，安置了这一家人。院子空荡荡的，来年开春，大萍就一镢一镐地开垦出来，撒下菜籽，捉来鸡娃，养了奶羊，是一户过日子的农家了。到夏天，南瓜开了花，茄子扁豆爬上架，也开了花，黄的黄，紫的紫，大朵小朵，竟也是姹紫嫣红、蜂飞蝶舞的气象。大先生挥毫写下了几个字：竹篱茅舍自甘心。没有宣纸，就写在糊窗户的白绵纸上，算是明志，其实是满心的不甘，不甘心也没办法的事。

这一年，凌香十六岁了，高中还没有毕业。大弟凌寒也将满十五，两个人都失学在家。夏天就快过去的时候，一天，有一个人辗转地从西安来到了这山村里，要把凌寒带出去读书。这个人当然也是大先生的学生，冒了风险才来到这里。本来说好了，是只带凌寒一个人出去的，可是事到临头，谁也没想到，突然冒出了个挡道的凌香。

“带上我。”凌香说。

凌香说话从来不会疾言厉色，可是却说一不二、掷地有声。一家人，除了大先生，人人都很有点儿怕她，用人、弟弟们，包括大萍。其实，就连大先生，对这个长女也是心存顾忌的，还有着难以言说的心疼。她孤僻、冷漠、不爱说话，独往独来，和这家里的人似乎谁也不亲。大先生其实是知道那原因的，正因为知道，所以尤其没有办法。一来二去，弄得大先生独自和这孩子面对时，就总有些小心翼翼，总有些局促和不自然。

兵荒马乱，一个女孩子出门在外总归是不放心的，何况眼下家里的经济状况十分拮据，一下子供两个人出去念书，哪里是件容易的事？大先生犯愁了，踌躇再三，说出两个字，“再说”。凌香听了，久久不语，忽然扑通一声跪下了。这一跪，让大先生悲从中来，万箭钻心一般。他从这孩子脸上、眼睛里，分明看到的，是另一个人的神情，是另一个人的复活。这一跪，是悬崖绝壁前的摊牌，是生死的摊牌，不容分说，决绝，大义凛然。

第二天，来人从山里带走的，就不只是凌寒一个人了，还有凌香。凌香走出去很远，一直不敢回头，她知道父亲就在村口那棵柿子树下站着，一头灰苍苍的头发，她怕他看见自己眼里的泪水。

六　告诉你一句话

但是，凌香是必然要走的。她一直、一直等待着这一天，从八岁的某一天起就一直等待着这一天，这是一个不能更改的命运，也是一个召唤。

她来到西安，很顺利地通过了考试，插进了高三年级，吃住自然都在学校，就这样做了一名流亡的学生。读书在她从来不算一件困难的事，许多隐秘的快乐是别人体会不到的。日子自然是苦的，流离失所怎么会不苦？可流亡学生千千万万，又不是她一个。她是很能吃苦的呢，这一点，连她自己原先也不知道！从家里带来的一点点钱，她花得十分、十分仔细，花每一分钱都让她又心疼又愧疚。后来，一个偶然的机会，她开始给报纸投稿，再后来，竟在一家报纸开辟了一个小专栏——《流亡学生日记》，写那些沦陷区的所见所闻。这一来，就有了一点儿小小的收入，虽然不多，可是积攒起来，也是能派大用场的。

父亲的学生，能托付子女的学生，自然不会是泛泛之交。她不喜欢拐弯抹角，有一天，当这学生来学校探望她时，她忽然单刀直入地发难了，她说："你有我妈的消息吗？"

“妈”这个字，这个字眼，已经许多年没有出口了。这个字，哽在喉头，堵在心口，吐不出，也咽不下。她从来没有管大萍叫过“妈”，尽管她知道，大萍其实是当得起“妈”这个称呼的。有一年，她得伤寒，高烧不退，大萍在她身边，衣不解带地守了她七天七夜！她弄脏的内衣裤都是大萍亲手帮她洗净的。病中，大萍那张铜盆大脸，俯下来，热烘烘，带着身体的善意，贴近她的时候，一股一股的热浪，在她身子里汹涌着，让她眼热鼻酸。可是，她还是叫不出那个字，那个要命的字，那个字，若一出口，她就彻底崩塌了。

父亲的学生做梦也没有想到，这孩子，她会给他出这样一个大难题。他大惊失色，张口结舌，支吾着乱摇头。可是这十六岁的姑娘，脸上有一种让他害怕的表情，豁出去的烈士的表情，还有着黑洞似的绝望。他心里不禁一动，拿谎言搪塞这孩子是残忍的啊，他想，于是，他回答：“很久没有她的消息了，有好几年了。”

“那，最后得到她的消息，她在哪里？”

“汉口。”

汉口，她想，咽了一下口水。并不算远，不在天边，也不在海角。她的神情，让父亲的学生，深感不安。父亲的学生说：

“不过她现在肯定不在汉口了。席方平，哦，他最后一封信上说，他们——”他停顿了一下：“他们就要出国了。”

出国！凌香闭了下眼睛，浑身冰冷，就像周身的血脉都被冰封住了，凝结成了剔透的树挂。她攥着的拳头，也冻成了冰坨，两条腿则成了冰柱。父亲的学生以为她会掉泪，会哭，可是没有。慢慢慢慢她缓过来，活过来，有了血色和人气，她说：“谢谢你。”

父亲的学生暗自松出一口长气，以为这事就算是过去了。不想几天后，她忽然找上了家门。她单刀直入，劈头就问：“你有没有张君的地址？”

他又是一惊，不知道她是从哪里得知了“张君”这至关重要的名字。不等他措辞，她穷追不舍地又是一句：“张君是在汉口吧？当年，他们去汉口，就是投奔张君，是不是？”

他一步步地被逼进了死角，没了退路。她虎视眈眈，横在前面，就仿佛猎人和猎物，狭路相逢。他摇摇头，对她说：“你让我想想。”

三天后，父亲的学生给了她需要的东西：张君的地址。他想了三天三夜，才做出这样一个痛苦的决定，妥协的决定。父亲的学生这样想，假如不给她指一条明路，谁知道这孩子一个人还要怎样瞎闯瞎撞？这孩子是那种一条道走到黑的人，是那种撞了南墙也不回头的人，是那种明知是火坑也要跳的人。他很透彻地看清了这点，也看清了那潜在的更大的危险。还有，那就是，这孩子她太叫人不忍，她盲人骑瞎马似的奋不顾身，她从小小年纪起一天一天积攒的思念与痛苦，让他不忍。他对这孩子说：“你要记住，是你，让我做了背叛先生的事。”

一个月后，这孩子上路了。得到张君回信的第二天，她就刻不容缓地出发。她给父亲的学生留了一张便条，上面写着：大恩大德，此生不忘。其时，距离考试和寒假，只有一个月了。可这孩子一天都不能再等，她等了八年，等了三千天，耗尽了她的耐心，谁知道，这一月内，这三十个白昼和黑夜，会发生什么样的变故？这孩子她从小就是一个最没有安全感的人，她不信任——时间。

现在，她的目的地是确凿的：四川、重庆、青木关，剩下的就一片茫然了。她怀揣着可怜的一点儿盘缠、一点儿干粮，踏上了一辆长途汽车。她只知道那车是朝南，开往石泉的。朝南，总归不会错，四川不就在陕西的南边吗？那车拥挤不堪，走走停停，公路十分糟糕，又被日本人的炸弹炸出了许许多多的弹坑，她坐在后座，无数次，她整个人被抛起来，头碰住了车皮，浑身的骨头颠散了架。可是这一晚，他们的车并没有预期抵达石泉，而是停在了宁陕。一车旅客下来打尖，人家都去了羊肉泡馍馆，她没有，只在一家茶摊上要了一大碗白开水，泡自家带的馍吃。

生平第一次，她一个人独自坐在夜行的汽车上。四周黑如深渊，只有车灯的光束移动着，像黑夜划开的伤口。车厢里起着鼾声，可她睡不着。她没有丝毫睡意。她大睁着眼睛，望着漆黑的陌生的窗外。她心里一阵一阵地恐惧、害怕，不知道这么走下去，能不能真的到达她要去的地方。重庆、青木关，在这无边的深渊似的黑暗里，这名字给人无限虚幻和缥缈的感觉，极端不真实，仿佛那是天国的某个地方，天国的车站。她听到某种清脆的琳琅的响声，一阵又一阵，原来，那是她自己牙齿在打战。

汽车在黎明时分抵达石泉。小镇还昏睡着，空气清新而凛冽，那是田野、牛粪，还有河流的气味、人间的气味。小小一条镇街，由于这笨拙的汽车与一车人的到达，竟有了一点儿喧腾。勇气就是在这时又回到了凌香身上，她看着太阳一点点升起来，她想，条条大路通罗马，何况一个青木关？

再往前，朝西，应该就是汉中了。可据说公路被炸毁了，不再通汽车。凌香就是在这里等车子时遇到了几个东北流亡学生，那几个学生也是要去重庆的。凌香从此就加入了他们的行列。他们先是乘马车，后来又乘驴车，再后来步行，一段段、一里里、一步步地接近着巴山蜀水。总算，汉中到了，很庆幸地，他们在汉中搭上了开往广元的大卡车，广元那里已经是四川的地面了。在广元，他们乘上了船。

船，在嘉陵江上航行，顺流而下。是一条大木船，八个船夫扳桨，一个老大掌舵，还有个烧饭的船娘。船客除了他们这几个流亡学生，就只有两个商人、一个教书先生。船本是载货的，载人，算是夹带。这一路行来，他们风餐露宿，可说是吃尽了苦头，一天吃不上一餐饭的时候也是有的，在破庙里、在人家的牛圈里、在山洞中过夜更是家常便饭。如今，这船在他们眼中，竟有了挪亚方舟的意味，救世的意味。竹篷子船舱，虽然矮，可是安全，就像窑洞的穹顶；两边长长的木板铺，平平坦坦，是世上最舒坦的炕；船娘烧出的糙米饭、辣子笋干，是人间最美的美味。甲板上，扳桨的船夫，“哟——嗬，哟——嗬”，齐声喊着的号子，那也是和平世界的声音。凌香舒展身板躺在舱里，在这和平的、又痛苦又欢乐的号子声里，睡熟了。

醒来时，舱里很静、很暗，所有的声音似乎都在极远的远处。有一会儿她忘了自己身在何处，很茫然，船身摇荡着，就像一个巨大的摇篮，一个久违的摇篮。摇它的那双手啊！她觉得一阵迷糊，像做梦。就在这时她听到了舱外的人声，真切的人声，原来流亡学生们都在甲板上呢，大家都在甲板上。“我的家在东北松花江上——”一个男声颤巍巍地唱起来。“江”这个字，让她想起了自己身在何方：平生第一次，她来在了一条大江上，“哟——嗬，哟——嗬”的号子，那是川江上的号子，那是蜀天蜀地的声音！她静静地听，听，热泪涌出了眼睛，哭了。

傍晚，船泊剑阁，船老大望着天边的晚霞，说：“好天气啊，顺风顺水！”

真的是顺风顺水。三天后，船就抵达了合川。刚好一队敌人的飞机从江面上飞过，是要去轰炸重庆的，顺便朝江心投下几枚炸弹。江面开了花，有一枚炸中了他们的船尾。船被巨浪掀翻了，一船人，八个船工、船老大和船娘、商人、教书先生还有历尽艰辛就要抵达目的地的流亡学生，全部葬身江底。

只救上来一个人，凌香。

合川过去，是北碚，北碚过去，就是重庆，在重庆与北碚之间，有一个小镇，叫青木关。青木关有一片竹林，在邻近江边的坡上，竹林外有几间草屋，草屋里住着一户最普通的逃难的人家，男人教书，女人也教书。

这一天黄昏时分，女先生在灶火旁，正料理着晚饭。从旁边屋子里，不停地传来男先生阵阵咳嗽的声音，“空空”的，是害着肺病的人的咳嗽。一群孩子在竹林外一小片空场地上，抽着木陀螺。冬天的太阳早早地沉进江里去了，江水变成了一条奔腾的血河。有人从江那边走来了，跛着腿，衣衫褴褛，沿着石头台阶，一级级地朝坡上爬，慢慢地，露出了黑黑的头顶、脸、半个身子、腿和脚，来在了空场上，竹林外空场上。那一群玩耍的孩子瞪大了眼睛，瞧着这不速之客。客人问了孩子们一句什么，只见一个五六岁的小姑娘，转身朝屋里跑，嘴里喊着：“妈，妈！有个要饭的找你！”

女先生闻声出来了，从茅屋里钻出来，蓬着头，青菜叶沾在手上，一身的柴烟味。起初她没有认出来人，说：“谁呀？”突然间她的嘴张大了，人就像钉在了地上，她的脸和手一下子变得雪白，浑身的血仿佛被什么东西刹那间吸光了，她站在那里，就像一个苍白透明的惊叹号！只见来人一步步地跛着朝她走来，走在和她近在咫尺的对面，来人说：“你说过，永远也不会丢下我，八年来我没有一天忘记过这话——我来，是要告诉你一句话：你——不值得我这么、这么样牵挂！”

说完，她掉头而去。

“凌香！宝——”女先生，梅巧，大喊一声，倒在地上。

七 传奇的结局

入冬以来，席方平就一直咳嗽不止。梅巧想为他生一个火盆，却没有钱买木炭——木炭的价钱比黄金还要贵！梅巧就把厚厚的草纸烤热了，一层层，给他敷在脊背上，又把橘子在火上烤熟了，上面滴一滴麻油，让他每天空腹吃下去。她还用梨煮水，用白萝卜熬粥，总之，她把她知道的那些民间偏方验方，一一都试过了，可是那咳嗽的趋势仍旧是愈演愈烈。

夜晚，他咳嗽得最剧烈的时候，她就把他抱在怀里，就像抱一个孩子。

“好一点儿不？”她总是这样问。

“好多了。”他总是这样回答。

他在她温暖的怀里，那让他更加软弱。他们常常相拥着到天亮。有时，他会说：“要是能睡在一盘暖炕上，该多舒服啊。”她就把他抱得更紧一些，说：“是啊，南方哪儿都好，就这一样不好。”她知道，他心里想说的，其实不是这些话，他也知道，她知道。

他们都躲避着一个字眼，一个事实，那就是结核，或者说，肺痨。可他们心里比谁都清楚他们遭遇了它，遭遇了这瘟神。他们彼此在对方面前掩藏着内心巨大的恐惧。失眠的夜晚，他们躺在南方阴冷潮湿的草房里谈论的，永远都是一些鸡毛蒜皮的小事，关于北方的小事，比如小米粥，比如冬天的烘柿子，比如一碗热腾腾的“头脑”，那是家乡冬季早晨最美的美食。他“空空”的剧烈的咳嗽像电流一样一波一波传导到她身上，让她害怕得发抖。她只有把他抱得更紧，她想，一遍一遍地想，上帝，这是我的，我唯一的，你不能把他夺去……

有一夜他突然讲起了他亡母的一件小事。他说，他们家乡河东有一个习俗，婚后的女人要送丈夫一件信物，一件绣品，类似荷包的一只小口袋，可却并不是普通的荷包，不装钱，不装烟，而是——牙袋！知道那是做什么用的？人老了，掉牙了，满口的牙一颗一颗地脱落，那口袋就是装这落牙的。一颗一颗的落牙，装进这小荷包里，到最后的时刻是要携带在身上，一颗也不能少，带到另一个世界里去的。这样的荷包，牙袋，女人要绣两只，绣一对，一只给丈夫，一只给自己，那意思就是，白头偕老，那是对"白头偕老"的郑重承诺。

"我娘身上，就贴身系着一只这牙荷包，牙袋，红绸子底，绣着鸳鸯。另一只，让我爹带走了，只不过，我爹的那只荷包，里面是空的——他没活到掉牙的年纪，就撇下我们撒手去了，他辜负了那只牙袋……"

他搂着梅巧，他的女人，这么说。她浆果一样成熟的、温暖的、经血旺盛的身体，让他无限依恋和难舍。多么好的身子啊！他把脸紧紧贴在她的脸上，突然地，哭了。

一周后，他的枕边多了一样东西，一件绣品，小小的，红布做底，勾着牙边，上面绣了两只五彩的鸳鸯：最俗、最艳的图案，可却绣得风生水起，惊心动魄，针针见血。另一只，同样的两只让人惊心的鸳鸯攥在梅巧的手里，梅巧俯下身来，黑森森的眼睛对了他的脸，一字一顿地，说道："席方平，你听好了，你，是不能辜负这只牙荷包的啊！"

梅巧说完这话，眼泪就滚了出来。

这就是他们的故事，以传奇开始，却没有一个传奇的结局。两个心高万丈、生死相随的有为青年最终落在了生活艰辛的窘境之中，不是所有的浪漫出逃，最终都会在巴黎的塞纳河边、伦敦的老街区或是上野的樱花树下，戏剧性地落脚。而更多的时候则是，这世上又多了一对贫贱夫妻而已。

其实，在凌香看到梅巧的最初一刹那，她就原谅她了。看到她从茅屋里，烟熏火燎地钻出来，蓬着头发，穿打补丁的衣服，手上沾着菜叶的那一刹那，她就原谅她了。或者说，更早，在她乘坐的木船被炸沉，整整一船人葬身水底，那和她一路行来已情同手足的流亡学生们，那和她一样年轻一样茁壮健康的生命瞬间灰飞烟灭的那一时刻，她就原谅她了。可她还是说了那句话，那句话，哽在喉头，坠在心头，是必须要说的。说完了，她才能重新成为一个善良、温情、柔软的孩子，一个悲天悯人的孩子。

八 饥荒

又是许多年过去了。

这一年是个饥荒年，大饥荒。不仅是乡村，城里人也在挨饿。所有的城市，也许，除了北京和上海，都陷落在了饥馑之中。在凌香的城市，许多人都患上了浮肿病，皮肤肿得明晃晃，头脸都显得很大，像橡皮人。有许多年轻的女人闭了经。这些浮肿患者，有时凭医院的证明，可以去购买一些“营养品”，比如用麦麸和糠做的饼干。

人们都在为吃忙碌着，动着各种各样的脑筋，城郊的野菜早就让人挖光了，豆腐渣，还有喂牲口的豆饼，成了人们四处寻觅最抢手最热门的食物。人们发明了一种饮品，叫小球藻，是一种藻类的东西，养在大池子里，绿莹莹的，据说营养价值很高，幼儿园和小学校的孩子们排着队去领一茶缸小球藻喝。当然，供应浮肿患者的糠饼干，也是发明之一。

这一年凌香三十七岁，是两个孩子的母亲。这两个孩子，一个十二岁，一个十岁，正是长身体的时候，正是怎么吃也吃不饱的时候。配给供应的粮食自然不够他们吃的，逢年过节凭证购买的肉、蛋，不够他们填牙缝的。这就需要大量购买高价的粮食和高价的食品。好在凌香还有这力量。她丈夫是一家大型企业的高工，她自己则在一所高校任教，两个人的月收入，还有一些积蓄，一分不剩，全用来买吃的了。

每月，发薪水后的那个星期天，是凌香最忙碌的日子。一大早，她就携带着一些吃食，乘三十公里汽车，去看望父亲。

她父亲大先生，1949年后就一直担任着一所高等专科学校的校长。那学校不在省城，却设在这个交通并不十分便利的小城里。大先生不光担任校长，还教书，还著书，他喜欢小城这种避世的安静的气氛。

学校坐落在汾河岸边，校园十分辽阔，有一种跑马占地的豪气和奢侈。那里面的建筑，全都出自苏联专家的设计，笨拙、坚固、高大，也是奢侈的。这样的建筑群里必定要有一座礼堂，上面耸立着克里姆林宫式的尖顶和红星。大先生的家是一栋独立的建筑，西式的平房，红砖，石头台阶，带长长的有出檐的前廊。院子很大，种着石榴、香椿和枣树，而那些空地，则被大萍一块块开垦出来，种各种蔬菜，甚至，还种玉米这样的粮食。

大先生四个儿女，如今，天南地北，全不在身边，只有凌香一人，离得最近。一个月，至少有一个星期天，是大先生的节日。这一天之前，前好几天，大先生和大萍就开始为这节日做准备了。大萍挎着篮子去排各种各样的长队，买凭票证供给的宝贵的东西：粮、油、一点点肉、蛋之类，大先生则去排另外的队，去买更加宝贵的高价白糖、糕点，还有好一些牌子的香烟等珍稀物品。像大先生这样的人士，偶尔会有一些特殊的供给，不多，大先生都攒着，是要将这好钢用在刀刃上。到了这一天，一大早，大萍就拌好了饺子馅，猪肉白菜，或者是羊肉胡萝卜，香香的一大盆。大萍的饺子是很拿得出手的，皮薄馅大，鼓着肚子，白白胖胖，排着队，整整齐齐几盖帘。一家子，三口人，食量再大，几盖帘饺子哪里吃得完？剩下的也都煮出来，凉好了，一个个码进饭盒里。大先生说："带走吧。"

凌香从来都是吃罢午饭就告辞，大先生和大萍也从不多留她。那些糕点、白糖，一样样地，全让大萍塞进了她的提包里。永远是她带来的少，带走的太多、太多。若她推辞，大先生就生气，说："又不是给你的，带回去，给明明、亮亮吃。"

带走的不仅仅是糕点、白糖、煮好的饺子，常常还有晒干的各种蔬菜：茄子条、萝卜干、干豆角等等，也是一包一包的。还有一条烟，大前门，或者凤凰。这烟，总是由大先生亲手拿出来，沉默不语地给她塞到提包里。

是啊，大前门或者凤凰，总不能再拿明明和亮亮做幌子了。凌香的丈夫也是从不抽烟的，这烟，就显得很没头没脑和突兀。凌香心知肚明，却从不说破，她拎着大包小包出门去，走出好远，回头看，大萍搀着大先生，还在那门前站着，朝她这边望呢。

现在，凌香该到她的第二站了，三十公里外的省城。

20 世纪 50 年代初，席方平和梅巧，带着他们唯一的女儿回到了这里，这个悲情城市。

他们回到北方，当然是因为健康的原因，席方平再也不能承受南方阴冷潮湿的冬季。所以，当他终于接受了家乡省城一所中学的聘书时，他想，他这是向自己的青春缴械了。

他在那所中学里教数学，梅巧也一样，仍旧是教小学，做孩子王。他们的家，就安在离那所中学不远的一处四合院里，租住了人家两间东屋。自己动手，搭建了小厨房。这一住就是十年，他们的女儿从这四合院里，考入了北京的一所大学，毕业后一下子被分配到了甘肃，支边去了。

饥荒到来了，让人措手不及。要说，梅巧其实是很会过日子的，很会精打细算，可任凭她再会过日子，也没办法让一日三餐都吃饱肚子了，再精打细算，也调度不开那有限的、可怜的三五斤细粮以及每人每月的二两棉籽油了。还在三年前，由于肺病的缘故，席方平就病休在家，吃了劳保，而一个小学教师的工资，又实在是有限，买高价粮的钱都捉襟见肘，何况营养品？梅巧就把所有的细粮省下来，给席方平吃，自己吃掺干菜、掺糠的窝窝，把油省下来给席方平炒菜，自己吃腌制的酸菜、咸菜。逢年过节那区区一斤肉，则是买来肥膘，炼成猪油，油渣做馅，配上萝卜白菜，给席方平蒸包子。

“你呢？你怎么不吃？”席方平端起饭碗疑惑地问她。

她抽着一支劣质的香烟，最便宜的白皮烟，这是她从年轻时就染上的嗜好，也是从前的日子留在她身上的唯一遗迹。她深深地吸一口烟，回答说："你先吃，我还赶着判作业呢。"要不就是说："刚才包子出笼，我趁热先吃过了。"席方平不相信，审问地盯着她的脸，她面不改色，说："你看你这个人，就这点讨厌，婆婆妈妈，我现在饭量大，饿不到时候嘛。"她还说："这些日子我比从前能吃多了，都吃胖了。"

她的脸，真的是胖了，明光光的，晃人眼。席方平知道，那是浮肿。

他愤怒了，他说："梅巧，你当我是傻子呀！你当我瞎了眼呀！"

梅巧的脸，突然之间变得十分严肃，她盯住了他，慢慢地开了口，她说："我身体好，吃什么都扛得住。你不行，你全靠营养来撑着，没有营养，你活不了几天！你听好了，我不让你把我扔到半路上，那样我也活不了——你要救你自己，救我！所以，你必须闭上眼，狠下心，吃！"

她恶狠狠地、一字千钧地，说出那个"吃"字，眼圈红了。

有一天，凌香来省城参加一个会议。晚饭后，会议上没有安排什么事情，她就到梅巧家去了。说来，这些年来，凌香姐妹兄弟四人，只有她一个人和梅巧保持着联络。凌寒、凌霜、凌天对梅巧，就当世界上没她这个人。只有凌香，月月给梅巧写信，寄一些钱，知道他们的生活是不宽裕的。有时，去省城出差或开会，就到她那里去看一看——当然，从没有过夜留宿过，因为有席方平在，毕竟是很不方便的。席方平一直让凌香感到局促和为难，不知道拿这人怎么办。这一生，凌香只听到父亲提到过一次“席方平”这名字，那还是很多年前的除夕夜，全家人在一起吃团圆饭，那一晚，大先生喝了酒，喝醉了，他忽然用筷子指点着大家，没头没脑地冒出一句：“你们要记住，记好了，席——方——平，这个人，是咱们全家人的仇敌！”

那时，凌寒、凌霜、凌天，全都回过头来，同仇敌忾地瞧着大姐，他们的眼睛在说，你听听，你听听，你居然认贼作父！他们都知道这些年来凌香和梅巧来往的事情，他们都知道凌香舍不下梅巧。这让他们不愉快，觉得这人背叛了全家，背叛了父亲。他们是将“梅巧”和“席方平”合二为一了。不过凌香这个人谁又能拿她怎么样？不是就连日本鬼子的炸弹也没能把她“怎么样”吗？凌香没有生气，只是很意外，这么多年了呀！她以为那件事对父亲来说，已经“过去”了，可原来并没有——过去。

她很惊讶。

这一天，凌香从会议上出来去看梅巧，进了那日益拥挤混乱的四合院，一看，梅巧家厨房里亮着一盏昏灯，就进去了。一推门，就看到梅巧正坐在灶台边小板凳上，吃着一个糠窝窝。听到动静，梅巧一仰脸，凌香吓一跳，那张脸肿得就像戴了一张橡皮面具！凌香呆了半晌，走上去，从梅巧手里夺过那黑乎乎团不成团的东西，咬了一口，眼泪就下来了。

下一个星期天，凌香又来了，背了大包和小包，也不说话，大包里是粮食，都是高价粮——挂面、小米和玉茭面，小包里则是白糖、水果糖还有鸡蛋。她一样一样往外掏，绷着脸，像是和谁生气。这些东西，救命的东西，则摊了半炕头。梅巧用手摸摸这样，摸摸那样，哭了。

一月一次的探望，就是始于这个时候。从前，凌香每月是必要去探望大先生的，现在，她延长了这路线，延长了三十多公里，大先生那里就成了一个中转站。从前，她背包里带去的东西是要卸空的，现在则是卸一半留一半；从前，在大先生家，她待得很从容，现在则是，撂下午饭的碗筷就要匆匆出发。起初，她不知道怎样跟大先生解释，她想了一些笨拙的理由作为提前告辞的借口，比如，明明不舒服，要不就是亮亮不舒服，或者说，家里有点儿什么什么事。这样说的时候，她从不去看大先生的眼睛。忽然有一天，她发现自己不需要再找任何借口了——那一天，大先生把一条凤凰牌香烟，悄悄塞进了她的提包里。她如雷轰顶，知道了大先生，父亲心里是明镜高悬的啊。

只不过，她不说，他也不说，都不说破，很默契。不同的是，她从父亲家里带走的东西，比从前多了许多。这叫她不安，可是父亲不由分说，父亲指挥着大萍，装这个，带那个。凌香想拦，拦不住。拦紧了，父亲就叹息一声，说："又不是给你！"她知道，她当然知道这个，七十多岁的父亲，在饥荒的年代，饥饿的年代，从自己牙缝里节省出、克扣出这一点一滴的食物，这恩义是为了谁。所以，她才尤其地不安、难过。

她逼迫梅巧，当着她面，一个一个地吃下她带去的饺子。她像阎罗一样不留情面地逼迫着她，吃下一饭盒，一个不许剩。这是她能为父亲做的，唯一的事情，她能为白发苍苍的父亲做的，唯一的事情。

九 心爱的树

三年的饥荒过去了。一段和平的丰衣足食的日子来临了。那每月一次的探望，仍旧继续着，成了一种习惯。现在，到了那一天，梅巧也能张罗着为凌香包饺子弄吃的东西了。

梅巧的饺子是另一种风格，很细巧、精致，像她这个人。凌香一边吃一边称赞，梅巧坐在她对面，抽着香烟，说："你包的饺子也很香啊，就是样子笨了点儿。"

"那是大萍包的。"凌香脱口说。

梅巧怔了一怔。香烟在她指间，缭绕着。许久她笑了一声，说：“你父亲，还那样吗？”

“哪样？”

“古板，霸道，不通情理，狭隘，脏，留那么长的黑指甲，吃饭吧唧嘴。”

凌香放下了筷子，狠狠地、严厉地盯着梅巧——父亲从前的妻子，说道：“我从来，几十年来，没从我父亲，我爸爸嘴里，听到说你一个‘不’字，几十年来，他没说过你一个不好——”

“他嘴里不说，心里可是在诅咒我！”梅巧打断了凌香的话，“他在心里，一天要咒我八十遍！他亲口跟我说过，他说，梅巧，你这么背叛我，你这么走了，我一天咒你八十遍——”她哽了一下，眼圈红了，长长一截烟灰，噗地落下来，落在饭桌上，她背过了脸，“你爸爸，他还好吧？”她声音变得伤感、温存。

“好。”凌香回答。

他并不好。凌香却一点儿不知道。儿女们，他谁也没告诉。他怀里揣了一张前列腺癌的诊断书，医生让他住院，开刀，他不。他从不相信西医的刀和剪，不相信现代医学的神话。他确实是个古板的人。他在一个老中医也是他的老朋友那里接受治疗，老朋友给他开出一剂剂汤药、丸药，他勤勉地、恭敬地吃下去，老朋友说：“大先生啊，这世上的药，从来都是，只治能治好的病的。”

他笑了，哪能听不懂？他回答说："老弟，我知道你不是神仙，开不出一剂起死回生汤。"

他躲进书房里，清理一些东西，书稿、讲义、讲稿，他一生的心血，点点滴滴全在这里了，他一生的时光也在这里了。他抚摩它们，爱惜地，一张一张掀动，和它们做着告别。他清理架上的书，线装的、简装的，一本一本，都是老朋友，知己知彼的，不离不弃，陪伴了他几十年，也是恩深义重的。他心怀感激抽出一本，掀掀，翻翻，再抽出一本，掀掀，翻翻，又抽出一本，掀掀，翻翻，忽然，一张纸飘下来，大蝴蝶一样，翩翩地落在了地板上，落在他脚边。

是一张信笺，宣纸，上面有水印的字迹：不二斋。那是从前，他书斋的斋号。

他拾起来，只见上面用毛笔写着这样几个字："梅：你这可恨的女人，你还好吧——"

是一封没有发出的信，永不会发出的信，不知什么时候藏在了那里，他的手抖起来，他站不住了，几十年岁月，像浩荡长风一样扑面而来，思念扑面而来。他的眼睛潮湿了。

下一次，凌香来探望他和大萍时，他告诉凌香，下周，他要去省城，参加一个会议。他问道："你能不能陪我去？"

那是一个可开可不开的会，务虚的会议，平时，大先生是不喜欢开这样的会议的，可这一次，他很踊跃积极。这踊跃的态度让凌香生疑。当他们父女俩终于坐在了开往省城的火车上时，凌香发问了："爹，你到底有什么事，说吧。"

大先生沉吟了一下，把眼睛望向了车窗外："我想见你妈一面，行吗？"

20世纪60年代中期，1965年，这个地处内陆的北方城市，没有咖啡馆，也没有茶座。他们两个人，大先生和梅巧，见面的地点，约在了——火车站。

火车站候车室。

这个城市，交通不算发达，它不在那些重要的铁路干线上，每天从这城市过往的车辆不算很多，下午，二三点钟的辰光，几乎没有列车在这里停靠，是候车室里比较安静的时候。

梅巧来了。

凌香推了推大先生，把远远走来的梅巧指给他看。他看见了一个——老太婆。这老太婆径直朝他们走来，逆着时光，朝大先生走来，十六岁的梅巧，嘴唇像鲜花般红润，两只大大的清水眼，吃了惊吓，就像鹿的眼睛。这幅画，在大先生心里不褪色地收藏了四十多年，一时间他很糊涂，不知道，这两鬓霜染的老太婆和梅巧有什么相干？

他听到凌香叫"妈"，站起来，他也站起来。现在他们面对面站在了一个车站上。那永不再年轻的脸，衰老的脸，刹那间让他大恸。四十多年的时光，呼呼地，如同大风，刮得他站不住脚，睁不开眼。他们愣愣地，你望我，我望你，对视了半晌，身边是来来往往的旅人。凌香说："坐吧。"他们就都坐下了，左一个，右一个，中间隔着一个凌香。都不知道该说些什么，还是凌香先开了口，凌香说："热吧？"

梅巧摇摇头，说："不热。"

"我去买汽水。"凌香站起了身，走了。

头顶上，大大的几个电风扇旋转着，发出嗡嗡的响声。一时间，有一种奇怪的安静，笼罩了午后的车站。所有的声音都远去了，人声、车声、广播声，一切，一切，如退潮的水一样渐行渐远。只有他们裸露着，像两块被岁月击打的礁石。大先生摸索了一阵，从衣兜里掏出烟来，是一盒凤凰，他夹出一支，递到了梅巧面前，说："抽一支吧？"

梅巧接了过来，说："好。"

他自己也夹出一支，然后摸出打火机，打，打，却打不着。梅巧就从他手里把打火机接过来，一打，着了。蓝蓝的小火苗，悠悠的，那么美，那么伤感，楚楚动人，梅巧把它举到大先生脸前，他凑了上去，猛吸两口，竟呛出了泪似的。梅巧自己也点着了，他们就坐着，吸烟。

"你还好吧？"大先生开口了。

"还好。"梅巧回答道，"你也好吧？"

"好。"他说。

梅巧吐出一口烟雾，那烟，有一种辛辣的熟知的浓香，那是梅巧喜爱的味道。

“那些烟，都是你让凌香捎来的吧？”梅巧忽然问出这么一句话。

大先生愣了一下：“还有那些东西？”又忙纠正，“不全是。”

原来，梅巧心里也是明镜高悬的呀。知道得清清楚楚，那些救命的食物，那些粒粒赛珠玑的粮食，那些糕点、白糖，是出自哪里。她没有拒绝，心里是领了他这深恩厚义的。

“大恩不言谢，”梅巧眼睛望着别处，轻轻地，却异常清晰地说，“大恩不言谢。”她声音哽了一下。

“梅巧，不要这么说。”

“大先生，我不说。”

他们都不知道，此时此境，再说些什么。两个人，默默望着。他们要说的话，都化作了袅袅香烟。他们跨过了三十四年的岁月，来到一个车站，好像就是为了在一起抽一支烟。一根烟抽尽了，大先生摁灭了烟头，说道：“昨天，我去了趟头道巷，转了转，十六号院子——”他顿了一顿，头道巷，十六号，那是他们从前的家，“十六号院子还在呢，做了小学校，不过那棵树，大槐树，多好的一棵大树呀，不在了，让人家锯掉了。”

从前，很久以前，她总是把大槐树的叶子，涂染成汹涌的澎湃的蓝色。那时她心里是多么不安分啊。梅巧笑了一笑。

“我知道，”她回答说，“锯掉好几年了，说来也巧，那天我刚好有事路过那里，成年八辈子也不路过一回，就那天，偏偏路过了——看见工人们正在那里伐它呢，两个人，扯着大钢锯，吱拉，吱拉，扯过来，锯口那儿就流出一大串眼泪，吱拉，吱拉，扯过去，又是一串眼泪，我看得清清楚楚，老槐树哭呢……”

她不说了，别过了脸。

这脸，刻着时间的痕迹，岁月的痕迹，有了真实感。是梅巧，唯一的梅巧，老去的不能挽回的梅巧。午后的阳光，从阔大的玻璃窗里照射进来，她整个人沐在那光中，永逝不返的一切，沐在那光中。那光，就好像神光。远处，有一辆列车，轰鸣着，朝这里开来了，是大先生就要登上的列车，是所有人，终将要登上的列车。他眼睛潮湿了。

他想说，梅巧，下辈子，若是碰上了，还能认出你吗？却没有说出口。

英雄血

周仓，这不是水，这是二十多年流不尽的英雄血。

——关羽昆曲《单刀会》

一　河边的宝生

“下场”那天清早，天还黑着，宝生出门时，姐朝他怀里偷偷塞了一颗烤山药蛋。从热灶洞里扒出来的山药蛋有一股好闻的草木烟火气，烫着他的身子。他把山药蛋掏出来放到灶台上，他说：“姐，你这是做甚？我又不是个讨吃的——”

姐眼圈登时红了。

后来，在他活着的每一天里，只要一想起这句话，他就恨不得嚼碎自己的舌头。

这个叫“石湾”的村庄离那个叫“碛”的地方只有七八里路。“碛”原本是河心中的一块大石头，可这里人说起“碛”，说的是河边的城，城和那块巨石同名同姓，也叫个“碛”。“碛”是个大地方，水旱码头。河中的船、皮筏行到这里，要改走旱路，而高脚驮来的货物，则要在这里改换水路。“碛”的热闹繁华，一言难尽，没人说得清碛城有多少家商号货栈、酒肆饭庄。就连“姑娘场”这样的地方也是一家挨着一家。宝生就是在一个叫作“兴茂隆”的货栈里给人当驼工走高脚。

宝生除了姐姐，没有亲人。他三岁上死了爹，七岁上死了娘，为了给爹娘治病，拉了一身饥荒。娘一闭眼，要债的上门，家里的三眼“一炷香”土窑给人抵了债，七岁的宝生被扫地出门。那时姐姐已成亲嫁人，嫁给了石湾村的高家。为了收养这个可怜的弟弟，姐姐一身重孝在婆家的院子里跪了三天三夜，两个膝盖直跪成血肉模糊的两个血团。姐姐的婆家，是平常的庄户人家，种了几亩坡地，日子也紧巴巴不宽裕，多一张吃闲饭的嘴可不是件小事。其实，宝生何尝吃过一天闲饭？自进了高家门第一天起，就是个不花钱的小长工——放猪放羊放牛，剜野菜拾柴割草，人比水桶高不了多少就爬沟过坡地去河里挑水，从来没有上桌吃过一顿饭。姐弟两人在灶火间吃着一家人剩下的残汤剩羹，姐永远喝稀的，干的、稠的省给宝生吃。宝生小的时候，不懂事，饥渴的眼睛只盯着自家的碗，从不知道顾惜姐。后来，慢慢大了，有一年，过冬至节，家家户户“熬冬”——吃胡萝卜熬羊肉，软米面豆馅枣馍，自然没有宝生的份儿。宝生出去砍柴，姐把自己那一份羊肉偷偷省下了，扣在碗里。晚上，宝生蹲在灶前端着大碗吃胡萝卜羊肉，羊肉太香了，香得让宝生心颤。姐的碗里则一如既往是一碗清澈见底能照见人影的稀米汤。吃着吃着，宝生的眼泪吧嗒吧嗒掉进了菜碗里，半晌，宝生哽着嗓子叫了一声："姐——"宝生说："姐，我以后，让你顿顿能吃上胡萝卜羊肉——"

姐听见这话，一愣，别过脸去，用巴掌捂住了嘴，泪如泉涌。姐想，宝生长大了。

那是个雪天，雪下白了天地。三五里外，河结了冰，雪落在结冰的河上有一种特别温柔的凄怆与荒凉。河是黄河，唯一的黄河，此地人没有人连名带姓地喊它，就叫它"河"。河像一条被囚的银蛇僵卧着，巨大的无助是漫天大雪盖也盖不住的，让人看了恓惶难过。

开春后，宝生就被姐夫送进"兴茂隆"去当小伙计了。"兴茂隆"是碛城中最大的一家骡马骆驼过载客栈，六亩多地的大院子，紧贴卧虎山山根，院子两侧的马棚，能拴下百十头骡子，而院子正中的骆驼槽，能同时容 200 多峰骆驼卧下吃草。200 多峰骆驼咀嚼谷草的响声，沙沙沙沙，听来像一场骤雨。这响声是有诱惑力的。三年后，宝生就跟着骆驼队走了，他成了"兴茂隆"高脚队拉骆驼走高脚的。十四五岁的小少年，跋山涉水，风餐露宿，像候鸟一样从北到南，又从南到北，这样颠沛的生活是他喜爱的。从前，一二百年前，碛城的大商号，在南边，在长江以南徽州、福建一带，都有自己的茶山和茶园，那里的茶采下来，制成易于存放的茶砖，由高脚队一直贩运到蒙古草原，甚至乌兰巴托，甚至更远的地方，比如贝加尔湖以西的伊尔库茨克，比如，俄罗斯腹地秋明、莫斯科，一路镖旗招展，好不威风。这样荣耀的时光宝生自然没有赶上，他像听故事一样听前辈们无限眷恋地回忆从前的光荣，却也并不觉怎样遗憾。能够这样像个汉子似的活着，在人前从从容容、理直气壮端一碗自己挣来的饭吃，他已经很知足了。

他们的驼队，七八个后生，一人拉“一练”骆驼，一练六峰，四五十峰骆驼，排起队来，浩浩荡荡足有半里之遥。尾驼鞍子上的驼铃声，清脆、细碎，银子似的闪着光亮，是女人家一样珍贵美好的声音。骆驼身上，除了货物，还驮着米面袋、酒葫芦、马皮制成的水袋以及锅碗家什和铺盖卷，不是所有的路上都有“站口”，常常，他们要在前不着村后不着店的地方安营扎寨，起火做饭。这是宝生最喜欢的时刻，太阳坠落了，月亮升起了，荒野沉入无边的黑暗，一堆篝火熊熊燃着，像黑夜的心，把驼工们的脸映成金色。火上架着锅，锅里咕嘟咕嘟煮着小米稠饭加山药蛋，也是诱人的金黄色。他们每人捧一只酱色的陶碗呼噜呼噜吃出惊天动地的响动。宝生庄重地、尊贵地捧着属于他自己的碗，火光在他脸上跳跃，感动就是在这时油然而生：这种时候人活得才像个人。

二 下场

这天是个大日子，“兴茂隆”十几练骆驼要“下场”去了。头一天就已经给它们服下了用苦瓜蔓、金银花、蜂蜜水加鸡蛋清熬成的解暑药，剪去了它们身上还没有褪尽的长毛。骆驼这牲畜，耐寒，却怕热，夏天要把它们赶到深山里放牧躲暑，叫“下场”。宝生这还是第一次和驼队“下场”，听人说这营生如何如何遭罪辛苦，宝生却一点儿也没把辛苦放在心上，他觉得放牧的生活一定很新鲜。只是这一走就是三个月，三个月姐姐一定很惦记他、牵挂他。昨夜他特地告了个假回家看了姐姐一眼，却没想到清早临出门时就惹了一肚子的不痛快。

他气姐姐，一颗山药蛋，值当个偷偷摸摸吗？怎就不能光明正大当着人面递给他？他也是个五尺的汉子了，他是个就要去“下场”的汉子了，这几年也没有白吃他高家的饭，怎就不能光明正大吃他一颗山药蛋？

天渐渐亮了，他远远地看到了河，河上笼罩着雾气，静静地泊着几只船筏，亮起来的天边有一颗星星还缀在那里，像一大滴眼泪。他突然一阵不忍，回头瞭瞭，瞭见了山坡上的石湾村。石湾村——刚刚醒来的村子，像一幅画，高低错落的窑洞，袅袅升腾的炊烟，皮影一般，和平、安静。姐姐的气味扑面而至，让他眼热。

两天后，驼队来到了“下场”的吕梁山深处，一个叫车鸣峪沟的地方，那已是黄昏时分，太阳说话间就要沉下去了，山坡上密匝匝的林梢被夕照涂染得金灿灿的，像一片金色的海子。宝生还从来没见过这样大的林子，他被这辉煌寂静的美景迷住了，那些橡树、黄栌、桦栎树、山杨树、楸树、槲树、野山楂树，这些平日里田头地亩庄户院里见惯的寻常的树们，忽然没有了人间的烟火气，变得庄严神秘，像山魂。这时，十几练百多峰骆驼被驼工们拉着，围成了一圈，驼工们也正着脸色呼啦啦地都跪下了，一只香炉摆在了地上，驼工头四喜叔走上前，点起三炷香，朝着东西南北四方，恭恭敬敬拜了几拜，然后跪下，嘴里大声说道：“山神爷爷，俺兴茂隆驼队，借爷爷的宝山下场，求爷爷保佑水草通顺，槽头平安！”

宝生随着众人，虔敬地磕头。“下场”的严峻，此时他隐隐意识到了一点儿。这一晚，他们就住在树枝和茅草搭起的茅庵里，三五个人挤睡在一搭。外面，百多峰骆驼，每一峰脖子上都让他们吊上了一只铜铃。一夜，铜铃的声音，东一下，西一下，蓦地响起，清脆、细碎、悠远，越发衬托出大山的深邃和不可测。宝生躺在茅草铺上，久久睡不着，心里祈祷着，山神爷爷啊，这是我常宝生头一回下场，求你老保佑，千万不要“传槽”，不要让野物伤人，也不要让骆驼把水错喝到罗筋皮外得腹胀病……宝生把从前辈那里听来的灾祸一一都想到了，他悄悄爬起来，在铺上又磕了三个头：“山神爷爷啊，你老别怪俺贪心，俺还想求你，让俺能多刨点儿草药，刨点儿党参、黄芪，卖了钱，能给俺姐扯一件衣裳……”其实，私心里，他想要的还更多一些，他想给姐打一对银手镯，姐活了半辈子，两只手腕上还是光光的。

初入山的兴奋，折腾着他，一直到下半夜，宝生才算睡稳了。起了山风，林涛的声音如同波浪，哗——哗——，茅庵就像一条黑灯瞎火的小船。忽然，外边响起了脚步声，很沉重，还有咳嗽的声音，吭吭吭吭，脚步停在茅庵门前，刚好是宝生的头顶，只听来者瓮声瓮气地说道：“借借你们的罗子。”

宝生心里十分奇怪，深更半夜的，借罗面的罗子干什么？“俺们是下场放骆驼的，没带罗子。”宝生回答。

“带烟没有？”来者追问。

“烟倒有。”宝生起身，摸摸索索，去摸旁人的烟荷包和烟袋杆，他自己不抽烟。黑暗中摸索半天，摸到了，一伸胳膊递了出去。来者接过来，鼓捣着，宝生听出他是在用火镰打火。“呸呸！”他吐了两口，说道，“这是甚的烟？一点儿劲儿也没有！有劲儿大的没有？”

“没有了。”宝生惶恐地回答。

“咳——”只听外面长叹一声，“这世道！”说完，又吭吭吭吭咳嗽着远去了。

到早晨，茅庵外，活生生扔着烟袋杆和烟荷包，宝生惊骇不已，才知道那原来不是梦。几个庵子里的人都围上来听他细说缘故，驼工头四喜叔一拍巴掌，说：“宝生呀，你是碰上‘山气’了！”

“山气是甚？”

没人说得出“山气”是个什么，有人说，他其实就是山神爷爷的化身，有人说，他是山妖。没有人见过他的脸，只知道，他就喜欢这样在黑夜的山里游走，有时也窜到林外的村子里去，问人借罗面的罗。他不借别的，只借罗子和石碾。还喜欢问人要烟抽，又总是嫌那烟劲儿不够大。有胆大的人曾隔着门将火枪捅到他嘴里，让他噙住，然后扣动扳机，“轰——”的一声，他非常快活，说：“这烟够劲儿！”

“宝生啊，你个实心眼子，他不是问你要烟，是问你要枪里的火药哩！”四喜叔对宝生说。

一连许多日子，宝生都忘不掉他那一声失望甚至是悲伤的长叹，“咳——这世道！”他猜不透那里面隐藏了什么征兆，这让他忧心。他甚至盼望能再见到这神秘的“山气”，向他问个清楚明白。可整整一个夏季，小暑、大暑、处暑，一直到白露后“起场”，“山气”却再也没有露面，也没有到他的梦中。

这一年夏天，不管山神爷爷是不是“山气”，他一定是听到了驼工们的祈祷，日子过得顺风顺水。最可怕的“传槽”没有发生，喝错水得腹胀病的牲畜也只有那么三五峰。宝生跟着四喜叔们学会了不少东西，比如，学会了治这“腹胀病”：将一种特制的槽针刺进病驼的腹部，力道要拿捏得准，刚好刺到皮与肉之间，也就是罗筋皮外，这就要看本事了。然后，轻轻插一根鸡翎子进去，让里面的积液顺着翎子流出来。还有，一入伏，林子里各种灰蝇小咬铺天盖地，而此时又是骆驼毛最后褪尽的娇嫩时辰，成千上万只灰蝇小咬扑上去，能活活将一只不设防的庞然大物吸死。这时，就要早早上山采来柏籽，剥些柏树皮，将柏籽和树皮熬炼成柏油，将这油臭烘烘地涂抹在骆驼身上，像穿了铠甲，就没有灰蝇能近身了。

宝生很上心地学习着一个驼工安身立命的本事。他喜爱这样的生活，危机四伏却又无拘无束。他们这十几号人，分成两班，轮换放牧，照看驼群，轮到宝生歇班的时候，他就和人相跟着进山刨药。他人聪敏，眼睛又清亮，童男子的干净眼睛在山林里看东西总比别人看得远、看得真。一夏天过去，他竟是刨到党参、黄芪最多的一个。到后来，再进山，他就不和人相跟了，他越走越深，渐渐走到了那些人迹罕至的地方。他单枪匹马，手里只有一把伙夫用的切菜刀，一把锋利的小锄，一路走一路用心做着各种记号，却也从来没有迷山的时候。他和这山像是有种天生的灵犀。那个大茯苓就是这样让他撞上的。那一天，他东走西走，不觉走进了一片松林里，松林很深，遮天蔽日，在一棵参天老松的根部，他看到了一朵弱不禁风的小红花，伶仃细瘦，却像是就要开口和他说话似的。他蹲下来，打量它，心里一阵心疼。忽然他心里一动，心里喊一声，妈呀！忙开始用小锄刨，刨下去一尺多深时，他看到了那个宝贝，山给他的宝贝。

那个茯苓重五六斤，他把它刨出来捧在手心时，因为狂喜两只手哆嗦得捧都捧不住。那份狂喜呀，是他此生空前绝后仅有的一次，唯一的一次，可是他不知道。他狂喜地捧着宝贝跪下，朝着东南西北四方拜了好几拜。他想，这山，这山林，真是有情有义啊！

宝生知道，姐的手镯有了，新衣裳也有了。他成竹在胸，想起很久以前那个冬至夜对姐的许诺，“姐，我以后，让你顿顿能吃上胡萝卜熬羊肉……”这样的日子，这样温暖的好日子，扬眉吐气的日子，不会远了。宝生几乎被那逼近的热气和辛香熏出眼泪。

三　六月二十三

六月二十三，在河边碛城一带，是个大日子。

六月二十三，是马王爷的生日。这马王爷，相传是家畜们的守护神。到这一天，凡养骆驼的人家，都要在家中设立马王爷牌位，烧香烧表，摆供祭祀。最要紧的，是要许“神书”三天，请艺人来酬神说唱。养骆驼的人家，从这一日算起，你家三天，我家三天，他家再三天，差不多要连说一两个月，这是河边最热闹的一段日子。

石湾村也有养骆驼的人家，不过都不是“兴茂隆”那样的富商大户，少则一峰两峰，多则三峰五峰，这样的人家自然雇不起驼工，都是驼主自己拉骆驼跑买卖，把黄河边运来的油、盐、碱、皮毛、莜面等贩运到晋中平川、临县三交，或者是吕梁山深处石楼、永和一带，挣几个辛苦脚钱。到“下场”的日子，这些养骆驼的小门小户，不用说都是把骆驼看得比自家的命还重，一家出一人，大家相跟着结伴拉骆驼进山躲暑，留守在家里的人，就要张罗着给马王爷说书酬唱过生日的大事情了。

说书的艺人都是盲人，弹一手好三弦，两条腿也不闲着，一腿绑书板，一腿绑小铜镲，面前桌子上还横着惊堂木，说打弹唱，一样也误不下。说的都是大书，像《彭公案》《施公案》《包公案》《刘公案》这一些公案故事，要不就是“大小八义”这些侠义掌故。自然也唱酸曲，叫“小段”，小段里常常是荤素交加，让爷们汉子乐不可支，笑翻了天，而婆娘女子们则宽谅地怜惜地笑着，就当他们是玩闹的孩子。这一来，这粗鄙的快乐反倒显出了一种赤子的天真干净，是大河的品格。

高家没养骆驼，也不办祭祀。宝生姐夫春天种完自家的地，就出门揽工去了。六月二十三，一清早，天将微明，宝生姐就挎着篮子来到村口五道庙。那五道庙，说是庙，其实已荒颓多年，坍塌得只剩一座神龛，满地荒草。宝生姐就在荒草尘埃中跪下了，先摆供品，一掀篮子的盖布，里面是一碗热气腾腾的蒸山药蛋。她将山药蛋双手捧出来，摆到神龛前，一低头，泪落在山药蛋上。她没有香，也没有黄表纸，两手空空，一头磕到地上，嘴里说了声：“马王爷爷呀，你替俺家宝生，吃上颗山药蛋——”泪水就把下面的话哽回去了。

她悲伤地哭了许久，泪流如雨。她不知道该对马王爷爷说些什么，许些什么。她有一肚子的话，就是不知道该怎么说。她可怜的、无父无母的兄弟“下场”去了，临走没吃上她一颗山药蛋！别人家“下场”去的人，临行要吃粽子、吃糕、吃莜面饺子，她却心虚气短连一颗山药蛋也没让她弟宝生吃上。“马王爷爷，俺没有好吃好喝，你替俺兄弟，吃上颗山药蛋，俺连夜没合眼蒸下的——”她抽泣着，翻来覆去念叨这一句话，哭得喘不上气。

这一天，石湾村好热闹，养没养骆驼的人家，都觉出了喜庆。盲艺人已经进村了，背着弦子，带着全套家伙，今年请的是临县有名的一个说书先生，外号“果子红”。上午办完祭祀，下午就开场。第一家，是村东头“碗秃”家。他家骆驼算是村里最多的一家，整整六峰，刚好一练。他家的窑，也比旁人家的“一炷香”土窑气派一些，是“四平起混石窑”。书场子就设在他家窑院里，一棵大榆树，洒下浓荫，女人们早早洒水扫净窑院，在树荫下摆好桌凳。一村子人，除了“下场”去的男人，能走动的，老少男女，差不多全都来了，挤了一院子，算是给马王爷爷庆寿。“果子红”让人牵着，一出场，人们就笑起来：先看见了一个醒目的大酒糟鼻头，红如海棠。“啊呀呀，怪不得叫个果子红哩！”女人们笑得用巴掌捂住了嘴。

“果子红”也不怪见，脸上挂着谦和、宽容、澄明的笑意，“啪嗒”一声，踏响了腿上的竹板，一仰脸，开口自报家门：“山丹丹开花背洼洼红，难活不过咱没眼人，无父无母无亲人，人送个好名果子红——”

人们静默下来，不笑了。人人觉出了刚才那笑声的轻浮。有个女人突然抽泣起来，人们很惊讶，一看，原来是宝生他姐。她婆婆搂着孙子坐在旁边，登时垮下了脸，吼她说道：

“马王爷爷过寿哩，看不吉利的！就你眼窝子浅，存不住个马尿！”

“果子红”还是谦和温暖地笑着：“这位大嫂，想是家里有人‘下场’去了，心里想得难活，先听我果子红唱个小段，排解排解愁烦。”说罢，嘣愣愣弹起了弦子，开口唱道：

家住陕西米脂城，
四沟小巷有家门，
一母所生二花童，
奴名冯彩云——

男人们“哦——”一声，叫起来，“哦，冯彩云！冯彩云！”

这一下，男男女女，大家都会心地笑，这是个尽人皆知的故事，却百听不厌。故事说的是一个貌美如花的好女人，怎样从陕西流落到这碛城地面，最后做了妓女，给一城的男人带来了欢乐。“果子红”是条“云遮月”的嗓子，略有些沙哑，却分外结实，是千锤百炼过来人的声音，唱这种酸曲小段儿，竟也有着黄钟大吕的苍茫。宝生姐听他唱，止不住地鼻酸。她觉得他似乎是专门唱给她听的，字字句句，话后面还有话，这让她分外动心。

恓惶不过我出门人，

举目无亲苦伶仃，

好人叫作这赖事情，

老天不公平……

这个下午，又快乐，又忧伤，又红火，又空净。村子几乎成了一个空村，只有一个场院是喧腾的，就像一颗分外壮硕、鲜灵的心脏。谁也不知道，灾祸正在向他们逼近，枪声响起时，人们还以为是谁在放炮仗。一只白公鸡扑扑棱棱、跌跌撞撞飞进了碗秃家窑院，扑腾一阵，痉挛着咽了气。这时人们才惊讶地看到那鸡身上的白羽毛被血染红了。

一村人，几十口子，叫鬼子堵在了这洒满树荫，宽敞、凉爽的窑院里。是一小股部队，三五十号人，荷枪实弹。后来才知道，这不过是一伙过路的鬼子。石湾村有史以来第一次和鬼子遭遇了。这个干干净净、本本分分的村庄，还从来没有应付侵略者的经验。人们还没有从惊愕中回过神来，碗秃他爹，想起了自己主人家的身份，分开人群哆哆嗦嗦朝这群不速之客走过去，嘴里寒暄地说着："来啦？"

话没落音，一把雪亮的刺刀就捅上来，"扑哧"捅穿了老人的肚子。那锋利的刀刃潇洒漂亮地一划，老人就开了膛。活了七十年与世无争的老人倒下去时，脸上还挂着温良谦和的笑意。肠子和血流出来，腥热地流了一地。他家的大黄狗见主人被伤，疯了，呜咽着扑上去就撕咬那凶手，"砰"一声，枪响了，大黄狗呜咽着倒地，眼珠子被枪打飞了，成了一个血洞。刹那间，刚刚还狂欢的院子里，转眼躺下了两具尸体，鲜血冒着缕缕热气。石湾村被这血气笼罩了。

“天杀的呀——”碗秃他娘，白发苍苍，捯着两只小脚，就要冲上去拼命，让身旁的女人们死死拽住了。“天杀的呀——”她悲痛欲绝地嘶叫，愤怒地跺着她的小脚，两只眼睛里流出了血，人昏死过去。女人们架着她，鬼子笑嘻嘻地朝着人群中的女人们扑上去。大闺女小媳妇，霎时发出尖叫，不年轻的媳妇也被他们撕扯着往人群外拖。有的女人抱着孩子，孩子让他们劈手夺下扔在地上。宝生姐被一个紫面皮小胡子揪着小纂儿倒拖出好远，一只鞋也在挣扎中掉了。她嘴里乱叫着救命，她喊爹，喊娘，喊男人的名字，喊宝生，男人和宝生都不在跟前，救不了她。混乱中她突然听见了儿子荞麦尖厉的哭喊声，一声递一声：“娘！娘！娘——”她拼了性命似的大叫：“荞麦子你闭上眼！闭上眼——！”她嘴里咸丝丝的，喉咙喊出了血，她不能让她的亲儿眼睁睁看着她受糟蹋。就在这时，忽然有人扑上来一把抱住了她的腿，一个颤巍巍沙哑的声音，云遮月的声音开口说道：“行行好吧！求求你行行好！她是有儿有女做娘的人啦，行行好给她留点儿脸面——”

“八嘎！”小胡子被这意外的抵抗激怒了，他松开手，回身抽刀，“嗖——”一声，“果子红”的一条胳膊应声飞落在了地上。这条胳膊，刚才还弹着弦子，飞落下去时，细长的五个手指上还套着弹弦子的假指甲。方圆百里，没有谁的手，比这只手更灵巧、更珍贵了。河边最有才情的一只臂膀，此刻，残缺地躺在血泊中，像个假肢。“果子红”长叹一声，仰天笑了，那笑容，有着明眼人所不能了悟的奇怪的澄明和悠远，“果子红”说道：“你呀！你把我吃饭的家什毁了，罢，我跟你们拼了吧！”

说完，他敛起笑容，一头朝那小胡子撞去。小胡子冷不防竟被这凶猛的、决死的一撞撞倒了。“果子红”就像开了天眼一样在最后的时刻看见了这世界，他准确地、一口叼住了小胡子的鼻子，“咔嚓”一声，传来一声狼嗥般的惨叫。枪声响了。接下来十几把刺刀戳到了这手无缚鸡之力的盲艺人身上。他倒在血泊中，嘴里咬着敌人的鼻子。

宝生姐吓傻了，瘫坐在了地上。发了疯的鬼子“呼啦”一下拥上去，眨眼工夫，她的衣裳就成了碎片。几十号人，当着一村人的面，当着她公婆、儿女，当着几十岁的老人、不懂事的娃，当着壮年的汉子、花苞般还没开放的姑娘，当着这些喊她婶子、嫂子、大姐或妹子的乡亲邻里，当着黄土高原最洁净仁义的蓝天白云，开始轮番作践这女人、糟蹋这女人、凌辱折磨报复这女人。这一场折磨，比一百年还长……阳光白亮亮的，像是有一百个太阳，悬在人头上，石湾村人世世代代，还从来没有经历过这样一个让人无法容身的白昼。

等他们再散开时，地上的女人，早已没有了人形，哪里还是那个温顺羞涩的农家媳妇，高原上玉米一样饱满的媳妇？只是一堆污秽不堪的血肉，赤条条的，身上连一丝丝遮挡都没有剩下，一丝丝余地都没有留下。肿胀的一张脸，看不清眉眼五官，只听见她出气的声音，像呼啸一样，尖厉、刺耳，令人惊心。

男男女女，一村人，都把眼睛闭上了。

四　石湾村血案

这一天，六月二十三，马王爷寿诞日，石湾村的女人们，闺女媳妇，二三十号人，被鬼子驱赶进村中花厅院，糟蹋了。

花厅院是石湾村最气派的建筑，明柱厦檐的砖石窑洞，背山面水，依着山势，建在山坡高处，看上去像是窑上叠窑。这家的主人，不是买卖人，也不种庄稼，是行伍之人，行踪不定，原只有一个老娘住在这里，后来老娘去世了，这窑院就一直空着，住着几个看门照户的底下人。当初他家盖这窑院，据说请了几个南方来的石匠、木匠，所以这窑院所有的窗棂门楣上，木雕、砖雕，雕的都是细巧精致的花样：富贵牡丹啦，喜鹊登梅啦，兰花菊花啦，木樨海棠啦，色色都是花事。村里人就把这院叫作“花厅院”。

花厅院，算是石湾村的一个制高点，站在这院里，瞭山、瞭坡、瞭河，甚至瞭得清河心中那块雄奇的“碛”，风光尽收眼底。只是，这一天，河和“碛”都被糟践了。花厅院变成了人间地狱。

这一天，干干净净的石湾村，脏得不成样，污秽得不成样。血流成了河，人血、牲畜的血浸透了黄土。腥热的血气笼盖了村子，几天几夜不散。

猪、羊、鸡、牛，能杀的都让杀了。临走，顺手又点了几座窑院。碗秃家窑院让点了，那几具尸首，都烧成了黑炭。

宝生姐让人抬回家，还有一口气。当晚，这口气，让她挣扎着爬，爬下炕，爬到水缸边，一头栽进了水缸里。那水，是黄河的水，她喝了三十年……她婆婆在那厢，其实听到了动静，却忍住泪没有过来。她婆婆想，“孩儿啊，死吧，死了干净，死了就不遭罪了，死了就能给众人一个交代了……”

这一晚，被凌辱的女子媳妇们，都思谋着寻死，投河的投河，上吊的上吊，好在人们搭救得及时，没再出人命。这一夜，是一个不眠的长夜，一夜长于百年说的就是这样的夜晚，石湾村被女人们绝望的哭声折磨着、煎熬着。到早晨，村里说得上话的几个老人家，不约而同来到了村中心“高圪台院”，去见这石湾村最年长也是最有威望的老人陈卯根。于是，这天清早，七十八岁的陈卯根老人出现在了石湾村血污未干的村街上，手里拿着一面平素里戏台上用的铜锣，身后跟着那几个苍苍老者。陈卯根一边走，一边“咣——”地敲响了铜锣，锣声远远划破了河面上的雾气。他用苍老沙哑的声音仰天喊道：“日本鬼子来了——是糟了天年，乡亲们大家——不要怪见——”

一语喊罢，他老泪纵横。

那一天，他爬坡下沟，走遍了石湾村，一边走，一边敲，一边喊。他用他七十八岁的老脸，为那些受凌辱没有勇气没有脸面活下去的女人们，恳求着世人的宽宥。

五　鲍仇出世

“白露”过后，起场的日子到了。

这一个夏天，宝生变了不少，人壮实了，性子也开阔了，话也多了。性子一开阔，眉眼也变得宽展疏朗。伙计们开着宝生的玩笑，说：“宝生呀，你发财了，回去小心‘姑娘场’里的姑娘们，掏空你的身子，再掏空你的钱褡子！”

宝生笑而不答，心想，你当我是你们哩。

党参、黄芪，还有蘑菇这些山货，都叫他装进了来时装粮食的口袋里，捆扎结实。那宝贝大茯苓则背在他自己身上。这些宝贝呀！他抚摩着口袋，骄傲地微笑。有经验的驼工们给他估算过，这些草药、山货，差不多能淘换回半峰骆驼了。照这样干下去，明年再干一个夏天，兴许宝生就能有一峰自己的骆驼。“宝生呀，”四喜叔含着烟锅子对他说，“山神爷另眼看顾着你哩，你可要知足。”

宝生知足。他不贪心，他不急着要自己的骆驼，他只要够给姐打一对银镯子，给姐的公婆各扯一件衣裳就心满意足了。剩下的钱，给外甥子们买些点心冰糖，若还有富余，就把它们一分不剩当着姐的面都交给姐夫，也算他们收养他一场的报答。

不知不觉，宝生变得宽厚了，心里有了地方，念起高家的恩情。高家对宝生是有恩情的呀！到底没让一个七岁的孤儿，讨吃流浪，流落他乡，或是落到人贩子手里，从此和姐天各一方。不管怎么说，苦也罢，委屈也罢，他们让他和姐厮守着长大了，让姐把他亲着、疼着疼了这么长远。宝生这样想着，眼眶子就发热了，心变得很绵软，像被太阳照暖的一池山水浸泡着。

碛城可真是热闹。在深山里钻了三个多月，猛一回来，不由得让人想起那句老话，“山中方一日，世上已千年”。人走在狭窄的街上，喧嚣的市声像河浪一样一涌一涌，涌得人东倒西歪，几乎站不住脚。一连几天，宝生忙着出手他的山货宝贝，忙着跑银楼、逛布店，晕乎乎的，乐陶陶的，吃醉了酒一般，乐过了头。在银楼里，他拿不定主意，该选个什么款样，左思谋右思谋，正在为难，只见一个女人，水一样荡进来，说："掌柜的，取镯子。"

这女人一看就知道是"姑娘场"的，解放脚，穿一双绣花鞋，满鞋帮绣的是秋海棠，猩红欲滴。虽说已是过了"白露"的节气，身上却仍然是一件单洋布衫，袖口宽宽的，倒是素净的月白。她站在那里，不声不响，并不张扬，可银楼却分明变得逼仄了，逼仄得让人气都喘不均匀。镯子取来了，她随手套到了腕子上，试着大小。是一种绞麻花的银镯。银镯在她水葱似的腕子上上下滑动，指尖涂了凤仙花，也是滴血的。她随意一抬手，霎时，满屋子波光潋滟，风生水起。

宝生的心扑腾扑腾一阵乱扑腾，像囚了一林子的鸟。

宝生就选了这种绞麻花款样了。他把镯子揣在怀里，迈过银楼的高门槛，站在秋阳下面，宝生忽然觉得有些心虚，给姐买了和这种女人一样的东西，这是怎么说？

知情的人，看宝生这样快乐地忙活，都不忍心告诉他实情。东家、掌柜、伙计，就连一块"下场"回来的生死弟兄们，现在也都知道那惨事了。没人再开宝生的玩笑，私底下，倒觉得还真不如让"姑娘场"的姑娘们掏空他的钱褡子好受些。四喜叔望着他春风得意一门心思奔光景的背影，告诉众人："让这娃再高兴两天吧。"四喜叔这是第一回叫宝生"娃"，他知道，这两天的高兴、欢乐之后，这娃，这苦命的娃，一辈子也不会再高兴了，永辈子也不会再高兴了。

东西置齐了，镯子、布料、冰糖、炉食、枣鼓仙，吃的，用的，一样也没落下。还专门到“祥记烟草行”买了两包“洋旱烟”，一包“单刀牌”，一包“大婴孩”，是预备让姐夫年节款待亲朋的。东西扎裹停当，该背的背，该提的提，跟东家告了假，临出门，四喜叔叫住了他。四喜叔对他说：“宝生啊，听没听说过那句话——‘山中方一日，世上已千年’？”

“听说过呀，”宝生点点头，心里却有些犯疑惑，“叔，咋想起问我这？”

“不咋，”四喜叔在窑墙上猛地磕了磕他的烟袋锅，“听说过就好，咱在山里钻了这些日子，谁知道这人世上有多少料想不到的事？叔是提点你一句。”

这话，让宝生心里一咯噔，可他的心让快乐塞得太满了，没有地方装别的东西，哪怕是先知的启示。他快乐得像匹青春的骏马撒欢出门，身后，十几双弟兄们的眼睛，怜惜地望着他渐渐远去的背影。

后来，宝生想，从天堂到地狱的路，原来只有不到八里。

他差一点儿认不出石湾村，烧焦的大榆树、大火熏黑的街墙、坍塌的窑院、空气中弥漫的哀伤，满街上，狗不见一条，猪不见一头，连鸡也不见一只，像走进了荒村，像走进了鬼村。宝生腿软了，忽然想起了四喜叔的话：山中方一日，世上已千年。他心慌得要命，拔腿朝家里跑，一边跑一边拼命喊叫："姐！姐——"窑门开了，院门开了，姐夫、外甥外甥女迎出来，姐的公公婆婆，两个老人家，也迎出来了，唯独没有她，宝生最亲的亲人，这世上，独一无二的那个亲人。然后，他就看见了，外甥和外甥女，都戴着重孝。恐惧就是在这一刹那像最黑最深最绝望的黑夜一样把他吞没了。

河对岸，是边区。

这一天，边区招募新兵，一个风尘仆仆、脸色阴沉的年轻后生来到了报名的地方。穿军装的文书，戴眼镜，毛笔字写得很流畅。文书捏着羊毫，问年轻后生："叫什么名字？"

"报仇。"

"鲍仇？"这文书是南边人，不大听得懂黄土高原上的土话，"哪个鲍？哪个仇？是'丰鲍史唐'的鲍吗？鲍参军的鲍？"

后生不识字，也没有背过《百家姓》，他当然是要"参军"的。他重重地点头。从这一刻起，这世界上，就没有"常宝生"这个人了，从这一刻起，一个叫"鲍仇"的人出生了。枪杆子握在他手里的时候，他忽然想起了"山气"那一声长叹，

“咳，这世道——”是，现在他终于明白了，这世道需要的是更有劲的东西：以血还血。

六　奥州的耕夫

一只饥饿的鸽子，在废墟上空盘旋。从前，炮火毁灭它之前，这里——闸北三义里，是它的家园。它飞，飞，再也飞不动了，差不多是倒栽葱似的栽了下来，冷漠地等待着死亡来把它带走。

一个人走在了死亡的前边。他双脚停在它身边，救起了奄奄待毙的它，喂它水，喂它面包屑和饭团。这鸽子，它不知道自己是幸运的，多少生灵死于战火、饥饿的时候，获救的小小的它被当作了某种象征。后来，它被这个救它的人漂洋过海带到了一个叫“大阪”的地方，这个人，显然是个理想主义者，他希望它能在异国他乡幸福地生活，并恋爱、生子。可是这只闸北的鸽子，却一直是孤独的，对家乡故土同伴的想念，使它郁郁寡欢。它没能等来爱情，也没能完成使命，第二年，它就死了。那个理想主义者非常遗憾，他把它埋葬在了自家院子里，并为它立了一个木头的墓碑，上面写着三个字：

三义塔。

这个人就是大阪人西村真琴博士。而这只来自三义里的鸽子，被鲁迅先生比作填海的精卫。

日本昭和十六年，1941 年，一个叫吉田耕夫的年轻人被征召入伍。他和他的同伴在海上航行了七天七夜之后，抵达了中国的旅顺港。远远望见陆地的那一刻，他心里就咏叹般地回响起一句话，“你不要死去”。

你不要死去——是女诗人与谢野晶子一首著名的诗歌，副标题是“为包围旅顺口军中的弟弟而悲叹”。现在，旅顺口就在他们眼前，在他们这些青春的、热血澎湃的生命面前——又轮上他们了。轮上亲人们为他们悲叹：你不要死去。

此刻，这些青春而狂热的年轻人，望着他们即将踏上的别人的国土，即将到来的杀戮和牺牲，激动地唱起军歌：

越过高山，尸横遍野；
越过海洋，尸浮海面；
为天皇而死，视死如归……

雄壮的歌声把一群围着轮船盘旋的海鸥都惊散了。只有吉田耕夫和这狂欢格格不入，这一路上，他就和他们格格不入。他的嘴里发不出这样激昂酷烈的声音，那些激昂的、酷烈的声音，像大风，把他心里的声音吹得飘飘摇摇，那是一个柔软悲伤的女声：

> 啊，弟弟啊，我为你哭泣，
> 你不要死去！

刹那间，他的眼里涌出泪水。

这是他的祖国，这个悲伤缠绵、柔情似水的声音，才是吉田耕夫的祖国。

吉田的家，在福岛，那是被人称为“奥州”也叫“陆奥”的东北地区，到处是火山、温泉和美如仙境的湖泊，到秋天，红叶把群山映照得就像点燃了的熊熊山火。从前，象征文明世界的“白河关”就设在福岛的南边，而白河关以北，一路北去，就是文明抵达不了的“狭路”。这种比喻让幼年时的吉田耕夫常常以为，“文明”大概是种特别肥胖的动物，所以“白河关”挤不进它臃肿肥胖的身体。后来，长大后，有一度他迷恋诗歌，也喜欢偷偷写诗，他写的第一首诗的题目就叫“文明是个特别肥胖的动物”，写他对家乡的眷恋。那时，他已经是东京某医学院一年级新生了。

隔绝南北世界的“白河关”早就不存在了，但是和东京这样的都市比起来，东北仍旧是一条现代文明无法深入挺进的“狭路”。那里的河谷，仍旧是传说中“河童”出没的地方，那里的山林，仍旧藏着那些不知何时就会和你遭遇的雪女、山姥、山男这些妖异。那里仍旧要在炎炎夏季举行盛大仪式驱赶睡魔，那里有一个岛，是新年妖魔“生剥”的家乡，除夕之夜，男人们头戴面具，身披海草，手执出鞘的铁刀，嘴里发出“嗷——嗷——”的怪叫，敲开家家户户的大门，一边祈祷来年的丰收，一边要厉声发问：“家里有没有不听话的孩子？”

三百年前，松尾芭蕉游历东北，写下了不朽的篇章《奥州小道》，他笔下北方神奇不朽的美丽和宁静，那些沃野、山峦、村庄、河流、幽静的禅院、与美景浑然天成的插秧少女、雨里的花朵、声声入心的蝉鸣，这些是耕夫心中日本的象征。在喧嚣的东京，在战争到来的狂热骚动的前夜，耕夫尤其感到了和这帝国心脏的隔膜。耕夫从小没有父亲，他在女人们的教养中长大，家里的几亩田地，在父亲死后就被变卖了，母亲和两个姐姐，用卖地的钱经营起一家小小的温泉旅馆。那旅馆，朴素无华，却细致洁净，处处流露出女人的细心。母亲和姐姐们，就是靠着这小小的旅馆，含辛茹苦地将这唯一的儿子、弟弟抚养长大，养成男子汉，出“白河关”，南下东京读书，刚刚毕业，做了一名见习医生。然后，送他去往别人的土地上，杀人或者被杀。

两个姐姐，一直没有嫁人，特别是大姐，她的美丽聪慧远近闻名，为了养家，她从中学辍学时所有的教师都为她惋惜不已。如今，她三十二岁了，细细的鱼尾纹已经爬上了她美如凤目的眼角。她最美的岁月，最娇媚妖娆的岁月，已经悄悄逝去了。她盛开然后兀自凋谢，就像一棵寂寞的樱树。耕夫曾经有过冲动，他想毁掉自己的手，这样，他就能逃避征召了。可是，毁掉他的手，也就毁掉了他作为一个外科医生的前程——他的理想是做一个出色的外科医生。就在他犹豫的时候，结局到了：入伍通知书寄到了他手里。

大姐特地从福岛赶来为弟弟送行。这是她平生第一次离家来到这么远、这么繁华的城市。他们只有一小时见面的时间，就在军营外面一个小广场上。这一天是5月5日，传统的男童节，东京上空飘扬着无数面鲤鱼旗。鲜艳的鲤鱼旗让大姐禁不住热泪盈眶。她从行囊中掏出用菖蒲叶包裹着的甜米糕让弟弟吃，这是每一个男孩子在男童节这天必吃的美食。耕夫本来想说："姐呀，我已经二十四岁了，不是小男孩儿了。"可是看着姐姐殷切忧伤的眼睛，他咽下去了这句话。他剥开了菖蒲叶，一下子，糯米和红豆的清香扑面而来，童年和陆奥的气味、难舍难弃的家乡的气味扑面而来，他的脸白了，他抬起眼睛说道："大姐，以后，母亲就拜托你们了，我——"

大姐伸出一只手捂住了他的嘴，那只手，在初夏的天气里如同冰一样寒冷。大姐的脸，突然严峻得如同一个石像。她慢慢从怀中掏出一样东西——一个锦囊，抽带的小锦囊，又从锦囊中取出一小卷折叠得整整齐齐的白绫，她说：“打开它。”

耕夫接过来，打开了，上面密密麻麻写满鲜红夺目的字迹。

“你念给我听听。”大姐说。

耕夫开始念：

弟弟呀，我为你哭泣，
你不要死去！
你是咱家最小的弟弟——

耕夫震撼了，这是日俄战争时与谢野晶子那首著名的诗歌《你不要死去》，姐姐把它一字一字用血写到了白绫上，用她浓艳的亲人的鲜血，悲情万里的鲜血，怪不得它们红得这样怪异，这样令人惊心。耕夫的声音颤抖了：

双亲何曾教你紧握利刃，
为了杀人到前线去？
双亲把你养育成二十四岁，
哪里是为了你先杀别人后葬自己……

他读不下去了。

“耕夫！”姐姐的声音斩钉截铁，像要把这些话钉进他心里，“你要起誓，你不能死，我绝不让你死！”

“哈依！”耕夫热泪滚滚，“我起誓，我一定不死！”

姐姐把这只装了血绫的锦囊，挂在了弟弟脖子上。其实，他们心里都清楚地知道一件事，对一个就要上战场的人来说，死比活下来容易。

七 吉 一 刀

越过高山，尸横遍野；

越过海洋，尸浮海面；

为天皇而死，视死如归……

他们就是唱着这样的军歌挺进到了大陆的深处，踏着成千上万的尸骨。死死死，可是耕夫不能死。

一年后，在一次对八路军根据地的大扫荡中，吉田耕夫神秘地失踪了。是阵亡还是被俘，或是被暗杀，没人说得清楚。一直到第二年、第三年，仍旧没有他的下落。那时，他家乡的母亲已经在对他无望的思念中生病去世了，他在福岛的姐姐，终于在第三年冬天，一个大雪纷飞的早晨，接到了军方的通知，他被正式列入了失踪者的名单里。

北方山区，某所八路军后方医院，却多了一名非常杰出的外科医生。他医术十分高明，经他的手，不知救活了多少濒危的重伤员和重病号，人送外号“吉一刀”。这个“吉一刀”，对工作舍生忘死，热爱那些血淋淋溃烂的伤口、残缺的肢体和器官，热爱那些冷冰冰的金属器械：刀、剪、止血钳，他纤细敏感的双手摆弄这些冷酷的玩意儿和血肉模糊的肢体，就像抚摩恋人一样温柔多情，而对真正的活人，他却不苟言笑、严肃、冷漠。

伤员和病人很信赖他、尊敬他，也没人计较他的冷漠和严肃：一个日本人嘛，说不了中国话。大家把他的不苟言笑理所当然地归结到了不会说中国话这个理由上。一年又一年，他的中国话其实已经说得很不错了，可他仍然沉默寡言。

他秘密投奔到八路军根据地之后，第一次公开了自己真实的身份——日本共产党员。这是一个连姐姐、母亲这些至亲的亲人都不知道的秘密。作为一个共产主义者，他是没有国界的，他亲眼看到自己的同胞怎样在别人的家园作恶，烧杀抢掠，一个共产主义者怎么能做军国主义和侵略者的帮凶？他别无选择。这是他背叛自己族群的唯一理由——为了信仰和正义。但是，他无论如何没有想到，“背叛”原来竟是这样痛苦，不管是为了多么高尚正义的理由。

是，他别无选择，因为，无论怎样选择他最终都是一个背叛者，要么背叛信仰，要么背叛血脉相连的族群。

他忘我地、狂热地工作着，每当他治愈一个伤员，他们在重返战场前向医生护士告别并道谢时，人人兴高采烈，嘴里说“多杀几个敌人”，他心里总是一沉，他治好了他们，救活了他们，可以让他们去杀敌了。那敌人，是他的同胞，也许是他东京的同学、同事，也许是他冰天雪地的陆奥乡亲，还有一个姐姐、母亲，或者是恋人，在等他回家。

一次，医院送进来一个被俘的日本士兵，是一个军曹，被地雷炸断了一条腿，他是在昏迷后被俘虏的。他的伤口感染得很厉害，发着高烧，人始终昏迷不醒。高烧使他一直说着胡话。耕夫很震撼，他一下子听出了那是乡音——久违的、福岛县的口音。他听他用福岛话高声叫骂，大喊冲锋，更多的时候，则是不住口地叫着一个名字，“弥生——弥生——”和这个弥生说着一些没头没脑谁也不知底细的话。“三月呀？三月十八日吗？太美了！”“月轮渡？哈依，我知道了，为什么要去阿武隈川？真热呀！弥生，真热呀，真热呀……”他默默听着这些无人能懂的谵语，他熟到骨缝里的乡音，强忍着，不让自己掉下眼泪。

他给他做了截肢手术，却仍然没有救活他。伤口感染引起了全身的败血症，那是无药可救的。三天之后，他死了。整理他的遗物时，从他贴身的衣袋里，掏出一张和服少女的照片，耕夫一眼就认出了他家乡少女那种特有的、淳朴的娇羞和干净。他想，这一定就是那个弥生了。

这张照片，他仍旧放进了死者的衣袋里，紧贴着他的胸口，他的心。耕夫想，就让这个姑娘陪伴他吧，陪伴他留在这片被他蹂躏践踏又夺去他生命的陌生土地，这是他能为一个同乡做的唯一的事情。

他非常难过。

有一天，医院又送进来一个日本战俘，是一个少佐。他的肚子被子弹打穿了，需要立刻手术。那天，是耕夫主刀，在麻醉之前，他用日语向他解释了几句手术事宜。俘虏突然发问："你是日本人？"

"是。"他犹豫一下，还是诚实地回答。

那个俘虏，那个少佐，陡地变了脸色，他挣扎着用力一滚，竟滚下了手术台，血突突突从伤口里朝外涌，像一眼血泉。他大口大口喘息着，鄙夷地瞧着耕夫，说道："走开！别拿你的脏手碰我！"

耕夫试图靠近他，他拼命狂喊、叫骂、挣扎，血在他身下奔涌着流成了小河。渐渐地，他的叫骂变成了呻吟和呓语，等到人们手忙脚乱再次把他抬到手术台上时，已经晚了，他因失血过多而死。他宁愿这样流尽鲜血也不愿让一个族群的叛徒来拯救他的生命。

这已经是1945年，一切就要见分晓了。苏联红军出兵东北，美国的原子弹扔到了日本国土上。日本已是一片焦土了。在最后的日子里，裕仁天皇写下了这样哀伤的诗句：

冬天的白雪犹如
五月绽放的樱花，
无情的时光
将两者磨灭。

日本投降了。中国人万众欢腾喜泪狂流地迎来了这一天，而在日本，这一天也是泪流成河。血也还在流，有人因为战败切腹自尽。为这样一个结局战斗了这样长久的反法西斯战士、共产主义者吉田耕夫，这一天，在中国人狂欢的时刻，却突然比任何时候都更强烈、更深刻、更切肤地感受到了作为一个大和民族子孙的悲伤。他身上流着日本的血，但他不知道，悲恸的日本还要不要他的眼泪。

姐姐送他的血绫，藏在锦囊里，像护身符一样挂在他脖子上，紧贴着他的胸口，贴着他的心。这心，怦怦怦跳着，多么幸运：他活下来了，遵守了誓约。但是他感到了这誓约的轻。他滞留着，一天又一天，一年又一年，他身上的军装，从八路军换成了解放军的。他跟着部队、跟着医院转战南北，走出太行山，渡过了黄河，再后来，长江都过去了。百万雄师过大江的壮丽奇观，让他激动，一个理想在眼前就要成为现实的美好愿景，让他激动。他想，这多么好啊，就这样活在理想之中吧。他又想，不要回头，不要回头，不要回头，有些人生来就是要背叛自己的族群的，这就是命运，没有办法。

他滞留着，不回头。因为他不知道该怎样面对那一片焦土，他的河山，他神奇美丽的陆奥，他的日本。

八　谁拾掇好了我

这一天，一个血肉模糊的重伤员被抬进了手术室。他是被敌人飞机空投的炸弹炸伤的，炸弹的碎片像匕首一样插在了他的肺叶里，情况十分危急。手术是耕夫亲自动手做的，除了这个致命的伤害，他身上，还有其他大大小小的伤口不下十几处，耕夫差不多是把这个炸零散的人重新连缀了起来。手术一连做了八小时，人人其实都已不抱希望，那些手术台前的护士和助手背着耕夫互相摇头。耕夫自己其实也没有任何把握，只是，他不放弃。

手术十分完美。

一天一夜后，病人从麻醉的昏迷中睁开眼睛，却又立刻陷入在术后吸收热和感染的高烧之中。没有特效药，他在高烧中挣扎，就像一只小船在滔天巨浪中颠簸。耕夫站在他的病床前，默默望着他，在心里对他说："现在看你的了伙计。”

十天后，这只挣扎颠簸的小船靠岸了，他渡过了手术后最可怕的感染关。这个人，可真坚韧啊。打不死拖不垮说的就是他，刀枪不入说的也是他。他好像不是血肉之躯，而是一具铁打的身子。他颠簸着活了过来，创造了奇迹。他们俩共同创造了奇迹。人们惊叹着他的复活，也惊叹着那神迹般的医术。他清醒过来后对护士说的第一句话就是：“谁把我从阎王那儿拽回来的？”

“吉一刀！”护士骄傲地回答，“除了他谁还有这本事？”

第二天，耕夫来为他换药、检查伤口，他对耕夫说道：“听说是你把我拾掇好的？”

“是，”耕夫回答，“你还真不好拾掇。”

这个叫鲍团长的人，忍着周身的疼痛龇牙咧嘴地笑了，他说：“你真有本事，能让人二世为人。不像我们，只会打仗杀人。”

他没说“谢”字。这个字太轻。一个“谢”字怎么能担得起救命的大恩义？他知道，从今往后，他过的每一天，每一个日子，都是这个人给的。这份恩情，他要背负到死。

他不是个聒噪的人，惜话如金，这番话对他而言已经算是长篇大论。他躺在病床上，很安静，甚至，比昏迷时还要安静。昏迷时他还有过不自觉的呻吟、喊叫，清醒过来他就成了一个没嘴的人。这异样的安静，让看护他的护士很担心，也不习惯，这静默是有重量的，沉甸甸的，让她呼吸不畅。于是，她忍不住会小心翼翼发问：“你疼吗鲍团长？”

他总是对她笑笑，摇摇头。

但她知道他一定是疼的，没有特效的消炎药、止痛药，一个血肉之躯和如此惨烈的伤口搏斗是惊心动魄的，她见过太多太多，她听过从疼痛的身体里发出的非人的惨叫，那惨叫甚至让她有过作孽的想法：老天爷，让他死吧，别再折磨他了！这样的时候这个脆弱的姑娘就觉得自己不是一个合格的好护士。可面对一个如此隐忍沉默的病人，她仍然觉得自己是不合格的。

“鲍团长，疼得厉害，你就喊叫吧，这里离大病房远，没人听得见——”有一天，她给他换药时终于忍不住对他这么说。

他没有喊，瞧着她，突然没头没脑说了一句：“你真像一个人。”

她有一张圆圆的、饱满的脸庞，洒满阳光，明亮、温暖、干净，像田地里寻常却好看的果实。这是他死里逃生重返人世睁开眼睛后看到的第一样东西，他最软弱无助的时候看到的第一样东西，那么美好，几乎让他产生错觉。他差点儿脱口喊出一声来，要不是那个称呼太重、太大、太珍贵，十年来在他心里山一样生了根，它也许就冲口而出了。这让他从此以后对这个姑娘有了一种不同寻常的感觉，觉得她……亲。

这姑娘姓高，叫高暖，人人都叫她小高，其实她是个矮个子，一笑，两只深深的酒窝。小高没有想到这沉默的人竟蹦出这么一句话，惊愕地望着他，问道："像谁？"

他没有回答，阴云笼罩了他，他血肉的脸渐渐又变成了冷硬的石头。她没有再问，一定是一个伤心的故事，她想，是他的恋人吗？这叫她隐隐觉到了不安。现在，笼罩着他们的沉默中，不知不觉，有了一点儿暧昧。小高借故走出了病房，来到院子里，山风吹着她的脸，是南方的风，温婉、缠绵、青翠欲滴，不像她北方老家的春风那样浩浩荡荡，她这才觉出自己的脸很热。

从这天起，他们两人独处时，小高变得很爱说话：她决心要驱赶走那让她不安的静默。她一个人，自说自话，换药的时候，打针的时候，喂他吃饭喝水、扶他下地走动的时候，她的话，东一榔头西一棒子，像乱流河。这一天，她说："这里真绿呀，才刚刚三月，就这么绿，这要到五六月份，真就要绿得化不开了。鲍团长，听口音，你也是北方人吧？你也没见过这么绿的三月是不是？可惜呀，六号病房32床的那个战士，还是个孩子呢，十七岁，再也看不见春天了，他的一只眼睛让刺刀扎伤了！送他来那天，吉医生刚好不在，是——嗯——是别人给他做的手术，感染了，没办法，只好把另一只眼睛也摘除了。所以说啊，送到我们这里来的伤员，能碰上吉医生，是最大的幸运啊……”

再一天，她又说：“鲍团长，今天16床的王营长出院了，跟大家告别……可惜吉医生不在，这几天他有一个重要任务出去了，王营长很难过，那是当然的呀，王营长的手术也是吉医生做的，做得真漂亮啊，吉医生的手，简直是神手……”

就像水流千遭归大海一样，她的话，不管怎样开头，到最后，都不知不觉流向同一个去处，同一片汪洋。那是一个能容纳她一切幸福的地方。她细细的眼睛，这时盈满春水，她的声音也像是沉在水里被水泡得绵软。鲍团长，鲍仇，明白了一件事，这姑娘原来喜欢上了那个“吉一刀”。

战争、死、血污、被炸弹炸成零碎或被刺刀捅穿眼睛，无论多么残酷，多么惨烈，都不能阻挡，一个姑娘破土而出的恋情。鲍仇深深感动了，他想：“那小子可真有福分哪！”可是他觉得心里有什么东西开始缓慢地往外流，流，心好像也要随这东西流走了，那是不舍，他深深地、眷恋地望着这个善良的姑娘，像离别一样不舍。

“你们快结婚了吧？”他突然打断了她的话，“什么时候吃你们的喜糖？”

她愣住了，这猝不及防近似粗鲁的提问，让她不知道怎么回答，她脸红了，说：“你说什么呀鲍团长，仗还没有打完，全国还没有解放呢，哪能考虑个人的私事？”

这一年，吉田耕夫三十三岁了，一个三十三岁从战火硝烟中走来的男人，心深似海。十九岁的女护士是估量不出那心的深度的，所以她更想把自己当作一块石头投进那海中去探底。

起初，她并不知道他“国际战士”的身份。他的中国话已经说得很流利了，有一点点南腔北调，但是，在部队这样一个五湖四海汇聚的地方，南腔北调又有什么奇怪呢？那时，她刚刚参加部队，因为读过初中，有文化，就被送去参加了一个护士的培训班，三个月后，被分配到了这所野战军医院里。

第一天，她就赶上了一个腹腔的大手术，她站在手术台前，双腿打着哆嗦，几乎要虚脱，她没有想到人的五脏六腑袒露出来原来是那么丑陋、荒诞！而且，她也没想到血也会冒泡。“止血钳。”主刀医生头也不回地伸出一只手，她惊慌失措递上去的是一把剪刀。主刀医生一看剪刀，回头愤怒地瞪了她一眼，说了声：“出去！”

这个主刀医生，就是耕夫。

她哭得很伤心，第一天上阵就让人轰下了战场。傍晚，耕夫来找她了，耕夫说：

“听说这是你当护士的第一天？”

她没说“是”，也没说“不是”。她望着这个严厉的、严肃的、毫不留情面的医生，说了一句：“我不是害怕，我是觉得，人的内脏，太丑了。”

这个回答，显然让耕夫感到了一点儿意外和有趣。

“是啊，所以神才不让它们暴露在外面。”耕夫这么说。他是从不开玩笑的，这是破天荒一次，“能够看到它们的人，是神信任的人。”

无论从前还是后来，高暖都没有再听到，有人用这样的语言来形容外科医生这个充满血污的职业。她很感动，她说：“吉医生，你放心，不会再发生那种事了。”

就是从那个晚上起，她立志做一个世界上最好的护士，不辜负这信任：神的，还有，这个严肃的男人的。她很快就发现了这个男人的神奇，他创造了一个又一个起死回生的神迹。神信任他，她想。这里的人，一个军的人，上上下下，人人都十分尊敬他，但是他不快乐。以她十九岁涉世不深的眼睛，也能看出他不快乐来。

有一天，他们在三汊河边遇见了。那时他们的野战医院刚刚转移到这山里不久，傍晚，她去河边收晾晒的床单衣物，他刚好也在收自己的衣服，那些衣服，让他洗得很干净，一个男人能把衣裳洗得这样干净，让她暗自惊讶。她不由得脱口说出一句话：“吉医生，我们护士班的战士，为了你，打赌来着。”

“为我？打赌？”耕夫有些惊讶，“赌什么？”

“我们赌你到底有没有……爱人。”

他笑了，望着她，随口问："你呢？你赌我有还是没有？"

"我不知道，"她老实地回答，"不过，我对她们说，我希望你没有。"

他愣了一下，这个姑娘，默默地望着他，那眼睛，温柔如水，却有一种沉静的执拗，让他产生错觉，多像他家乡姑娘的眼睛。他心里一揪，痛了一下。深秋的季节，河水变得清冽，山林里传来他熟悉的杜鹃的哀鸣。他想起一句和歌，"山鸟哀哀鸣，思念父母亲"。这里有哪个姑娘能和他这样一起思念呢？思念那片魂牵梦绕却又不敢面对的土地？或者，假如，仅仅是假如，有一天，他想回家了，可以回家了，又有哪个姑娘能抛开这里的一切，和他同行？

香草般的姑娘啊，他几乎是凭吊般地想，不是他的。

他笑了："你可以告诉和你打赌的人，等世界革命胜利了，我会请她们吃喜糖。"

她仍然还是不知道，他有没有爱人，她只是更深地感到了，他是不快乐的，尽管他说的是光明的豪言壮语。他眼睛里有一种忧戚的神色，这让他像一个诗人。

这天，她去军部办事，碰上一个一同参军的小老乡，小老乡在军部做文书的工作。小老乡问她说："嘿，怎么样，国际主义战士好不好相处？"她听不明白，说："什么国际主义战士？"

"你的首长，吉一刀啊！你不知道他是日本人？"

天！原来他是个国际主义战士，原来他是个日本共产党员！怪不得呢，她想。她一下子觉得自己明白了他忧戚的缘由，他不快乐的缘由。她几乎是一路狂奔回到了野战医院，当她气喘吁吁来到耕夫面前时，她的心狂跳不已，她望着他，说了一句：“您太像一个人了——小林多喜二！”

那是她知道的唯一一个日本共产党员。

九　妩媚的微笑

天气一天一天热起来，鲍团长能下地了，能拄着拐杖到囚室似的病房外四处走走了。果然，这里真绿啊，四周的山，绿得密不透风，山上的树，也大多是他叫不出名字的南方的树。到处是竹林，他们的医院，被竹林三面包围着，怪不得他们天天都能吃到新鲜竹笋。

山根下，有一条河，河水也是绿的，是让林子给映绿了。别人告诉他，这河也没个正经名字，就叫个三汊河，也不知道它到底在哪里分汊。河边长满野草，草丛中点缀着野花，五颜六色，仔细看，竟也有老相识，不知道这里人叫它什么，在他的老家，都叫它山丹丹。鲍仇望着它们，想起了遥远的、远如前生的岁月，竟出了一会儿神。

河边，有一块状如龟背的大石头，洁白干净，常常有人在上面晾晒衣裳。这天，鲍仇远远就看见小高好像在石头边寻找什么。他拄着拐杖过去，拐杖“咄咄”的声音居然没有让她抬起头来。他只好咳嗽一声，说：“找什么呢？”

小高吃惊地抬起头，看见是他，笑了，说：“能走这么远了。”

“我要是敌人，抓你这个舌头，可太容易了。”他的话虽是开玩笑，却有着真的担心。

“这里是后方啊！”小高笑得很无辜，很天真，带着一点儿狡辩，这一刻她就像个黄土高原上娇憨的、不懂事的小女子，她笑吟吟地望着鲍仇，说道，“鲍团长，你认识草不认识？”

“草？”鲍仇这才看见，她手里握着一大蓬野草，双手都让草汁染绿了，好闻的草腥气，他熟得不能再熟的气味，在阳光下翻腾着，就像酒香，“认识呀，你找啥草？”

“忍草。”她回答。

“忍草？”他摇摇头，“没听说过。”他朝脚下的野草望过去，“你还别说，这里的草，也和咱北边的不一样，好些叫不上名……哦，这是香茅，这是蒿子，野艾蒿，这有些像咱们的猪耳朵，荒年里是救命的东西。这是茵陈，这是线叶菊，这好像叫雷公根，”他用一只拐杖指点着，“忍草？没听说过，是不是名字叫得不一样？”

“不知道，”小高摇摇头，“吉医生说，在他们老家，人们用那种草染衣服。他们老家有一块大石头，和这块石头有点像，叫染衣石，就是专用来搓草汁在上面染衣服的，那石头是灵石，你想哪个亲人了，就拔下些麦草叶，在上面搓，搓着搓着，你就能看见你想见的那个人……”

“真的？”鲍仇很惊讶，“还有这种石头？好稀奇！吉医生老家在哪里呀？”

“远着呢，福岛，在日本。”

“哪里？”

“日本。”小高回答，“哦，你原来不知道啊，吉医生他是日本人。”

“日本人？”

四月的阳光仿佛砸下来一样，砸到鲍仇头上，他蒙了。

两天前，也是中午，午饭后，难得有点儿空闲，耕夫一个人来到三汊河边洗衣服。太阳将河水晒得又暖又香。他正洗着，一个人蹲下来，把他手里的衣服抢过去了。

是高暖，小高。

他坐下来，坐在那块洁白干净的大石头上，默默地看小高洗衣服。流水的声音汩汩的，很响，水很香，四周的草、树叶、竹林，都是香的。草香是耕夫最喜欢的一种香气。世界真静。他忽然就对小高说起了忍草，他家乡的草，古时候人们用它来染衣服。

我老家——福岛，有一个村子，叫信义村，也叫忍村，那里有块巨石，有一丈多长，人们就在那块巨石上用忍草搓染衣服，所以那石头就叫染衣石……染衣石不光能染衣服，大概它吸纳了太多衣服上的人气，天长日久，它就成了一块灵石。你想念一个远处的亲人，就到田里去摘一些麦草，在石头上搓，搓啊搓啊，你思念的那个亲人，就在石头上浮现了……三百年前，松尾芭蕉来到忍村，听说了灵石的故事，写下了一首汉诗：

少女拔秧苗，
动作多灵巧，
不禁思往昔，
染布搓忍草……

他的声音，轻轻的，慢慢的。小高觉得，他好像不是在说给她听，他是在说给风听、水听、云听、草木万物听。她也不知道那个芭蕉是干什么的，但是她不打断他，也不提问。这就是这个女孩儿最珍贵的地方，她和风、水、云、草木万物一样，会用整个身心听，投入地听。但是他戛然而止，迷茫地望着暖而香的河水。许久，他转过脸，碰上了高暖怜惜的眼睛。

“吉医生，你是想家了吧？”她轻轻地说，“你是想回家了吧？”

他深深地望着她，说了一句她不懂的话：“你说我还回得去吗？”

这话，她琢磨了一生，她用一辈子的时间去琢磨那话中的无奈和怆痛。

后来发生的事，没有任何人能说得清楚，想得明白。

那一天，鲍团长突然无端发烧，这让值班的护士和医生紧张又迷惑不解。起初，还以为是他身上某个伤口出了问题，可是并没有检查出什么异兆。傍晚时分，他的热度越来越高，用了很多的办法也无法让他的热度降下来。这无名的高热不知隐藏了什么样的危险，人们很担忧。终于，吉医生也被惊动了。他刚刚走下手术台，为一个伤员从颅脑中取出了积血。他很疲惫。吉医生匆匆走来时，病房里没人，高烧让鲍团长昏昏欲睡。吉医生轻手轻脚摸摸他的脉搏，鲍团长一下子睁开了眼睛，耕夫看见了一双血红的血眼。

他身上，所有的伤口，拆了线，都愈合得很快，很出色，除了左腿关节上一处无法取出的弹片之外，他几乎是耕夫无可挑剔的一个杰作了。耕夫细细地查遍了他的全身，没有发现什么隐患，他放了心，对他说道：“没事老弟。别想太多，别急，好好睡一觉就好了。”

他转身要离去的时候，鲍仇突然开口说话了，这是这一个下午他说的第一句话，发烧使他声音颤抖，他说：“你是日本人？”

“哈依。”他脱口回答，转身而去。

这一声“哈依”，就像一根火柴，点燃了愤怒的导火索。鲍仇,宝生,被吱吱地无可挽回地点燃了。他腾地一下坐起来，抽出了压在枕下的手枪，高烧使他的手抖个不停，他没有犹豫，也许犹豫了，却没人知道，朝着这个背影，这个说“哈依”的人，这个给了他第二次生命的人，扣响了扳机。

枪响了，耕夫惊诧地回头，望着那个开枪的人。血从他的胸口、脊背慢慢涌出——是一个贯通伤，他想。突然他嘴角上浮起了微笑。自从踏上这块土地，这是他第一次真心地、快意地微笑，第一次也是最后一次。那微笑几乎是妩媚的，日本式的妩媚，他想，解脱了。

十　别说对不起

据说，在军事法庭上，鲍仇始终用一句话来回答那个生死攸关的提问：“你为什么杀一个国际同志？”他说：“我没办法。”

结局是必然的，他知道，所以他坦然。

军事法庭判决前一天，有人来禁闭室探望鲍仇。她赶了四十里山路，到达这里时已是午后。她一进来，整个房间都被照亮了，鲍仇呆呆望着她，不相信自己的眼睛。

高暖默默地向他敬了一个军礼。

她脸色苍白，圆圆的脸变长了、尖了，不再饱满，不再快乐，不再幸福——她的幸福让他一枪打碎了。在禁闭室中，只有这个，这一点，是他不敢去碰的一个伤口，一碰，就流血。

他匆忙站起来，向她还礼，“啪”的一下，那是一个最正规最标准的军礼。突然他们都感到了这仪式的不合时宜。他们互相望着，不知道该说些什么。

“鲍团长，”小高终于想起了什么，说，“你坐，你腿上有伤——”

然后，他们都坐下了，小小的禁闭室，很局促，有一张窄窄的床，一个小马扎。他坐在床上，她坐在马扎上，仰着头，看他。看着看着，她的眼泪就流出来了，他的心一紧，他知道她马上就要开口问那句话了，那句所有人都问的“为什么”他欠她一个“为什么”，可那是他最害怕听到的一句话。

“你还好吧？”她终于开口了，“你有没有忘记按时服药？一天三次？”

他像刚刚经历了千里急行军之后突然瘫软下来，大汗淋漓，多少天来，他第一次瘫软下来，柔软下来。这个姑娘，这个让人心痛的好姑娘。他望着她，想起四月的那个午后，草香像酒一样翻涌，她笑得那么好看，问他："你认识不认识草？"……他慢慢慢慢地抬起手，犹豫着，小心翼翼摸了摸她的头发，柔软的、被太阳晒得很香的头发，就像把手埋进了四月的草中，一句话脱口而出："你真像我姐姐。"

他从怀里，从最贴身的地方，摸出了一样东西，一个粗布包，他轻轻打开，是两只银镯，两只绞麻花银镯，岁月使银子有了一种沉厚的乌光，还有，一个男子汉浓烈的体味。"这是我给我姐打的镯子，用我第一次'下场'挣下的工钱。"他眼望着银镯，往事，他的前生，那个叫作"宝生"的孤儿，那个小伙子，刹那间穿过了千山万水，来到这密不透风狭窄的禁闭室，扑进他心里，如同魂兮归来。

这一辈子，他还从来没有说过这么多话，他像是逆着岁月朝回走，他的话，很安静，疼，却是安静的疼。他说起了姐的一切，点点滴滴，从她跪在婆家院子里，把两个膝盖跪成血肉模糊的两个血团开始，说啊说，说自从收下这个弟弟，她是怎样忍气吞声，再也没有吃过一顿饱饭；说冬至夜，那个小孤儿怎样发下誓愿，要让姐姐日后能顿顿吃上胡萝卜熬羊肉……姐的恩义，一点一滴，全在他心里收着，就像珍珠藏在蚌壳里。他说到了山林，北方的山林，第一眼看见它就像看见一片金色的海子，和这南边的山林完全不一样，庄重、有神性，它们待这孤儿恩深义重。那些栎树、桦树、山杨树、槲树、柞树，那些云杉、落叶松、油松，那些虎榛子、绣线菊灌丛里，到处藏着宝贝——山蘑、木耳、党参、黄芪还有茯苓，他就是用它们淘换回了这一对绞麻花银镯。那一天，是他这辈子最高兴的一天，最最高兴的一天，那一天之后，他就永没有高兴了。四喜叔用话点拨他：“宝生啊，有句话‘山中方一日，世上已千年’，你听说过没？”可他这个榆木疙瘩让高兴冲昏了头，一点儿也没明白这话里的凶险。他一点儿也不知道，前边等着他的是一个地狱。

现在，六月二十三，他绕不过去了，他终于说到了这一天，他生命里最黑暗的一天，最疼的一天。这个不能触碰的伤口，现在他得把它撕开了，第一次，也是最后一次。他欠这姑娘的，他得还。“最后一次”这念头，让他在心里对自己难过地笑了一下。

“六月二十三，马王爷生日，我们那里，养骆驼的人家，都要请盲艺人说书酬神。石湾村一村人，差不多都聚在一起听书，很红火、热闹。请来的艺人是果子红，河边一带最有名的说书人。鬼子进来的时候，正是乡亲们最高兴的时候，呼啦一下，他们把一村人，都围在那窑院里了——

“眨眼间，窑院变成了杀场，书场变成了杀场，七十岁的老人，让开了膛。艺人果子红，一条胳膊被削飞了，又让刺刀扎成了马蜂窝。窑院中的女人，几十个女子、媳妇，让他们一股脑抓进了花厅院，在最风光最敞亮的大敞厅里，几十个女子，被他们活活糟蹋、欺负、凌虐。他们杀鸡宰羊，血流满地，喝着烧酒，呜里哇啦唱歌，一边轮流糟蹋着、凌虐着这些农家女人，这些别人的女儿、姐妹、婆姨、亲娘……

“那天夜里，一村的女人，受糟蹋的女人，都不想活了，闹着寻死，投河的，上吊的，好在家里人紧紧守着、跟着，死不成。可死不成怎么有脸活？被糟蹋得不是人了怎么活？还是闹。第二天一早，石湾村年纪最大也最有脸面的老人，叫个陈卯根，出面了，七十八岁的老人，手里敲一面大铜锣，身后跟着几个老汉，从村东走到村西，跌跌绊绊，爬沟，上坡，为这些女人们，讨一个乡亲们的宽宥，好让她们日后能抬头做人。他“咣——”地敲一声锣，扯开喉咙喊一声说，‘日本鬼子来了——是遭了天年，乡亲们大家——不要怪见——’这一喊，他喊得是老泪纵横……”他说不下去了。

姑娘已是泣不成声。

小小的禁闭室，陷落在南方汹涌的绿中，窄窄一扇窗户，流进来的不是阳光，是郁闷的绿，潮湿、隐晦、心事重重。但是鸟鸣声却是嘹亮的，和北方的鸟鸣一样，声声入心，他眼睛湿了。

“只有一个人，听不见老人的喊了，再宽宥也没有用了——我姐，”他终于说出了这两个字，低下头，迷茫地看着手里的银镯，另一只手，慢慢攥成了拳头，紧紧的，攥得指关节成了白色，“我姐，最惨，她是在那个窑院里，书场上，当着一村子的人，男女老幼、她的子女公婆的面，被几十个鬼子——几十个鬼子，轮流糟践了……几十个鬼子呀！当着日头，当着一村人的眼睛，活活地糟践她、羞辱她、折磨她、强暴她……一村人都眼睁睁看着，日头眼睁睁看着，天也看见了，看见他们就这么欺凌一个女人……等他们散开后，我姐，一丝不挂，哪里还是个人？没有一点儿人形了！成了一堆污秽的血肉——”

“别说了！”姑娘喊出了这一句，双手捂住了脸，热泪狂流，“鲍团长，对不起！对不起！对不起——”

没人知道，她对不起他什么，她自己也不知道，她没有一点儿错，却深深深深对他不起。她喜欢的和喜欢她的男人，她都那么无辜地对他们不起。她痛哭失声，哭了许久，许久。他看她哭，他知道哭有时候是一种解药。

终于，她抬起头来，被泪水洗过的脸，有一种婴儿似的洁净和无助，让人无限心疼。他望着这无辜的、伤心的脸说道：“别说这种话……吉医生，”他艰难地说出了这个名字，“是个好人，他救了我的命，可是我不说——对不起，我不对他说对不起……”他流下了眼泪。

出事以来，他第一次流下眼泪。

他没有办法。

她告别时，他庄重地向她行了一个军礼。尽管他没戴军帽，衣服皱皱巴巴，满脸都是乱糟糟的胡楂，可那军礼，充满无可挑剔的尊严、完美。那是她见过的最悲壮的致敬：他是在向她永别。

十一　草 海

几天后，他上路了。

他尽可能把自己收拾得更整齐一些，换了套干净军衣。头一天，特意让人来刮了胡子，他怕自己这样胡子拉碴地到了那边，姐认不出他来。手镯他贴身装好了，本来，他想送小高一只，想了想，这样不合适，他不能让这件事在她以后的生活中留下一个坚硬的物证，何况，那本来就是给姐的东西。

他被带到了一个河边。他不能确定那是不是三汊河。不过草依然是芳香的，花依然开着，太阳却比往日亮一千倍，他从没见过这样炫目的、强大的太阳，一时间他觉得头昏脑涨，辨不清东西南北。河水没有声音地流，他喜爱没有声音的河，他喜爱这宁静，他想，还不错。

“北方在哪里？让我脸朝北方。”他说。

他们告诉了他。

他正了正军帽，站好了，他不能迷路，千山万水，他最终要回到北方，回到他雄阔的河边，和姐姐相会。

枪响了。

夏天的草，夏天的草海，大地上最卑微贫贱的生命：狗尾草、三叶草、野艾蒿、白莲蒿、黄花蒿、雷公根、油盐菜、痴头婆、草鞋根、红饭花、断肠草、独脚金、仙鹤草……它们在最后时刻拥抱了他，他的血把草海染红了。

图书在版编目（CIP）数据

如云的秘事 / 蒋韵著 . -- 石家庄：河北教育出版社，2022. 10

（年轮典存丛书 / 邱华栋，杨晓升主编）

ISBN 978-7-5545-7177-4

I. ①如… II. ①蒋… III. ①中篇小说 - 小说集 - 中国 - 当代 ②短篇小说 - 小说集 - 中国 - 当代 IV. ① I247.7

中国版本图书馆 CIP 数据核字（2022）第 157411 号

年轮典存丛书

书　　名　如云的秘事

RUYUN DE MISHI

作　　者　蒋　韵

出 版 人　董素山

总 策 划　金丽红　黎　波

责任编辑　高树海　王　哲

特约编辑　张　维　武　斐

出　　版　河北出版传媒集团

河北教育出版社　http://www.hbep.com

（石家庄市联盟路 705 号，050061）

印　　制　天津盛辉印刷有限公司

开　　本　787 mm × 1092 mm　1/32

印　　张　10.75

字　　数　206 千字

版　　次　2022 年 10 月第 1 版

印　　次　2022 年 10 月第 1 次印刷

书　　号　ISBN 978-7-5545-7177-4

定　　价　48.00 元
